# 三四郎

さんしろう

〔日〕夏目漱石 著

汪明 译

北京联合出版公司
Beijing United Publishing Co.,Ltd.

# 青春的滋味

村上春树

　　需要说明的是：夏目漱石的作品，我是在成年后才逐渐产生真正的兴趣的。大学毕业至结婚那段时间，我几乎对他的作品一无所闻（现在想来，这样的表述并不准确，因为我在大学毕业前便已结婚），那时，我的人生主题是贫穷。

　　如此忽视漱石的真正原因，我已记不真切了。主因或许是我从十几岁就沉迷于外国小说，对日本小说抱着某种轻视的态度。次要原因，可能是少年时期读过的漱石小说从未打动过我（也许是选读的小说不对）。其三，在动荡的60年代，即我的少年时期，阅读漱石的作品并非时尚：既不会让人敬佩也不会受到表扬。那是一个革命和反主流文化的年代，是切·格瓦拉和吉米·亨德里克斯的时代。当然，夏目漱石如今已经是现代日本小说的代表，而在那个年代，他的作品远未受到如此热切的追捧——至少未受到年轻一代的追捧。

1972 年，我与大学同学结了婚（她现在仍是我的妻子），她早于我毕业，以合同工的身份在一家出版社从事校对工作。我每周会去学校上几天课以修完毕业所需的学分，同时还要打几份工——音像店职员或者餐馆服务生之类。我会利用空闲时间做做家务——洗衣、烧饭、打扫房间、采购、照看猫，十足的家庭妇男样儿。生活不易，但我十分乐观，唯一的瑕疵就是没有足够的钱买书。

正像我先前所说，那时的生活极为拮据，或者可以说我们竭尽所能把开支降到最低。我们当时正筹划着开一家小型的爵士乐酒——在一家体面的公司找份体面工作过安稳日子，显然非吾类所求，对此也不感兴趣——正是抱着这样的生活态度，我们努力工作，积极存钱。买不起暖器，就和猫咪抱团取暖，以度过寒夜。值得庆幸的是，那时的我们年轻、健康、朝气蓬勃，并且有着明确的生活目标。

但买不起书确实令人难受。现实是：我们不仅买不起书，还要把自己已有的书卖掉以维持家用。那时的我如饥似渴地读书（这种情景不会重现了），争分夺秒地读完一本又一本。这似乎成了支撑着我活下去的唯一办法。所以，对于这样的我而言，不能买新书就如同不能呼吸新鲜空气般痛苦难耐。

很快我就发现，自己不得不重读手头上的书；当身边没有书可供重读时，就开始考虑读妻子书架上剩余的书。她在大学主修日本文学专业，有许多我未曾读过的书，其中有两套"全集"激起了我的好奇心：一套是诗人官则贤治（1896—1933）全集，另一套就是夏目漱石全集。妻子最初打算以官则贤治作为毕业论文的主题，所以存钱买了套全集，但后来放弃官则贤治（我不知为何）而转向了夏目漱石。当她的一位朋友利用夏目漱石全集完成了毕业论文之后，她便以低廉的价格将这套全集收为己有。妻子还收有小说家谷崎润一郎（1886—1965）的好几部作品，以及11世纪的经典名著《源氏物语》和出版家岩波译的《男孩和女孩的世界文学》。这迥异于我的阅读品位，我们没有交集——一点儿也没有。

当我实在无书可读时，才会极不情愿地于空闲时开始翻妻子的书。我必须得说，官则贤治不是我的菜，那时我也没理由对《源氏物语》产生兴趣。夏目漱石和谷崎润一郎倒令我耳目一新，以至于后来读他们的小说，还常常将我带回22岁新婚不久、挣扎在贫困线上的岁月。我们居住的室内异常寒冷，水槽里的水在冬日的早晨通常是结冰的。闹钟是坏的，如果想知道时间，我得伸头张望山脚下烟草店前的那面钟（那时我还抽烟）。我们有一面朝南的大窗，这样至少还有充足的阳光晒进来，但是国铁中央线正好从窗下通过，异常嘈闹（类似电影《布鲁斯兄弟》（*The Blues Brother*）里靠近铁路边的丹·阿克罗伊德（Dan Aykroyd）的公寓）。如果发生罢工，国铁会停运24小时，虽然这将给大多数人造成极大不便，但对我们却绝对是个安慰。除此之外，还不时有长长的货运列车通宵经过。

以上正是我阅读漱石作品时的"背景板"。正因为如此，阅读漱石的作品对我来说，总是一段阳光和煦与火车轰鸣相掺杂的回忆。当然，并非每次阅读时都会有和煦阳光的相伴，此处所述只是我最深刻的印象罢了。而猫们喜欢在我身边睡觉。那时的我并没有阅读漱石的全部作品，而是挑选了其中最重要的几部，我喜欢其中的一些甚于另一些。我最喜欢的作品，是所谓的"前三部曲"：《三四郎》《从此以后》和《门》。对《门》的深切认同，我至今仍记忆犹新。它讲述了一对年轻夫妻远不理想的生活困境。

漱石最受欢迎的小说《心》对我倒是缺乏吸引力，虽然我也喜欢他因细致入微的心理描写而赢得广泛赞誉的晚期作品，却不能完全认同那些对现代知识分子苦闷的刻画，我不时会冒出"如此描写究竟为何"的想法。从这个意义上说，我或许只算是漱石的"非主流粉丝"。但无论如何，那段些许迟来的"漱石体验"，到现在都牢牢扎根于我的内心，而且每当我有机会重读漱石的作品，都会被其高超的写作技巧所震撼。当我被问起自己最喜爱的日本作家是哪位时，"夏目漱石"这一名字总是第一个浮现在我的脑海中。

　　在我的"漱石体验"时期，学运已经步入衰退期，人们的情绪迅速回归平静。虽然校园各处依旧写满了政治标语的巨大布告牌，但是革命的可能性已不复存在（当然，这种可能性一开始就不存在）。改革意愿也在迅速消失，各种理想主义的横幅已基本烧毁。詹尼斯·乔普林（Janis Joplin），吉米·亨德里克斯（Jimi Hendrix）和吉姆·莫里森（Jim Morrison）已亡。在这种毫无方向，深具末世氛围的环境里，像漱石、宫崎润一郎这样的作家的世界，或许再次有了新的意义，我们对此感同身受。至少从我现在功成名就的立场来看就是如此。不管如何，这是我与漱石的第一次真正邂逅。

　　就我个人的感受而言，《三四郎》正是那种适合在洒满日光的阳台上阅读的小说。小说主人公也许处于迷茫中，但还算是积极乐观的态度。他的面部略微向上倾斜，无尽的苍穹尽收眼底。以上就是这本书给人的大体印象。事实上，小说里的各式人物也总是不停地望向天空，这些描写在《三四郎》中占有重要位置。

　　此种类型的作品在漱石的小说中实属罕见。他创作的大多数主人公都面临着现实生活的各种矛盾。他们对"如何生活是好"烦恼不堪，并对在生活中必须做出各种抉择深感压力。在充满矛盾的前现代和现代，如何在爱和道德、西方和日本之间找到自己人生的平衡点，是小说主人公最大的关怀。他们似乎没有多余的时间用来"仰望天空"。实际上，漱石其他小说里的人物，似乎总是在"低头走路"。尤其是晚期小说里的主人公，似乎如同作者本人一样，一直在经受着剧烈的胃痛（但令人奇怪的是，漱石的描写从未因此丧失自然的幽默感）。

而《三四郎》里的主人公却不同。他在纷杂异位的环境中同样无法找到自己的位置，但他从未把这异常的环境视为自身内在的问题，他以年轻人特有的坦然，相对自然地接受了这种环境，并把它当作纯粹的外部存在。"哦，事情就是这样啊！"他似乎如此说道。我想《三四郎》之所以是我个人最喜欢的作品，其原因就是作者以极为流畅的风格，刻画出主人公心理的自然变化。三四郎认为自己被生活轻轻拂过，就如同白云从空中飘过一般。在我们清醒之前，就几乎已经被他的"自由仰望天空"所吸引，甚至忘了以批判审视的眼光来观察他。

当然，这种无忧无虑的超然生活的态度不能长久。一个人可以退后一步，宣布"我没有做出任何决定"，但这只能存在于一段短暂的——同时可能也是快乐的——人生阶段。最终，不管你是否愿意，都必须负起责任的重担，一旦决定承担责任，那么"仰望天空"也将随即终结。这一切就发生在代助身上，他是漱石下部小说《从此以后》的主人公。这将以更深刻的程度发生在宗助身上，即漱石的下下部小说《门》的主人公。这三部小说一起构成了漱石的"三部曲"——作者在短短三年的时间内完成的报纸连载小说,并以绝对高超的手笔,描写了明治时代青年知识分子的青春以及青春末期。我们或许可以将这三部小说称为"成长三部曲"。漱石作为一名作家,在这三年中的成长速度可谓惊人,如同一部快进的电影。

现在,让我再回到《三四郎》这部小说。小说主人公三四郎尚处于黎明前的人生阶段,他还没有意识到自己最终将承受的人生重担。正是这种意识的缺乏,成就了三四郎:一个还有闲暇张望天空和凝视云朵的天真青年。我们没有看到苦恼,看到的只是苦恼的萌芽,以及痛苦的萌芽。漱石在这部小说中显得从容恬淡。他没有在背后推动三四郎,没有强迫他前进,或者在时机成熟之前就强迫主人公面对苦恼与挫折。漱石对他无褒无贬,他只是让三四郎成为三四郎,并以无拘无束、自得其乐的方式描绘出三四郎,这正是漱石的伟大之处。

我第一次读《三四郎》时才 22 岁,对即将迎面而来的重任鲜有认识。那时我刚结婚,还只是一个学生。不管现实生活如何贫困,呼啸而过的列车如何嘈杂,我依旧在阳光下慵懒地坐着,身边睡着两只柔软而温暖的猫。

我在神户附近的恬静郊区长大,18 岁时去东京的早稻田大学读书。最开始我去东京的欲望不是很强,而是更倾向于进入本地大学过轻松的生活。但在抉择的最后一刻,我开始觉得自己倾向于离开家乡,历练自己——进行人生中第一次独自生活的尝试。我打点行李，与女友告别，将大号的行李提前寄到学校宿舍。当我在大阪登上新建的新干线"子弹头"列车时，随身只带了一个手提包。在我口袋里的是约翰·厄普代克（John Updike）的《音乐学校》（*The Music School*）平装本。作为那段特殊时光的一部分，那本书的封面至今还残留在我的脑海中。

我和小说开头的三四郎做着同样的事情：从外省去东京上大学。当然细节差异较大。《三四郎》写于 1908 年，而我去东京是 1968 年，正好是 60 年之后。从神户到东京，坐蒸汽火车需要 15 ～ 20 个小时。对我来说，坐上电力新干线只需 4 个小时。从偏远的九州到东京，三四郎花了两天时间。可以说，我们成长的环境极为不同，这种不同也表现在大学生的社会地位上。在三四郎的年代，任何进入大学的人都会受到尊重，但在我的年代，上大学已是稀松平常之事。学校教育系统也有了很大变化。三四郎刚从"高等学校"毕业，相当于现在的文理学院。他升入大学，开始更有针对性地学习时已经 22 岁（按西方计龄法），而我只有 18 岁。但是，对于前往一个陌生大城市，开始新生活所产生的兴奋感，我们之间并无太大的区别。

不必说，三四郎在前往东京旅途中的艳遇，并没有发生在乘坐新干线的我的身上。他毕竟还在旅馆过了一夜，而我只是在子弹头火车上坐了 4 个小时。坦白说，在我身上确实发生了有点类似三四郎的经历。为了节省车票钱，我乘坐的是比较慢的子弹头回音号（Kodama），它要比普通的光速号（Hikari）多停几站。记得是在静冈那一站，一个年轻女子上车，坐在了我的身边。列车其实很空，她完全可以独占一个两人座的位子，但她却选择坐在我身边。她是个年轻的漂亮姑娘——不会超过25岁，不是标致美人，但足以吸引人。不必惊讶，她坐在我身边令我相当紧张。

她坐定后，带着友善的微笑开始和我交谈。你从哪里来？去哪里？她的言谈直接而开放，而我尽可能诚实地回答她的问题。我告诉她我从神户来，去东京上大学，主修文学，喜欢看书，会住在目白站附近的学生宿舍，我还是独生子，如此种种。我并不真正记得细节。其实那时我懵懵懂懂，我的回答像是自个儿蹦出来的。

总之，在去东京的火车上，这个略长于我的女子一直坐在我的身边。我们一路交谈，记得她还给我买了饮料。火车到达东京时，我们走下站台。"祝你好运，好好学习。"她一面说一面对我挥手，然后就离开了。这就是我的"艳遇"故事。我至今不清楚，她为什么会在几近空车的列车里选择坐在我身边。或许她只希望有个聊天儿的对象，像我这样的小孩子不会产生威胁（我比较肯定就是这个原因）；又或者她有一个和我年龄相仿的弟弟。不管她的理由是什么，留在她身后的我站在东京站的站台上有着一种奇怪的、近乎飘飘然的感觉。这就是我东京新生活的开始，一开始便微染着某种女性的暧昧气息，一个年轻女子的美妙香气，像是会有故事发生的一个信号。毫无疑问，从那一刻开始，这些气味将有助于决定我的人生历程。

我到目前为止已将《三四郎》读过多遍了，每次阅读都会令我想起那段生活。这本书常常唤起我当时前往东京时体会到的奇妙感受，并意识到自己与家乡的街道、典型乡下少年的生活、父母给予的安稳、留在家乡的女友，以及那时形成的人生观等事物，正在缓慢而确定地分离。而我收获了什么——或者将要收获什么——来取代它们的位置？关于这些，我并不确定。事实上，我甚至并不确定是否存在现实的事物能取代它们。我感受着自由的兴奋和寂寞的恐惧，像一个高空秋千的杂技演员，在并不确定是否可以把握住下一轮的绳索前，就已经飞身了。

对我来说，《三四郎》如此出彩，或许正是因为主人公从未公开展示他内心中兴奋和恐惧的冲突。可以肯定的是，这种冲突没有展示在小说表面——并未以现代小说"心理并发症"的形式呈现。在他的故事里，三四郎始终是个旁观者。他接受一切并体会一切。确实，他时常会对好或坏、喜欢或不喜欢做出判断，而且他有时还以相当的口才发表自己对某些事物的看法，但始终是以"初步裁决"的形式出现。他判断事物的方式，往往不是通过收集材料再做决定。实际上，他的步伐远非轻盈，甚至可以说是笨拙的，但也不是步履蹒跚。漱石异常成功地塑造了这位天真的、又不失知识分子气质的知识分子，同时也是充满了自由开放观点的外省青年。

这种自由和开放性配合，背景里暗伏的某种危险，不自觉地成就了三四郎作为个体的少年心性，或许同时也是日本作为国家所具有的少年心性——在那段著名的"明治中后期"的世纪之交期间。在年轻三四郎的步伐和凝视里，我们可以发现，一个正在快速成长的年轻国家与之享有的某些共性：在摆脱旧式封建体制后加速的脉动，大口呼吸着刚刚引进的西方文化的空气，同时对未来的方向和目标提出质问。但无论是在它的步伐还是眼神里，我们都找不到强烈的一致性。事态在这一刻还保持着平衡，但没人可以预测其将来的发展。

然而小说里的某个人物似乎意识到了即将到来的危险。广田教授，三四郎在前往东京火车上偶遇、并在后来成为其导师的古怪家伙，对日本未来的命运做了一番苛刻的评论。在日俄战争获胜后（1905 年，小说写成的 3 年前），日本或许将如一流强国那样阔步前进，但他表示，日本从国家层面来说依旧是"脚轻根底浅"。日本对外有何可以自夸的呢？富士山吗？那就是一个自然景观而已，并为日本人创造的景观。教授认为日本也许给人以现代化国家的印象，但这一切都只是表象。而在心理层面上，这个国家的另一只脚依旧深深陷在前开化社会的泥潭之中。

三四郎并非激进的爱国主义者，但这个古怪男人的话激怒了他，他尽力为自己的国家辩解："日本也在慢慢地发展呀！"那个男人对此的回答非常简短："终归要亡国的。"三四郎震惊了，同时，他也不由自主地欣赏起这个男人。还真是，他想到，东京人就是不一样。在家乡九州岛上（这是一个尤其保守的地区），没人敢讲这样肆无忌惮的话——终归要亡国的。但三四郎从未想过要问："为什么？"

你需从更广阔的视角来看待世界，教授如此告诫三四郎，更为重要的是，你必须认真审视自己。或许他是在故意挑衅，但是他的话成了贯穿整个故事的一个预言——一个警告——一个关于日本的潜在脆弱性，同时也是对一个名叫三四郎的、明治时代的年轻知识分子思想狭隘性的警告。

三四郎还得到了另一个更为直接的关于男女之情方面的预言。这个预言来自三四郎在火车上碰到的一位女子。他们在名古屋合租旅馆的同一房间，两人翌日清晨告别时，女子投给他会意的眼神，说道："你真是一个胆小的人啊！"这是对他昨夜没有采取任何"行动"的讥讽与责备。当三四郎听到这话时，他感到"自己被人推上月台似的"。他满脸通红到耳根，久久不退；他明白昨晚阻止他"行动"的原因并非道德，仅仅是胆怯。女人的直觉使得她直奔三四郎的要害。

当三四郎全身心地投入到东京新生活时，他将这两个预言或者警告视为神铭。从这个意义上来说，从九州到东京的火车旅途，即是三四郎需要通过的一系列仪式的第一步。以神话而论的话，这两个预言蕴含着纯真王子进入森林的最重要的两个动机。在通往成熟的道路上，三四郎是否能成功通过这两个预言或者警告的考验？成长纪事神话中的少年英雄，能否以一己之力开辟出一条通往幽深、未知森林深处的道路，与自己的阴暗面做斗争，并取得奋斗之后所应收获的部分智慧宝藏呢？

由于这部小说所含有的神话元素如此"苍白"，对读者来说无法得到简单的答案。小说主人公几乎没有给出要与人搏斗，或者要对某事负责的任何信号。事实上，他对自己可能得到的一切毫无认识。让这样一个人成为神话里的英雄几乎不可能。从这个意义上来说，《三四郎》迥异于典型欧洲现代成长小说。在那种小说中，某个年轻人——通常是跟三四郎一样来自外省、性情淳朴的年轻男子或女子——遭遇诸多阻碍，忍受种种伤害和挫折，内化出崭新的心理和情感价值，进而成为成熟的个体，跃过"龙门"进入更为广阔的社会，最终成为一名成熟老练的"公民"，就如罗曼·罗兰（Romain Rolland）的《约翰·克里斯多夫》（*Jean-Christophe*），或者福楼拜（Flaubert）的《情感教育》（*L'éducation sentimentale*）。

与这样的小说相比，三四郎的成长过程相对缺少直线的延续性。他确实经历了颠簸，各种期望也被大打折扣，但当事情未能如他所愿时，小说中从不明确表示这样的经历对他来说是否属于挫折；或者，对于"挫折"，三四郎自己就没有明确的定义。直面不利的局面，体会其中的懊恼，并从中找出答案：这不是主人公三四郎能做到的事情。如果有意外事情发生，三四郎只会感到或惊讶，或感动，或困惑，或留下深刻印象。

在东京，三四郎再次邂逅广田教授。这次他把教授视作自己的人生导师。小说中并未暗示三四郎下定决心，要从这位（看起来）处于人生高段位的长者身上学习重要知识。他只是像观察壮丽的云朵飘过苍穹那样观察这位教授。他甚至以同样的态度观察自己所在的人际圈子，把他们当作美丽的或者有趣的云朵。他多多少少被教授的生活方式所吸引，但是他从未想过把教授作为自己的榜样。在人际圈子里，他爱恋上一个与自己年纪相仿的女孩：美丽而聪慧的里子（她似乎也被三四郎的纯真质朴所吸引）。但他并没有主动出击以博取芳心。在心理和情感方面，他都让自己处于一个舒适的安全地带。他从不使用逻辑的方法让自己陷入困境。

也许三四郎对作为一个成熟的年轻人没有多大兴趣，又或许他对何为"公民"压根儿没有认识。从西方社会的观点看，不管是个人角度还是社会角度，他的所作所为既不是成熟的也不是负责任的。他已经22周岁（按日本算法为23岁），作为明治时期东京帝国大学的学生，他属于上层精英的一员，在未来将成为国家栋梁的一员。这样的角色怎可如此模样？叉着双臂，吊儿郎当，无法选择人生的道路。如果某位外国读者如此问我，我只能回答："您或许是对的。"但老实说，这位叉起双臂，把逻辑和道德困境一股脑儿地裹进尽可能柔软的感性罩衣的三四郎，他不愠不火的人生姿态，对于我，或对大多数日本读者来说居然是非常舒服的。

在这个意义上说，我们可以把《三四郎》定义为一本"成长不成熟"的小说。天真的三四郎进入新世界，遇见很多人，有了很多新体验，并借此迈向成人行列。但值得怀疑的是，最终他是否会以欧洲观念上的"成熟公民"姿态进入社会？对此，他周围的社会并未抱有强烈期待，因为日本社会从封建制度横向发展到皇权制统治，直至第二次世界大战一直未曾改变，并且从未经历过中产阶级公民性的成熟。我对这点有着深刻的认识。

从上述层面而言，西方"现代性"并未在明治时期的日本扎根，或许在今天的日本也尚未深入人心。而无论好坏（没人能说出这到底是好是坏），现在的日本社会并不十分看重"成熟公民"这个概念。或许正因为如此，《三四郎》对日本人来说是永恒的经典，并且常年吸引着感同身受的读者。当我阅读这部小说时，这样的想法不可避免地出现。

作为英国文化的拥趸和杰出学者，漱石对西方成长小说可谓了如指掌，而且他的叙述方式明显受到简·奥斯汀（Jane Austen）的影响。他很乐意将这些西方小说形式作为范本，并按照自己的方式加以改编。事实上，他对两种文化都有着深刻了解，并且是一位取得了高等成就的最优秀作家：漱石在英国文学方面造诣高超，夏目漱石全集中的多篇文章都展示了他深厚的英文功底。他成年后的整个人生都在创作俳句，而且他在中国古典文学上也同样学识渊博。

综上所述，《三四郎》尽管有着西方小说的框架，但是因果关系往往错乱，思想与物质纠缠不清，肯定和否认时时含混。这一切都是作者有意识的选择。当然，漱石平缓地推动情节前进，同时通过高超的幽默技巧、无拘无束的行文风格、直白的描写，以及主人公质朴的性格来支持故事中基础的模糊性。

许久以来，漱石一直被视作日本"国民作家"，我对此没有任何异议。在现代西方小说的框架里，他将自己观察到的日本人心理的不同形态及功能，平稳而准确地移植到小说中。这一点，我们现在仍然可以很容易地认识到。他用极大的真诚来创作这一切，而结果，无疑是巨大的成功。

《三四郎》是漱石唯一一部关于年轻男子成长的长篇小说。一生写就这样一部小说，对他来说或许足矣，但他必须至少写一部。所以这部小说在漱石的作品中占有特殊位置。事实上，所有小说家都会有这样一部小说。就我自己来说，这部小说就是《挪威的森林》（1987）。我并不特别想重读这本书，我也没有欲望再写一本类似的书，但我感觉到通过完成这样一本小说，使我有了一种巨大的进步，这本书的"出产"为我后来的写作提供了坚实的支持。这个感受对我来说非常重要，并且我想象（就我自己的经历来说），漱石对《三四郎》也有着类似的感受。

我期待着海外读者对夏目漱石的反应——尤其是对《三四郎》的反应。如果你们喜欢这本书，我会很开心。这是我个人最喜欢的一本书，我猜想，不管你在世界的何处，不管你现在处于青春期的何种状态、哪个方向，那个重要人生阶段的特殊芳香，对我们而言是相似的。

# 第一章


当他从蒙眬中清醒过来的时候，那女子已经与身边的老大爷攀谈起来了。老大爷是两站之前上车的乡下人。三四郎记得，当时火车已经要开了，他一边呼喊着一边匆忙跑进来，脱下上衣，露出满是针灸印记的脊背。老大爷擦干身上的汗水，坐在女子身旁。这期间，三四郎一直看着他。

大爷身旁的女子是在京都站上车的。刚上车，三四郎就注意到了她。皮肤黝黑是这个女子给人的第一印象。三四郎从九州转乘山阳线火车，在列车逐渐靠近京都、大阪的时候，女子的皮肤也逐渐白皙起来，看着她，三四郎泛起了丝丝乡愁。在这个女子走进车厢的时候，他就想，终于有一位异性同行了。从肤色来看，这个女子应该是九州人。

她皮肤的颜色和三轮田家的阿光姑娘一样。远离家乡之前，只觉得阿光让人十分厌烦，离开她真是件幸事。但是现在回想起来，阿光其实并不讨厌。

从容貌上讲，眼前的女子更胜一筹。她的嘴唇抿得紧紧的，眼睛炯炯有神，额头也不像阿光的那么宽大，看起来顺眼极了。因此，三四郎总是不时地抬头看一眼这个女子，有时候甚至会与她四目交接。老大爷在这个女子身边落座时，三四郎更是目不转睛地盯着她。当时，她带着沁人心脾的笑容说道："好的，您请坐。"然后就给老大爷让座。看了一阵，倦意袭来，三四郎便睡着了。

看这状况，他睡觉的时候，女子已经与老大爷相谈甚欢了。三四郎睁开眼，一言不发地听着两个人的对话。女子谈到了这样一些事情——说到玩具，京都的质量又好、价格又便宜，比广岛的好多了。她到京都办事，下车后便顺路过蛸药师买了一些。好久没有回乡下，想到能回去见见孩子，就觉得高兴。因为丈夫突然不再汇钱回家，不得已之下，她先回了娘家。她的丈夫曾经在吴市当海军，战争爆发之后去了旅顺。打完仗后曾经回家待了一段时间，后来听说大连能挣钱，又跑去那里谋生。开始时还经常写信、汇钱回来，日子过得还算滋润。但好景不长，半年之后，丈夫突然断了音信，不再汇钱回来了。好在丈夫不是什么风流的人，自己倒也放心，但是不能坐吃山空啊。所以，在没有丈夫的确切消息之前，她只能耐心地在乡下等候。

看上去老人家并不知道什么是蛸药师，对玩具也不感兴趣，于是只是随声附和着。可是当女子说到丈夫去旅顺之后，他马上同情起来，连连感叹可怜。原来老爷子的儿子也被拉去当兵，最后死在了战场上。他根本不明白为什么要打仗，如果打完仗能过上好日子也就罢了，现在儿子没有了，物价还飞涨，还有什么比这更愚蠢的吗？如果是太平盛世，还会有人外出谋生吗？这都是战争造成的！"不管怎么样，要保持信心，这很重要。他肯定还活着，在什么地方做事呢。只要耐心等待，肯定就会回来。"老大爷安慰着女子。过了一会儿，火车进站了，老大爷起身与女子告别，告诉她保重身体，然后利索地下车了。

与老大爷一起下车的是四个人，但是上车的却只有一个。这样本来就不算拥挤的车厢，变得更加冷清了。也许天色快要转黑，站台上的工作人员踩着车厢顶篷将油灯点亮了。这时，三四郎想起了什么，于是拿出上一个车站买的便当吃起来。

火车再次启动后大约两分钟，那位女子站起身来，走过三四郎身边，向车厢外走去。这个时候，三四郎才看清她腰带的颜色。他叼着烤香鱼头，目送着女子远去。一边吃饭，一边想，应该是去上厕所了吧。一小会儿的时间，女子便回来了。这下有机会从正面一睹芳容。此时三四郎的便当已经所剩无几，他低下头，快速向嘴里拨了两下。不过女子并没有走回原位。三四郎正想着："她说不定……"再一抬头就看到那女子果然站在对面。在他抬头张望的时候，那女子又向前走去。她没有走回座位，而是穿过三四郎身边，侧过身子，将头伸出了窗外。她在窗口眺望着远方，吹来的强风把她头发吹得乱糟糟的，让三四郎看得目不转睛。吃完便当之后，三四郎随手把空盒子抛向窗外。这个窗口与女子所在的窗口，中间不过隔着一排座位。盒子飞出去便被强风顶向了反方向。三四郎暗道不好。他转头去看那女子的脸，只见她匆忙缩了回来，然后拿出一方印花手帕认真地擦拭起额头来。三四郎想，还是先道歉比较好。

"真对不起！"

"没关系。"女子回应道。

她继续擦着脸。三四郎一时只得沉默。女子也未再出声，而是再次将头探出了窗外。车厢里昏暗的油灯下，三四个乘客一脸困倦的神色。没有人说话，火车在巨大轰鸣声中驶向前方。三四郎闭上了眼睛。又过了一会儿，三四郎听到女子的声音："马上要到名古屋了吧？"他睁开眼一看，女子正面对着他，还弯腰把脸凑了过来。三四郎吓了一跳。"哦……"他含糊道。其实他也是第一次去东京，什么都不清楚。

"看样子，火车会晚点吧？"

"可能会晚点。"

"你也去名古屋吗？"

"是的，在那一站下车。"

这趟列车终点就是名古屋，所以这个答案理所当然。女子又坐回三四郎的斜对面。很长时间里，只有火车的轰鸣声回荡在车厢里。

列车又一次进站时，女子再度开口。她想请三四郎帮忙，等到了名古屋以后，替她找一家旅馆——毕竟一个人还挺害怕的。女子诚意相请，三四郎也觉得理应援手，但是又不想轻易承诺。毕竟和这个女子只是萍水相逢，所以内心颇为犹豫。但是要拒绝又实在没有勇气，于是只能含含糊糊地应付了两句。就在这说话间，火车达到了名古屋。

大件行李早就办好手续，托运到了新桥，没有什么好担心的。三四郎随身只拎了一个不算很大的帆布包，他拿着遮阳伞走出了检票口。他头上戴着的是高中时代的凉帽，不过因为已经毕业，就把上面的帽徽摘掉了。原来挂着帽徽的地方，白天还能看到新鲜的印记。因为身后跟着火车上的女子，这顶帽子让三四郎感到十分不自在，但是也没有什么办法解释。想想就知道，那女子一定以为这是一顶再普通不过的脏帽子。

　　原本应该九点半到站的火车，晚点了四十分钟，到站时已经十点多了。但毕竟还是夏天，街道上与傍晚时一样热闹。虽然路边有两三家旅馆，但三四郎觉得有些奢华，只能默默地从这些灯火辉煌的三层楼房前走过，一直向前走去。在这个完全陌生的地方，能去哪儿呢？他心中全无想法，只是本能地向昏暗的地方走去。身后的女子一言不发，只是默默地跟着。走了一小会儿，他来到一个相对偏僻一些的街口，终于看到第二家挂着招牌的旅馆。招牌看起来稍显邋遢，似乎适合三四郎和女子的胃口。三四郎微微偏过头，询问女子的意见："这里怎么样？"女子答："挺好的。"于是二人定下来，向里面径直走去。刚走到房门口，还没来得及张嘴，就听到店员一声招呼："欢迎光临……请进……为您带路……梅花轩四号……"他们没有办法，只得默默地跟到梅花轩四号。

　　女侍转过去端茶，两个人相对而坐，茫然地看着对方。待女侍端茶进来，请两人沐浴时，三四郎已经不好意思说出这女子不是自己的同伴了。他拿起毛巾，打了声招呼"我先洗"，就向浴室走去。浴室位于走廊的尽头，紧邻厕所，看起来黑乎乎的，卫生条件很差。三四郎宽衣解带跳进澡桶，心里琢磨了一会儿，觉得这个女子果然成了累赘。他搓洗的时候，听到走廊传来的脚步声，似乎有人上厕所。一会儿那人走出来洗手。一切都做完之后，浴室的房门"吱呀"一声，被人推开了一半。女子的声音在门口响起："要搓背吗？"

"不用。"他拒绝了。

然而女子并没有离开，而是径直走进来，站在一旁宽衣解带，似乎准备与三四郎一起沐浴，丝毫没有觉得难为情。三四郎赶忙逃出浴桶，随便擦了两下身子便回去了。他坐在那儿还未回过神儿来，女侍就拿着登记表走了进来。

三四郎接过来，在上面工整地写道："福冈县京都郡真崎村小川三四郎，二十三岁，学生。"那个女子的信息他完全不了解，心想等她沐浴回来自己填。可女侍一直等在那里不肯离去，三四郎迫不得已，便随便填了："同县同郡同村同姓，名花，二十三岁。"打发走了女侍，他接着不耐烦地摇着团扇。

不一会儿，女子回来了。

"抱歉，失礼了。"她说。

"没关系。"三四郎回复道。

三四郎从包里拿出本子打算写日记，其实并没有什么可写的。但是从他的表情上看，如果这个女子不在旁边，他也许可以长篇大论。于是，女子说要暂时离开，便出去了。

三四郎更没有心情写日记了，他一直琢磨，这个女子到底去了哪儿？

侍女来收拾床铺，只抱来一床大被子。三四郎对她说一定要铺两张床才可以。侍女听不进他说的话，以房间太窄、蚊帐又小为借口推托。最后，侍女说老板当下不在店里，等他回来后问一声再说吧。说完直接把一床被子铺在蚊帐里，出去了。

之后，又过了半刻，女子回来了，说："很晚啦。"然后就隔着蚊帐捣鼓什么，还不时地发出咣当咣当的声音，看样子肯定是给孩子买的玩具发出的响声。过一会儿，她应该又把包裹照着原来的样子裹好，隔着蚊帐对他说："我先睡觉啦。"三四郎回应道："好吧。"他一屁股蹲坐在门槛上，一边摇着团扇，一边心想，干脆一直熬到天亮吧。但是蚊子嗡嗡地飞进来，令他实在不能忍受。三四郎一下子站起来，从包里拿出薄薄的棉衬衫和衬裤，套在身上，又束上蓝色腰带，然后带着两条毛巾，钻进蚊帐里。女子还在被子的另一旁摇着团扇。

"抱歉，我天生讨厌盖别人的被子……得想办法逃避跳蚤，请谅解。"

三四郎说完，把之前特意空出来的一半被子推向女子那边，卷过来的被子在床铺中间形成一道又长又白的屏障。女子翻过身，面朝里面，三四郎将两条毛巾紧挨着铺在自己的领域，然后僵硬地躺在毛巾铺成的长条上面。一整个晚上，三四郎把手和脚都紧贴在狭窄的毛巾上，不曾向外伸展一寸。他和女子一句话都没有说，女子也一动不动地面向墙壁。

终于天亮了。女子洗过脸坐下来吃饭的时候，朝三四郎微微一笑，问：“昨天夜里有跳蚤吗？”

“托你的福，没有，谢谢。”三四郎一本正经地回答道。他只顾低着头从小碟里挑腌咸豆吃。

结完账，出了旅馆，走到火车站时，女子才对三四郎说，她打算乘坐关西线的火车到四日市。不久，三四郎要乘坐的那趟火车要进火车站了，女子还得继续等待，她送他去检票口。

“真是给你添麻烦了……一路顺风。”她很客气地行礼。三四郎一手拎着包和伞，一手摘下他的旧帽子，只说了声“再见”。

“你真是一个胆小的人啊。”她的口气很平静，说完莞尔一笑。

三四郎觉得被人推上月台似的。他进了车厢后，感觉两只耳朵异常发热，很长时间，他都缩成一团，没有动弹。不一会儿，乘务员将口哨吹响，哨声穿过长长的车厢，从这一头传到另一头。列车开动了，三四郎这才悄悄地从车窗向外望去，女子早已没了踪影，只有站台上的大钟十分醒目。三四郎又悄悄地坐回自己的座位上。车上有很多人，但是没有人注意到三四郎的举动，只是坐在三四郎斜对面的一个男人，在三四郎回到座位上的时候，撇了三四郎一眼。

三四郎被这个男人看了一眼后，有些不自在了。他想通过看书来调节自己的情绪，拉开包一看，昨夜用过的毛巾满满地塞在上面。他用手扒开一道缝儿，随便从里面抽出一本书，却是看不懂的培根[1]著的论文集。这本论文集装帧粗糙，三四郎原本不想将这本书带到火车上阅读，但是大件行李实在放不下了，他只好同其他两三本书一起放在包里的最底层，不巧竟然抽出它。

三四郎打开这本书的第二十三页。他对别的书没有什么兴趣，更无心阅读培根的书。然而，三四郎还是装模作样地翻到第二十三页，从头到尾看了一遍又一遍。三四郎一边假装看书，一边回想昨晚发生的事情。

那个女人到底是怎样的女人？世界上有这种女人吗？大部分女人都是这样冷静，理所应当吗？这是因为没有规矩，还是胆大包天，或者是单纯无邪呢？总之，自己并没有深入体会，不能妄下结论。应该下定决心去亲自体会，但是这么做是挺可怕的。分别时，那个女人嘲笑他胆小，使他颇为震惊。他觉得自己二三十年的弱点暴露出来了，即使亲生父母都没有点透过呢⋯⋯

想到这里，三四郎更加惊慌了，好像被一个来历不明的浑蛋捉弄了，他羞愧难当，觉得无法抬头见人。即使面对着培根这本书的第二十三页，也觉得惶恐不安。

现在回想，那副惶恐失措的模样实属不应该，如此，怎

---

[1] 培根：英国文学家、哲学家、政治家，著作《随想录》。

么还可以读大学、做学问呢？可是，这有关于品行和人性的问题，总要有解决的办法才可以。但是，对方总是那么热情，作为受过教育的自己，有什么比这样更好的解决办法呢？他觉得以后不可以再跟哪个女人随便接触，他没有勇气，非常窘迫，简直就是一个天生患有缺陷的废人。然而……

三四郎豁然开朗，因为想起其他的事情——这次去东京读大学，即将接触名流，和品学兼优的学生在一起，在图书馆研究学问，从事著述，得到社会的赞赏，母亲为我高兴……他幻想着未来的场景，顿时觉得深受鼓舞。他认为他再也不用把脸继续埋在第二十三页书里了。他非常轻松地抬起头，这时，斜对面坐着的男人又在看他，三四郎也回望过去。

那个男人的胡须非常浓密，面孔瘦长，像一个神官。但是他有一副看似洋人的高直鼻梁。如果在学校里，三四郎遇到这种人，肯定以为他是老师。他穿了一件白底碎花的衣服，里面是整齐的汗衫，脚上穿着蓝色的袜子。三四郎从他的服饰上推测，认定他是一名中学老师。三四郎自认为前程似锦，他觉得这个男人没有什么出息。他看起来四十岁左右，看起来没有什么作为了。

男人不停地抽着烟，长长的烟雾从鼻孔里冒出来，他抱着肩膀，一副悠然自得的样子。但是，他不时地站起来，一会儿去洗手间，一会儿又去其他地儿。每当他站起来时，总要伸一个大大的懒腰，似乎很无聊。邻座的乘客把看完的报纸放在一旁，那个男人并没有心情借来阅读。三四郎觉得很奇怪，便合上培根的论文集。本来三四郎想拿出一本其他小说正经地看看，但是因为拿起来很麻烦，只好作罢。他想借前面的乘客的报纸阅读，但是那个人在睡觉。三四郎一边伸手拿报纸一边对长胡子的男人明知故问道：

"没有人看这份报纸吧？"

"应该是没有人看了，你拿去看吧。"男人一脸无所谓的样子，倒让手里拿着报纸的三四郎有些不好意思了。

报纸上面没有什么值得细读的内容。三两分钟他就浏览完了，而后他把报纸叠好，放回原处。同时，他向那个男人轻轻地点点头，对方也稍微点头回礼。

"你是高中生吗？"男人问。

三四郎想到那个男人是看到自己旧帽子上徽章的痕迹了，感到非常开心。

"是的。"他回应道。

"东京的吗？"

"不是，是熊本……不过……"他还是沉默了。

本来三四郎想说自己马上就要读大学了，但是他觉得又没有解释的必要，便制止了。

"是吗？这样子啊。"对方回应了一句，又继续抽起烟来。他没有继续问卜去，熊本的学生为什么会来东京，他似乎一点儿都不关心熊本的学生。

这时候，三四郎前面的正在睡觉的乘客突然说："怪不得。"但是那个人确实熟睡的状态，不是自言自语。长胡子的男人便看着三四郎笑了。三四郎借此机会问道：

"您到哪里？"

"东京。"

他只是慢吞吞地回答了这两个字。不知道为什么，三四郎觉得他越来越不像中学老师了。不过有一点非常确认，但凡乘坐三等车的人都不是大人物。三四郎不再跟他说话了。长胡子男子抱着肩膀，用木屐的前端拍打着地面，发出"笃笃"的声响。看起来他非常无聊，但是，他的无聊完全出自他不想张口说话罢了。

火车到达丰桥时，那个熟睡的乘客一下子站起来。他一边揉着惺忪的双眼，一边下车了。他醒得如此准时，三四郎担心他不够清醒而下错了站。实际上并非如此，从窗口向外望去，他顺利地通过检票口，没有一点儿不够清醒的迹象。三四郎这才放心，重新把座位调到对面，便和长胡子的男人坐在一起了。男人换了一下位置，探出头去买窗外的水蜜桃。

不一会儿，他把水果放在两个人之间。

"你要来吃一个吗？"他问。

三四郎说了声"谢谢"便吃了一个，长胡子的男人看起来很喜欢，他狼吞虎咽地吃着，并劝三四郎多吃一些。三四郎又吃了一个。在两个人吃水蜜桃的时候，关系变得亲密了，于是，两个人开始天南海北地侃起来。

男人说，在水果中最富有仙人气质的就是桃子了，它带有不同寻常的味道。首先，桃核的样子看起来很滑稽，到处都是窟窿，真是笨拙可爱。三四郎首次听人这么说，他觉得真是天花乱坠。

男人还提到另一件事，他说子规很喜欢吃水果，并且多少水果都不放过。有一次，子规吃了十六个大柿子，吃完竟然一点儿事都没有。他说不管怎样自己都不能跟子规比。三四郎一边听一边笑，看样子他对子规的故事非常感兴趣。三四郎希望他再多讲讲关于子规的事情呢。

"一旦看到爱吃的食物，总要伸手去拿，这有什么办法？比如象猪，虽然没有手，却有长鼻子。如果把象猪捆起来，它无法动弹了，然后在它的鼻子面前放很多好吃的，正是因为它无法动弹，所以鼻子能够越来越长，一直伸到可以够到食物为止。这样看来，没有什么比专心致志更厉害的啦。"他说完笑起来了。不知道他说的到底是真实的还是玩笑话。

"幸好咱俩都不是猪，不然看到好东西一个劲儿伸鼻子，那么，肯定没办法乘坐火车了。哎哟，真是伤脑筋。"

三四郎一下子笑出声来，但是对方依旧非常平静。

"讲来还挺危险的，列昂那多·达·芬奇曾经做过一个实验，他将砒霜注射到桃树的树干里，以验证毒素是否可以渗透到果实里。结果，有人吃了桃子就毒死了。真可怕，稍微不注意，就会有危险吧！"

他一边说，一边把桃核、果皮规整在报纸里，揉作一团扔向窗外。

三四郎这时候已经没有心思再笑了。他的心里有些敬畏，当听到列昂那多·达·芬奇的名字，而且他想起昨天的那个女子，内心更加不爽了。于是，他没有再说话。然而，对方丝毫没有注意到这些。过了一会儿，他问三四郎：

"你要去东京哪儿？"

"我初次来，不是很熟悉情况……现在只能先到学校的集体宿舍。"

"这么说的话，熊本那边……"

"我是今年才毕业的。"

"哦，这样啊。"那个男人既没有表示祝贺也没有表示赞赏，"即将去上大学啦？"

"是的。"三四郎有些不爽，只是随口回应一下。

"什么专业？"男人又问道。

"一部。"

"法律？"

"不是，是文学。"

"哦，这样子啊。"

三四郎每次听到"哦，这样子啊"这句话时，总有些不太明白。他想，或许对方是一个很厉害的人物，根本不把自己放在眼里。不然，他就是一点儿不关心大学、没有感情的人。因为三四郎不好判定他到底属于什么类型，所以也不知道该以什么态度对待这个男人。

两个人在滨松车站不约而同地吃过饭，火车还没有启动。隔着车窗向外望去，四五个洋人在列车面前来回走动。有一对看起来像夫妻的模样，即使这么热的天气，还手挽着手。女的穿着一身洁白的衣服，非常漂亮。三四郎生平只见过五六个洋人，有两个是熊本高中学校的教员，其中一人命不好，得了佝偻病。他还认识一个女传教士洋人，尖嘴猴腮，就像一个柳叶鱼或者梭子鱼。而面前这些打扮得时尚而漂亮的洋人，不仅不常见，而且看起来很高贵。三四郎都要看入迷了。他认为，他们之所以趾高气扬是应该的呀。自己如果去了西方，生活在这些人中间，那多么难为情啊！有两个洋人从窗前经过，三四郎仔细听他们说话，但是一句也听不懂。他们的发音与熊本的教员截然不同。

此时，男人从三四郎的背后探出脑袋。

"车怎么还不启动呢？"他说完，看了一眼刚过去的洋人夫妇。

"哎哟，真漂亮。"

他打着哈欠含糊地小声说。三四郎觉得自己太土了，赶紧收回脖子，坐回到座位上。男人也跟着坐了下来。

"洋人看起来就是漂亮嘛！"他说。

三四郎没有说话，只是笑了笑，轻声"嗯"了一声。

长胡子男人继续说道："咱俩都很可怜啊。凭我们的外貌，如此弱小，即使日俄战争胜出了，成为强国，并没有什么用。一切建筑物、庭院都与我们的外貌相称。对了，你第一次去东京，应该没见过富士山吧？马上就要到了，你一定认真看看，这是日本最壮丽的山了，没有什么能超过富士山了。不过，富士山是自然界的产物，自古就有了，并不是凭借我们的本事建造出来的，有什么可骄傲的呢？"

他"嘿嘿"地笑了。

三四郎没有想到，日俄战争之后，竟然还会遇见这样的人，他着实不像日本人。

"日本也在慢慢地发展呀！"三四郎辩解道。

"终归要亡国的。"男人平静地说。

如果在熊本，有人这么说，肯定会被打，甚至会被当成卖国贼。三四郎从小生长的环境比较淳朴，脑袋里不能出现一丁点儿这样的想法。因此，他认为，或许对方觉得自己的年龄比较小，而故意愚弄人。那个男人依旧玩世不恭地笑着，说话的语气依旧悠然自得，让人茫然。三四郎只好不再同他说话，沉默地坐在那里。但是那个男人却又开口道：

"东京比熊本大。日本比东京大，但是日本……"他稍微顿了顿，再次看了看三四郎的脸，侧过耳朵等了片刻，接着说，"日本没有人是大脑袋啊！"他还说，"作茧自缚，终将一事无成；偏爱和护短，反而使日本停滞不前。"

听完这些话，三四郎确定自己的确已经离开熊本了。他才忽然明白，自己待在熊本的时候是多么胆小懦弱。

当晚，三四郎来到东京。直到分开时，也没有见长胡子的男人通报自己的姓名。三四郎相信，到了东京，这种人一定随处可见，所以他也没有主动询问对方姓甚名谁。

# 第二章

东京的许多事物都让三四郎感到惊奇不已。首先，他最感兴趣的就是电车"叮当叮当"的声音。铃声响起的时候，一众乘客随之上车下车，这种情形着实令人新奇。其次是丸之内大街。然而更令他吃惊的是，无论是哪里，都散发着东京的气息，并且成堆的木材和石头随处可见。新房子都建在离马路一两丈远的地方，古旧的仓库只拆了一半，留下的部分被精心保护起来。似乎在很多东西被破坏的同时，还有很多东西正在建设之中。东京正发生着翻天覆地的变化。

三四郎完全震撼了，一个平凡的乡下人第一次来到繁华都市，那种心情和感触根本无法言表。之前掌握的知识根本没有办法平息自己激荡的心情。起伏的情绪动摇了三四郎的自信，这让他感到闷闷不乐。如果这些剧烈的变化才是现实世界的真实面貌，那么自己过去的生活，就完全脱离了现实世界。仿佛躺在洞之卡山口一直在睡午觉一样，到这一刻才真正清醒过来。那么是否能在这种变动之中承担起自己的责任呢，恐怕很困难。这一刻，自己已然置身于变动之中，而只有环境发生变化，周遭的事物纷纷改变，才能开始与过去截然不同的学生生活。在世界的动荡之中，虽然亲眼见证了改变，却无缘亲身参与到这种动荡之中。尽管自己的世界和现实世界处在同一个平面，却完全没有交点。这让他感到十分不安。

站在东京的中心地带，三四郎看着电车、火车、穿白色或黑色衣服的人在眼前来回穿梭，内心十分感慨。然而，一直处于校园生活中的他对外界观念的变化毫无察觉——从人们的思想观念上来看，四十年间的明治变革，相当于西方国家三百年来发生的所有重大事件的总和。

三四郎沉浸于日新月异的东京市中心，黯然神伤的时候，他收到母亲从家乡寄来的第一封信。拆开信件，洋洋洒洒都是母亲的叮嘱。信的开头，母亲说今年大丰收，喜事一桩。然后叮咛他小心身体，还提醒说东京人刁钻、狡猾，要他小心提防。然后告知学费会在每月的月底寄来，不用担心。末尾母亲提道，胜田家的阿政有个表弟，好像一毕业就进了理科大学任教了。母亲嘱咐三四郎一定要去拜访他，请他多多照拂。看上去似乎是因为把最重要的名字落下了，只好在信纸的空白处又加了"野野宫宗八先生"几个字。除此之外，还有一些琐事：阿作的青骢马病死了，阿作伤心欲绝；三轮田的阿光给家里送了香鱼，但是担心在寄往东京的中途烂掉，就留在家里吃了……

拿着这封信，三四郎觉得它好像是从远古时代寄来的。尽管有些对不起母亲，但是他有一种无暇细读这种信件的感觉。想归想，他还是将母亲的信仔细读了两遍。毕竟，如果他要接触现实世界，现在除了母亲也没有什么其他人了。母亲是典型的旧社会妇女，住在古老的乡下。至于火车上偶遇的那个女人，就好比现实世界当中的一道闪电。如果可以称得上接触的话，实在过于短暂、过于尖锐了。最后，三四郎决定按照母亲的嘱咐，去拜访信中的野野宫宗八。

第二天，天气比平时更加炎热。三四郎暗自斟酌，现在正赶上假期，即便到理科大学去，也不一定能见到野野宫君。不过母亲并没有告诉他确切的住址，自己先去打听一番也好。下午四点左右，三四郎走过一所高中旁边的小路，从弥生町上的那个大门穿过。这边的马路上，尘土有二寸厚，木屐、皮鞋、草鞋踩上去，到处都是清晰可见的脚印及错综复杂的汽车和自行车车辙。在这样的小路上行走，难免让人气闷。等到进入庭院看到繁茂的树木之后，心情才总算舒畅起来。他向传达室走过去，发现房门是锁着的，绕到后面也一样没办法进去。最后只好到边门那边试试运气，他小心翼翼地试着推了一下，没想到门竟然开了。只看见一个伙计坐在走廊的拐角处打盹儿。三四郎向他说明来意，还没有完全清醒的伙计便望向上野的树林，好大一会儿终于清醒了过来。

"可能在家呢。"他突然说道。说罢便起身向里面走去。这真是个环境清幽的地方。不一会儿，那伙计便出来了。用熟稔的口气对他说："在家，快请进来吧。"

三四郎跟在伙计身后，转过拐角，沿着混凝土的长廊一路走下来。这时，周围忽然变得昏暗起来，不清晰的视线让人一阵晕眩，仿佛有刺眼的阳光刚刚照进眼睛一样，过了好一阵子，三四郎才逐渐适应，慢慢看清了四周的景象。这是一个地窖，所以环境阴暗一些。左手边有一扇门，正开着，里面闪出一张脸，宽阔的前额，铜铃般的眼睛，一副寺院僧侣的模样。他身着绸布衬衫，外面套了一身西装，衣服上到处都是污垢。这人个子很高，身材清瘦，倒是与这炎热的气候特别相称。他把头和脊背保持在一条水平线上，弯向前方，对着客人边行礼边说道："这边请。"说罢，自己先转身向室内走去。三四郎走到门口，观察了一下屋内的情况。这时，野野宫君已经端坐在椅子上了。"这边请。"那人又说了一遍。他口中的"这边"摆着一个座位，是用四根方木棍撑起来的一块木板。三四郎走到座位前坐下来，因为是第一次见面，难免一阵寒暄。打过招呼之后，三四郎请对方多多关照。对话期间，野野宫君只是"唔，唔"地回应两声，他的表情与火车上遇到的吃水蜜桃的男子有几分相像。三四郎做完自我介绍之后，一时也不再开口，野野宫先生便不再发出"唔，唔"的声音。

三四郎环视了一下屋内，发现正中央放着一张长而宽的栎木桌子，上面摆了精巧器具，是用粗铁丝制成的，桌子旁边是大玻璃，里面盛着水，剩下的就是锉刀、小刀以及被随意丢在一旁的一条领带。目光转到对面角落的时候，只见约莫三尺高的花岗岩平台上，放着一个酱菜罐头一般大小的复杂设备。三四郎仔细一看，那设备的正中央有两个洞，就像蟒蛇眼睛一般闪闪发光。"是不是还挺亮？"野野宫君笑了，还为三四郎解释了一番，"我白天准备好，晚上等来往车辆和其他声响都归于平静的时候，再钻回这幽暗的地窖，利用望远镜窥视如眼珠大小般的小洞，探测着光线的压力。这个工作开始于今年新年，由于装备较为繁杂，想要的理想效果至今尚未得到。夏天相对较好，冬季夜里最为难熬，纵使穿上外套，围上围巾，依旧觉得冷彻骨髓……"

　　三四郎甚是惊奇，这种惊奇又使得他为自己的无知感到苦恼。光线怎么会有压力呢？即使有，那么这种压力又有什么用途呢？"你亲自来瞧瞧吧。"野野宫君说。望远镜放置在离石台一丈开外的地方，三四郎好奇地走过去想要观望一下，他将右眼贴近望远镜，却什么也看不见。

　　"怎么样，你看到什么了？"

　　"什么也看不见。"

　　"哦，那是因为镜头盖没摘掉呢。"野野宫君走上前去，把望远镜前罩着的东西取了下来。三四郎再上前一瞧，便能看见一团亮光，但是轮廓模糊，周围有着一圈刻度，如同尺子一般，并且在亮光的下方有个"2"字。

　　"现在看见了什么？"野野宫又问。

　　"我看见了个'2'。"

　　"注意，马上要动啦。"野野宫君说话的工夫扳动了一下望远镜。不多时，光团中的那些刻度开始流动了，很快，"2"字渐渐消失，马上出现了"3"字，紧跟着浮现出了"4"

字，"5"字，直到最后的"10"字出现。接着这些刻度来回地流动，从"10"字开始，"10"到"9"字消失，然后"8"到"7"，再"7"到"6"，最后顺次递减到"1"停了下来。

"有趣吗？"野野宫君问道。三四郎的眼睛虽然已经离开了望远镜，心里感到吃惊，但对于那些刻度数代表的含义却无心询问。于是，三四郎只是客气地道了谢，从地窖里探出身来，走到了人群密集处，头顶的骄阳依旧似火。天气虽然炎热，他还是做了一个深呼吸。宽广的坡道上洒满了西斜的阳光，坡道边的建筑属于工科专业，建筑上的玻璃窗放射着光芒就像即将熔化了一般。天空清澈高远，在纯净的天际，西下的太阳不断地飘散出炽烈的火焰，三四郎的脖颈被炙烤着。半个身子都在承受着夕阳的照射，三四郎走进了左边的树林。同一太阳的光芒也在考验着这大半个树林，层层叠叠的枝叶之间，仿佛被一层红色浸染。高大的榉树上的蝉聒噪不已，三四郎蹲在水池[2]边。四周寂静异常，连电车的声响都没有，原本有电车通过大红门[3]，但有学校的抗议，只得绕道小石川了。三四郎在水池边猛然想起，在乡下时报纸就曾报道过此事。一所连电车都不允许通过的大学，与社会的距离是多么遥远。

————————

[2]　位于东京大学校园内，这个水池因为夏目漱石的《三四郎》而出名，又被称为"三四郎池"。

[3]　东京大学的通用门之一，一般指东京大学，现已被指定为日本的"国宝"。

偶尔走入大学校园，竟然有类似于野野宫君这类人，为了光压实验，半年多的时间一直守在地窖中。若是在校外遇见野野宫君，以他质朴的衣着，定会把他错当成电灯公司的普通工人。然而他为了研究，欣然把根据地设在地窖中，孜孜不倦地工作，这实属不易。诚然，不论数字如何变化，望远镜里的世界都与现实世界毫无关联，对于野野宫君而言，他也许终生都不愿意进入现实世界。正因为生活在这种静谧的空气中，形成那样的心境也很自然吧。自己干脆与这鲜活生动的世界斩断一切往来，修身养性，了此一生罢了。

三四郎出神地望着池面，大树和天空倒映水中，在池子底下形成碧青的倒影。此时，三四郎的心绪已脱离了电车、脱离了东京、脱离了日本，变得飘忽而遥远。然而不多时，一种轻云般的寂寥感慢慢陇上心头。他觉得，这正与野野宫君一人独坐在地窖中的那种寂寞情怀是一致的，高中时期，在熊本，三四郎曾登上清幽的龙田山，躺在运动场上睡觉，周围长满了忘忧草。那一刻，他曾几度忘却了整个世界。然而，今天才开始产生这种孤独感。

也许是因为看到这东京的急遽变动吧，又或者说——此刻三四郎因想起了火车上的那个女伴而脸红起来——自己依旧依赖于现实世界。但是，他又觉得现实世界有种令人难以接近的危险，三四郎想要立即回到旅馆好给母亲回信。

三四郎猛然回首，看见有两个女子立于左面的小丘上。她们所立之处的下面是水池，高崖上的树林正对着这片水池，树林后面还隐藏着一座哥特式建筑，红砖砌成的建筑物看起来特别漂亮。太阳马上就要落山了，阳光穿过对面那些景物照射过来。女子就这样迎着夕阳。此刻三四郎蹲在树荫里向上看，只觉那小丘上十分明亮。两个女子中的其一让人看了有些炫目，她手执团扇，将其遮在前额处，让人看不清楚她的脸庞，但鲜艳的衣服和腰带却十分抢眼，脚上的白布袜也很鲜明。她穿的鞋子不太能看清，但从鞋带的颜色可以断定是一双草鞋。另一个手上没有拿着团扇的女子穿着一身洁白的衣服，额头微微簇在一起，正望着对面的一棵古树发呆。古树长得异常茂盛，长长的枝条恰好垂到了水面。两位女子相依而立，白衣女子稍稍地靠后些，站在与土堤相距一步远地方。从三四郎的角度看过去，此二人的身影是斜对着的。

　　他只觉得眼前的景象明丽而美好。然而，自己只是一个乡下人，眼前这景象究竟怎样动人，他也不是很明白，也说不出个所以然来。此外，在三四郎的认知里，那位白衣女子一定是一个护士。

　　三四郎凝望着。这时，白衣女子的脚步仿佛无意识地迈动着，颇为悠闲地走动起来。紧跟其后的是拿团扇的女子，不出一会儿，两人从斜坡上信步走了下来。三四郎仍然出神地看着。

　　坡下立着一座石桥，如果不过桥，直走过去就是理科专业了，而两个女子径直走过石桥沿着水池走到这里来。

　　女子将团扇从额前拿了下来。她手拈白花，花置于鼻尖之上，眼睛往下，边走边嗅。在离三四郎五六尺远的地方突然站住。

"这树叫什么名字？"她仰起脸问道。

面前的大椎树，枝繁叶茂，挡天蔽日，树顶大而圆，一直延伸到水池边。

"这叫椎树。"那护士答道。她的神色犹如在教导孩子。

"哦，这树会结果吗？"

说罢，她收回仰着的脸庞，回身之时趁势望向三四郎。一刹那，一丝光在女子乌黑的眼珠中倏忽一闪，三四郎觉得自己真切地感受到了那丝光。此时，一种莫名的情绪取代了关于色彩的感觉，忽地在心中陡然升起。在火车上时，那名女伴就说过他没有胆量，而此时此刻的心境让三四郎感觉似曾相识，与那时似有相通。令他感到惶恐不安。

两个女子路过三四郎的面前时。那位年轻的女子将刚才嗅的白花扔下，刚好落在了三四郎身前。三四郎看向她俩的背影，一时之间出了神。护士在前，年轻的紧跟其后。透过多彩的夕阳，他看到一条染有白色芒草花纹的腰带束在那名女子的腰间，一朵雪白的蔷薇花簪于发间，在椎树荫下，雪白的蔷薇花点缀在乌黑的秀发上，显得格外夺目。

三四郎略有些迷惘，片刻，他轻声嘀咕着"真矛盾"。是那女子的气质与大学的氛围格格不入呢，还是那夺目的阳光和眼神有冲突？是因为这个女子联想起那火车上偶遇的女人从而使自己心生困惑呢，还是自己对于未来的规划中隐藏着矛盾的内容？又可能是自己内心中愉快但又不安的心情之间产生了矛盾？——他只能感觉到矛盾的存在，至于为什么会有如此复杂的情绪，他这个乡下人却是一窍不通。

　　三四郎拾起地上的鲜花，那正是刚才那位女子丢弃在他面前的，他嗅了嗅，并没有闻到有任何特别的香气。他将花丢弃在池中，任由花瓣漂浮在水面上。这时，突然听到有声音从对面传来，呼唤的正是自己的名字。

　　三四郎将视线从水池中的花移向对面，发现呼唤他的人是野野宫君，他站在对面的石桥上，在阳光的映衬下显得身影十分颀长。

　　"你还没有离开啊？"野野宫君问道。在回答他之前，三四郎先起身，慢慢走上石桥。

　　"嗯。"他有气无力地回应道。但野野宫君却不以为然。

　　"凉快吗？"野野宫君接着问道。

　　"嗯。"三四郎应声答道。

　　野野宫君望向水面，过了一会儿，他的右手在衣袋中摸索着，不知道在寻找着什么。这时有一个信封从衣袋中露了出来，字迹娟秀，应该是女人的笔迹。野野宫君并没找到自己需要的东西，便把那只手垂了下来。

　　"今天晚上的实验无法进行了，装置出了一些问题。不如我们一起去本乡那边散会儿步，怎么样？"

　　三四郎很干脆地答应下来，两个人顺着斜坡爬上了小丘。野野宫君走到一处停留了下来，正是刚才那两个女子站立过的地方，他望着对面的绿林背后的红色建筑，以及水池，在高崖的衬托下，水池显得地势极低。

"景色很美吧？只是建筑拐角有些突兀。不过，你注意看，从林峰间望过去，那座建筑建造得十分精美。虽然工科大楼也不错，但和它比起来还是略逊一筹。"

对于野野宫君的审美能力，三四郎十分惊讶。老实说，自己分不出什么好坏来。所以，只能"唔，唔"地应付着。

"还有，你看这儿的树和水虽然没有给人什么特别的感觉，不过这里可是东京的市中心，却能如此幽静。想要做学术没有这样的地方怎么行呢！但是近几年东京越来越喧闹了，很让人伤脑筋。还好这里依旧是学术的殿堂。"野野宫慢慢地走着，指着左手边的一座建筑，"这是举行教授会议的地方。喏，不过我是不用参加会议的，只用在地窖中做实验就行。近年来，学术界发展迅猛，稍有松懈就被淘汰。在别人看来，地窖实验如同做游戏，可是其中的艰辛只有我这个实验者才能明白，为了这个实验，精神时刻都要高度集中。这种劳动不亚于电车的高手运转甚至还要强烈。为了试验，我连消夏度假都取消了。"

他说完仰望着宽广的天空。这时，阳光正在逐渐减弱，宁静的天空一片蔚蓝，只有几抹淡淡的白云飘浮在大空中，云彩的形状就像是刷子刷过留下的痕迹。"你知道那云为何那样吗？"空中半透明的云彩吸引了三四郎的目光。

"那些都是雪霰，它流动的速度甚至能超过地面上的飓风。但是，从我们的角度上看却好像纹丝不动——罗斯金[4]的著作你读过吗？"

"没有。"

"是吗？"野野宫君反问了一句后就沉默了。过了一阵儿，他接着说，"我应该和原口说，对着天空写生也会很有意思的。"

原口是一个画家，不过三四郎肯定不知道这些。两个人路过倍尔兹[5]的铜像，又走过枳壳寺，最后来到电车道上。路过铜像的时候，野野宫君询问三四郎对铜像的看法，三四郎觉得有些尴尬不知如何回答。校外异常热闹，电车来回穿梭。

"你讨厌电车吗？"这个问题，让三四郎陷入了思考，电车对他而言说不上讨厌，应该是害怕。不过，他没有多说什么，只"嗯"了一声。

"电车很讨厌。"野野宫君说道。可是真看不出来他讨厌电车。"如果没有乘务员的帮助，我都不知道如何换乘。这两三年，电车的发展给人们的生活带来了方便，但也带来了烦恼，就像我的学术一样。"他笑着说道。

现在正是开学时期，来往人群中有很多中学生，头戴着新帽子。看着这些年轻的中学生，野野宫很高兴。"又有很多新生来报到了。"他说，"年轻人意气风发，多好啊。你

---

[4] Jhon Ruskin（1819—1900），英国文学批评家、美术评论家。

[5] Erwin Baelz（1849—1913），德国著名内科医生，1875年应邀赴日讲学。东京大学校园有他的铜像。

今年多大啦？"三四郎按照住宿登记簿上的年龄做了回答。"所以你比我小七岁。拥有七年的时间可以做很多事情。不过时光飞逝，七年的时间一眨眼就过去了。"对于他的话孰真孰假，三四郎有些琢磨不清。走进十字街头，很多书店和杂志点并排在左右两侧。有两三家店里人头攒动，挤满了看杂志的人。看完一走了之，不用买了。"这些家伙真狡猾！"野野宫君说着笑了。不过，他自己也拿起一本《太阳》[6]杂志打开看了看。

在十字路口的左右侧分别是一家西洋化妆品商店和一家日本化妆品商店。电车飞快地穿过这两家商店之间，打了一个弯儿，驶了过去，叮当作响铃声不断地传入耳中。很难通过街头拥挤的行人穿过路口。

"我需要点儿东西，过去买一下。"

野野宫君用手指向那家化妆品商店说道。说完就从叮当作响的电车缝中穿了过去。三四郎紧跟尾随着穿越街口。不过野野宫君已经走进了商店。三四郎等在店外，看见都是些梳子、花簪之类的东西陈列在玻璃货架上。对于野野宫君需要的东西，三四郎觉得很好奇，于是他便走了进去，看见一条彩带，如同蝉翼一般轻盈，正被野野宫君攥在手里。

"怎么样？"他问。

这时三四郎想起应该给三轮田的阿光选一些东西，当作香鱼的回礼。可一转念，这东西要是阿光收到后，她估计会

[6] 日本第一个综合月刊杂志。1895 年创刊，1928 年停刊。

さんしろう・二九

胡思乱想一番，一厢情愿地认为这绝对不会是对她送香鱼的酬谢，因此也就打消了这一念头。

漫步走到真砂町，野野宫君想请三四郎吃顿西餐。野野宫君非常推荐这家店，说这家在本乡是最好的餐厅。对于西餐，三四郎原本只想尝一下，可真吃起来，也就没剩下多少了。

在西餐馆前，两个人做了简单的告别后，三四郎默默地沿着岔路口走了回去。很快，他就走到刚才那个十字街口。他想着要买木屐，于是又折向左边。一进到木屐商店，就看到一个姑娘坐在煤气灯下，雪亮的光线照在她的脸上，脸上厚重的白粉让她看起来犹如一尊雕塑成妖怪的石膏。一种厌恶之情油然而生，三四郎打消了购买的欲望。走在回去的路上，刚刚在学校水池旁巧遇的女子的脸庞不断地浮现在他的脑中——虽然她的肌肤很细嫩，但是面色像微微烤焦的年糕片一样，略微泛黄。三四郎认为，这样的肤色才是大多数女人应该有的。

# 第三章

　　从九月十一日起就正式开学了。上午十点半，三四郎按时到达学校，一进校就看到课程表贴在大门口的布告栏里，周围没有学生。他在笔记本上将自己所要学习的课程抄写下来，然后去办公室询问什么时候开始上课。只有一名工作人员在里面，那人漫不经心地告诉他就是今天。三四郎又问，为什么他看到每间教室都没有人上课。"因为老师没来。"那人答道。三四郎恍然大悟。他转到办公室的后面，在一棵大槐树下站了一会儿，仰望着高高的天空。天空看起来比平时更加明净。三四郎穿过一片山白竹林，朝向原先的水池走去，蹲在原先那棵槐树下。他想，要是再遇见那个女子该有多好。三四郎不时地望向山坡，没有看见一个人影，不过他觉得这在情理之中。他没有动弹，一直蹲到午间铃声响起时，他被铃声吓了一跳，不一会儿就起身向宿舍走去。

　　第二天，他八点整就到校了，一进大门，大道两旁的银杏树就映入眼帘。这些银杏沿着斜坡延伸下去，低落至远方。他站在大门处，向里面望去，目光所及之处仅到理科楼二层的一小部分。上野的树林就在这座楼后面，此刻太阳从正面照射过来，二者交相辉映，形成了朝阳里最亮丽而又极具纵深感的景色。三四郎沉浸在美景当中，备感愉悦。

　　在银杏的尽头，右侧是法文科专业，斜对面是博物专业。两座建筑格局相同，三角形的尖屋顶上镶嵌着细长的窗户。在尖屋顶的边缘，红瓦与黑屋顶之间连接的细线由略带蓝色的石条组成，这石条与美丽的红瓦紧紧相连，两者的结合别有一种情趣。这些细长的窗户和高耸的屋顶，并排成一列。自从上次与野野宫君交谈以后，三四郎便认识到了这些建筑尤为珍贵。然而今天，即使没有野野宫君的见解，自己对这些建筑也有了不少感想，这两座建筑并没有完全对称而是错落有致地排列着。这种不规则的布局让他感觉非常奇妙。三四郎想，再有机会遇到野野宫君，这点新发现可以告诉他。

　　距离法文科大楼右侧五十多米远的地方是图书馆，这样的布局让他十分佩服。这些建筑看上去大体相同，让三四郎有些分辨不清。五六棵高大的棕榈在红墙外边排成一列，这里的空间宽敞、环境优美。左侧后方是工科专业，建筑样式与封建时代西洋的城堡有些相仿，大概是仿效塔楼式的建筑。正四边形的整体，方形的窗户，入口与四个角落是圆的。这座像城堡一样的建筑看上去很坚固，不像法文科那座建筑，宛如低姿态的摔跤手一样遥遥欲倒的感觉。

　　三四郎眺望远方，估摸着远处还有不少建筑现在看不到，一种敬佩之情油然而生。"这才是最高学府应该有的样子。建筑布局如此完美才配得上研究工作。真是了不起！"三四郎此刻觉得自己仿佛就是一个大学者。

但进入教室，放眼一望，即使上课铃已经响过，教室内依然空无一人，没有先生也没有学生。下一堂课还是无人到来。三四郎离开教室，非常生气，不过为了慎重，他还是围着池子绕了两圈后，这才向寓所走去。

十多天以后，终于开课了。三四郎进入教室等待先生，这是他第一次与其他学生一起等待，此时他的心情与往常大不一样。三四郎审视着自己，他觉得自己像一位参加祭典时装束整齐的神官。这种心情的产生应该是被学问的威慑力镇住了。在铃声响后的一刻钟里，敬畏之情不断在增长，这是在三四郎预料之中的。

不一会儿，一位年长的西洋人走进教室，看上去是人品端正的老爷爷，他讲课用的是流利的英语。三四郎这才明白原来"answer"是由 and-Swarn 这个词演化过来的，原先这个词是盎格鲁—撒克逊语，接着又知道了一个村庄的名字，司各特曾经在这个村庄读过小学。这些词都被他仔细地记在笔记本上。

下一堂课应该是文学评论，另一位先生走入教室，看见黑板有 Geschehen 和 Nachbild[7] 这两个词，他笑道："这是德语呀！"即刻便匆匆擦去了。三四郎瞬间对德语少了几分敬意。课上，这位先生针对古代文学家讲了十多个要点，三四郎非常认真地把这些做了笔记。

---

[7] 德语，分别为"事件"、"抄写本"之意。

下午的课安排在大教室，大约有七八十位同学在里面上课。因此先生上课的语气好似在做演说。他以一句"一声炮响惊破浦贺梦"[8]作为开场，然后又抛出了一堆名字，都是关于德国哲学的。三四郎很感兴趣，但是不好理解。他发现桌面上雕刻着两个漂亮的字——"落第"。可以想象这人能在坚硬的枧木板上刻字一定很悠闲，从整齐的刀纹可以看出此人功夫之深，一定是一个老手了。同桌的男子正专心记笔记，三四郎探头一看，原来是对着先生在画漫画，不是做笔记。三四郎探头的动作引起了同桌的注意，同桌将笔记本展示给他看。画得很生动，还写着一行旁批："天上子规自在鸣。"[9]三四郎不明白是什么意思。

下课后，三四郎感到些许疲惫。他双手托腮倚在楼上窗口，俯瞰正门内的校园。只有一条路面铺着沙子的大道在校园内，高大的松树和樱树栽在宽广的大道两边，这里人工修饰的地方极少，看上去令人感到自然、舒畅。之前野野宫君说，原来这里的景色没有这么美，他过去的一位老师，曾经在学生时代来这里骑马巡游。马发起了脾气，不愿听话，专门从

---

[8]　1853年，德国人柏利乘"黑船"始抵横须贺浦贺港，从而打破了日本幕府的锁国政策。

[9]　幕府末期儒者安井息轩，青年时代曾写过这样的座右铭："君不见冈上子规不闻声，总有一天鸣太空。"表露自己即将发迹的宏伟抱负。

树底下穿过。结果树枝将老师的帽子钩走，木屐齿也卡在了马镫里。当他困窘难堪之时，一群理发师跑出来，嘻嘻哈哈地看起了热闹，这些师傅都是正门外"喜多"理发店的。当时校园内的马厩是由一些有志之士集资建造的，饲养三头马，聘请一名专业的骑术师傅。没有料到这师傅是个大酒鬼，结果将三匹马中最好的那匹马换成酒喝了。听说那老马可是拿破仑三世时代的，虽然未必可信，那马不一定是拿破仑三世时代的。不过他想总是会存在着那种闲适自得的年代。这时，一个男子走了过来，正是那个刚刚画漫画的人。

"大学的课程也不过如此，没有什么趣。"那人说。

三四郎随口附和了一句。其实三四郎对课程是否有意思没有什么见解。不过从此以后，两人逐渐熟络起来。

那天，三四郎有些郁郁寡欢，他觉得无趣，没有去水池边散步而是直接回到了寓所。晚饭后，他反复复习笔记，没有什么特别的感觉。于是他开始写起了家信，用的文体言文一致——开学后，每天都有课程。学校很好，宽阔而美丽。建筑物庄严雄伟。校园内还有一个水池，我每天到池子周围散步，这也算是一大乐事。近来我已习惯了搭乘电车。本想买些东西孝敬母亲，可不知道什么东西合适，所以什么也没有买。如果家里有什么需要，可以写信告知我。听说今年的大米会涨价，家里的大米可以多存放一些时候，不用着急卖掉。不要对三轮田家的阿光姑娘太过热心，来东京以后发现无论是男人还是女人都很多，到处都是人……零零碎碎都是一些无关紧要的琐事。

写完信，他读了七八页英语，又厌了。三四郎想，即使是成本地读这种书也没有什么意义，随后铺床就寝。可是辗转反侧难以入睡，他想会不会是失眠症，要是得了就及早治疗，想着想着渐渐进入了睡眠。

第二天依旧到校上课。课间休息时，大家都在讨论今年的毕业生的各种情况，例如在什么地方有多少人毕业，毕业后在哪里就职，还有谁留在这儿，互相争夺留校名额。三四郎感到一种对于未来的沉重的压力忽然飘向眼前，但是很快又消失了。这时又有人说到升之助，三四郎觉得很有意思，顿时产生了兴趣。于是，在走廊里三四郎询问熊本来的同学，谁是升之助。那人说是一个姑娘，很会说书。接着又详细地告诉他说书的地方在哪里以及招牌是什么特征，并且邀请三四郎周六同去。三四郎想，这位同学怎么能知道得如此清楚。细细打听才知道，原来这人昨晚刚刚去过。三四郎不由得对那位升之助产生了好奇，也想去书场一探究竟。

三四郎原本打算在寓所吃午饭，这时，昨天画漫画的同桌走了过来，"喂，喂"地截住了他，拉着他吃咖喱饭，那家店是本乡街淀见轩。淀见轩是一家出售水果的商店，近来刚刚整修。"这是努弗式 [10]。"画漫画的男子边说边指向这

---

[10]　法文"noureau"的音译。二十世纪初时法国兴起的图案样式，线条单调、粗犷、缺乏人情味。人的态度、动作难以捉摸。

座建筑。三四郎第一次听说努弗式建筑。回来的路上他又告诉三四郎大学生常去的青木堂[11]在哪里。进入大红门后，两人开始围绕水池散步。这时，他对三四郎讲起了水池的故事，已故的小泉八云[12]先生一般不去教员室，上完课后就在水池附近徘徊。仿佛小泉先生曾经教过他一样。三四郎问他，为什么小泉先生讨厌教员室。

"当然啦，你已经听过他们的课了，难道还不明白？竟然连一个能够畅谈的人都没有。"

虽然言语如此刻薄，但是这人却是平心静气地说出来的，反倒令三四郎吃惊。

此人叫佐佐木与次郎，听说从专科学校毕业后，今年大学选修课又来了。他邀请三四郎去玩，说自己的住所在广田家里，位于东片町五号。三四郎问他那是私人寓所吗？他说是一位某高中老师的家。

此后，每天三四郎都准时到校，认真地上课，除了必修课，有时还会去听一些其他相关课程。即便如此，他仍觉得不足。有时一些与他专业毫无关系的课程，他也会去听。不过，这些课程很少有持续一个月以上的，所以去了两三次也就作罢。这样算下来，每周有四十个小时上课时间。即使三四郎如此

---

[11]　西洋食品店。楼上设有小吃部。

[12]　小泉八云（1850—1904）本为英国文学家，后归化日本，曾作为夏目漱石的前任，在东京大学执教。

勤奋刻苦，可是四十个小时还是有些吃不消。虽然三四郎时常有压力，但他仍不满足。这样的情景让他精神变得紧张起来。

一天，他将每周上四十个小时课程的事情说与佐佐木与次郎听。与次郎瞬间瞪大了双眼。

"真傻！试想一下，一天让你吃十顿寓所里无法下咽的饭菜，你会厌烦吗？"

这个比喻如此精辟，如同当头一棒落在三四郎身上。三四郎马上领悟过来，问道："怎么办才好呢？"他寻求与次郎的建议。

"搭乘电车。"与次郎说。三四郎没有领会到他的意思，思考了片刻，还是没有想明白，于是问道："你的意思是真正的电车吗？"

与次郎呵呵地笑道："你想要满足，就应该乘十五六趟电车，围绕着东京转圈。"

"为什么呢？"

"为什么？你想，再灵活的脑袋一旦被死板的课程缠住了，怎么解决？就应该多出去兜兜风嘛！当然，还有很多办法可以解决这个问题，但是乘电车是最为便捷的。"

当天傍晚，与次郎就带着三四郎开始散心，搭乘电车从四条巷到新桥，又从新桥换乘回到日本桥。下车后，他问："怎么样？"

他俩继续走着，由大街拐进一条略微狭窄的小巷，有一家饭馆叫"平之家"，这里的女侍应都有着一口纯正的京都腔，听起来情意缠绵，他俩在这家饭馆喝着酒吃了晚饭。饭后，两个人走出饭馆，与次郎红着脸又问："怎么样？"

接着，与次郎说这附近有家最好的书场，要带三四郎去。他们又拐进另一条窄巷，这里有一家书场，名叫"木原店"，正在讲书的人叫"阿小"。十点钟过后，他们离开书场，走到大街上。与次郎再次问："怎么样？"

三四郎并没有明确地表示"已经满足了"。主要是他觉得也没有什么让他不满足的，这时，与次郎开始议论起那位阿小来。

"像阿小这样的艺术家很少见，他是个天才。不过可惜的是，由于时刻都能来听，反而显得没有那么珍贵了。能够与他生活在一个时代，我们是多么的幸运。无论生的早或是生的晚都听不到阿小说书——有一个人叫圆游，他说得也不错，不过两者相比，趣味各异。同样是扮演小丑，圆游的小丑逗人喜欢，这是小丑式的圆游；而阿小的小丑更加富有情趣，这样的小丑远远脱离阿小本人。所以，圆游的表演很容易将自己本身的特质掩盖，一旦饰演的角色特色鲜明，他自己本人也就不复存在了。但是阿小表演出来的人物特色生动活脱，高于了阿小本人的特色。这正是阿小的表演精髓。"与次郎说到这里，再次追问道："怎么样？"说实在的，三四郎并没有看过圆游的表演，对于阿小表演的妙处也没有什么体会，一时之间很难断定这样的评价是否中肯。不过与次郎的说法颇得文学要领，对于这样富有文学意味的对比法，三四郎很是佩服。

两个人走到高级中校门口。

"谢谢，今天过得很充实很满足。"分别时，三四郎向他表达着自己的谢意。

"我还得再去图书馆一趟今天才算是圆满哩。"与次郎说罢朝着东片町方向走去。听他说完，三四郎这才知道还有图书馆可以去。

从第二天起，三四郎为了去图书馆，将自己原先的听课时间减至一半。图书馆建造得高大、敞亮，高耸的天花板，左右两侧墙壁上开着许多扇窗户。站在这里只能看见书库的入口，由入口向里探望，藏书似乎不少。三四郎停下脚步四处张望，只见有人怀抱两三册厚重的书册，出了书库拐向左边的职工阅览室。其中也有人站在书架那里，查阅自己需要的书，在胸前摊开浏览。三四郎非常羡慕，他想一头转进书库，然后一层一层地攀登到最高的楼层，与世隔绝，在书海中尽情遨游。虽然他没有仔细考虑过应该读些什么书比较好。可是他只觉得书库中有无数的好书，不先看几本又怎么知道自己的需要呢。

可是，三四郎是新生，没有进入书库的权利。所以他查阅目录卡，它们存放在大木箱子里。他弯着身子一张一张仔细地翻阅，不断地有新的书名出现，翻阅很久也没有看完。最后连肩膀都开始酸疼了。三四郎休息了一会儿，趁着这个空当儿，他抬起头环顾着四周，图书馆里的人很多，但是却十分安静。三四郎放眼望去，只能看见一片人头，黑压压的，连五官都难以分辨。看向高处的窗户，满眼都是树，还有稍许露出的天空，远处的喧闹声不断传来。三四郎站在馆内，心中想的是学者静谧幽深的生活。当天，这样的心情一直伴着他回到寓所。

第二天，三四郎不再胡思乱想，他进入图书馆后，迅速借了一本书。发现搞错了，还回去又借了一本，谁知难度太大，看不懂，于是又还了。如此反复，每天三四郎都能借上八九本书，其中还是有一部分可以看懂的。不过令他吃惊的是，无论借哪一本书，书上都有用铅笔做的笔记，这证明书是有人预先浏览过。为了更好地证实这个想法，三四郎专门借了一本小说，作者是阿弗拉·贝恩[13]。打开书之前，他心想，肯定没人看过这本书吧。谁知里面依旧有着铅笔的印记，做的笔记还很仔细。三四郎彻底死心了。这时，刚好窗外有一支乐队经过。他想出去走走，散散心，于是起身走上大街，最后走进了青木堂。

在青木堂内的顾客中，有两桌是学生。还有一个男人独自坐在对面远处的角落里正在喝茶。三四郎余光瞟向那个男人，发现他的侧影像极了一个人，那人是自己坐火车来东京时偶遇的，当时他在火车上吃了许多水蜜桃。对方没有察觉

---

[13] Aphra Behn（1640—1689），英国女作家，少女时代在印度度过，后同荷兰富商贝恩结婚。丈夫死后，靠文笔生活成名。

到三四郎的目光，继续喝着茶抽着烟，神态怡然自得。男人今天身着劣质布料做成的西装，而不是那日在火车上穿的白色单和服。不过和测量光压的野野宫君比较，这男人身上的白衬衫还是显得好一些。三四郎仔细端详着那人，断定他就是那吃水蜜桃的人。在大学里学习了一段时间后，现在回想起这个男人当时说的话觉得很有道理，他原本打算过去打个招呼。可是，对方一直望向外面，不断地喝茶、吸烟，找不到什么空当儿可以开口。三四郎继续看向那男人的侧影，忽然一口气喝光了杯子里的葡萄酒，跑着离开青木堂，直奔图书馆。

那天，伴随着葡萄酒的酒劲儿，加上一种精神作用的驱使，三四郎学习的兴趣得到大大提升，他对于这种前所未有的状态感到非常兴奋。三四郎兴致勃勃地看起了书，两个多小时后才发觉时间已晚。他打算回到寓所，于是开始不慌不忙地收拾起来，他随手翻了翻一本刚借来还未阅读的书，发现扉页上有一段文字，是用铅笔写上去的，字迹还有些潦草：

"黑格尔当初在柏林大学开展关于哲学的讲座时，并不是在向大家强行推销他的哲学理论。他的讲演不单单是在叙述事物的真谛，而是一个人领悟了真谛后能够发表出来的一种讲说。他不是在进行口舌之争，而是在表达自己的心声。当人和真谛达成统一，能够融为一体的时候，那么他所说的话，就不单纯是为了讲演而进行的讲演了，而是一种为了道义展开的讲演。这样的哲学讲演才值得人们用心聆听。若空口白牙只一味地谈论真谛，那么记录在纸上的一切都将是空谈，又有什么意义呢？……如今，我正为了应付考试，其实是为了面包，而强迫自己来读这本书。要知道，此刻我的脑袋正承受着剧烈的痛苦，强烈谴责这样的考试制度。"

果然不出所料，通篇都找不到署名。三四郎读完这段文字不禁笑了出来。他觉得自己已经接收到了某种暗示。他认为不光哲学如此，文学也一样。接下来，他翻到了下一页，发现后面还有。

"黑格尔的……"

很明显，此人对黑格尔相当感兴趣。

"当初，各地学生云集在柏林，聆听黑格尔的讲学。他们来听课并不是为了物质的目的，他们为的是黑格尔所传授的哲学的精髓。他们在追寻真谛的道路上常怀有疑惑，为了保持心灵的清净无垢，想要到此寻求答案。因此，他们把希望寄托在黑格尔的讲演上，希望听后可以掌握自己的未来，从而改写自己的命运。倘若你们这些毕业时依旧呆若木鸡、充耳不闻、茫然无知的日本大学生与他们相比，他们的条件简直得天独厚。你们的所作所为与一台欲壑难填的打字机有什么不同。你们的所作所为，与现实世界脱轨。至死都处于浑浑噩噩的状态之中吧，全死都处于浑浑噩噩的状态之中吧？"

"浑浑噩噩"这句话连写了两遍。三四郎顿时陷入沉思。这时，他的肩膀被人拍了一下，回头一看，原来是与次郎。

十分难得能在图书馆里遇见他。虽然与次郎主张的是跑图书馆比上课有趣，然而他总是违背自己的主张，很少到图书馆来。

"喂，有人在找你，是野野宫君。"他说。

三四郎没想到他们二人相识，为慎重起见，追问道："野野宫君？理科专业的那个吗？"

"是的。"与次郎答道。

三四郎马上放下手中的书，走了出去，可是从门口的阅报处一直走到大门口，都没有看见野野宫君的身影。三四郎走下台阶，伸长脖子费力地四处张望，还是没有寻到野野宫君。只好返回图书馆，回到原来的座位，发现与次郎正在看刚刚那段评价黑格尔的文字，并且在喃喃自语。

"这样大言不惭的话语一定是往届毕业生写的。一看就知道是他们所为，以前那些家伙就喜欢胡闹，不过倒是很有趣！"一丝笑意浮现在与次郎脸上，他似乎入了神。

"没有看见野野宫君呀。"三四郎说道。

"我刚刚还看见他在门口呢。"

"他是不是找我有事？"

"好像是的。"两个人结伴一起离开了图书馆。这时，与次郎说，自己寄宿的那位广田先生原是野野宫君的老师，所以野野宫君经常去广田先生家。野野宫君勤学好问，敢于钻研，但凡是他的同行，即使是西洋人，也都知道野野宫君的名字。

三四郎突然想起野野宫君曾经和自己提起，他的一位老师之前在学校门口被马欺负的事情。他猜想，会不会是广田先生呢？三四郎把这事说给与次郎听，与次郎笑着说："很有可能是房东先生，他确实像是会干出那种事来的人。"

第二天刚好是周日，野野宫君是不来学校的。可是三四郎一直记挂着他昨天曾来找过自己，反正自己从未去他的新家拜访过他。于是三四郎决定去他家一趟，顺便问问昨天找他有什么事。

一大早就打定了主意，但是磨磨唧唧看了会儿报纸就到中午了。吃罢午饭，正想出门时，一位从熊本而来的朋友过来看他，两个人许久未见。一直聊到四点钟，那位朋友才离开。虽然天色不早了，按照预先制订的计划，三四郎还是出发了。

四五天前，野野宫的家搬到大久保去了，那里有些偏远，不过如果乘电车，很快就到。听说他家靠近车站，所以应该不难找到。说实在话，三四郎很容易迷路，曾经吃过大亏，那次离开"平之家"饭馆，他原本打算到高等商业学校去，那个学校在神田，结果坐过了站，在本乡的四条巷上车后，经过九段，直接被带到饭田桥。那里有外濠线 [14] 的电车，他好不容易换乘上，可是从茶之水来到神田桥时，他没有及时察觉，电车直接将他沿镰仓河岸带到了数寄屋桥。从此，三四郎一想到要搭乘电车就觉得烦恼。好在听说甲武线 [15] 是

---

[14] 围绕原江户城护城河环行的东京市内电车。

[15] 连接饭田町和八王子的铁道。

直行线，他这才敢放心地乘坐。

他在大久保车站下车后，直接由交叉口处拐向旁边的小路，并没有顺着仲百人大街走向户山学校，这条小路只有三尺宽，顺着它前行，再走过一段斜坡，就能看见一片并不茂盛的竹林，竹林四周住着几户人家。野野宫君的家就在竹林前方。他的家坐落的位置并没有什么大讲究，门很小巧，朝向路面。走进院落，发现其实房间建造的方位与门对立，感觉大门和房子不是一个整体，像是后来装配上去的一般。

一面生机勃勃的花墙紧挨着厨房。院子内一览无余，没有什么隔挡的东西。不过客厅的回廊被比人还高的胡枝子隐约遮住了。回廊上野野宫君放置了一把椅子，此时他正坐在上面浏览西洋杂志。他看到了三四郎，说道：

"这边请。"

当时地窖中他也是这样招呼的。可是三四郎稍稍有些犹豫，不知该从大门绕还是从院子进去。

"这边请。"野野宫君催促着。

从院子进去吧，三四郎心想。客厅与书房是一体的，面积有八铺席宽，房内摆放的书中有很多是西洋书籍。野野宫从椅子上起来坐到了地上。三四郎漫不经心地与野野宫君闲聊了一会儿，都是一些例如这里很清静、交通很方便以及望远镜实验进展如何这类的无关紧要的话题。

"听说你昨天找我有事，是吗？"

"不是什么重要的事。"野野宫君突然有些害羞起来。

“唔。”三四郎随口回应着。

“你是特意为此事来的？”

“哪里，不是的。”

“是这样的，你母亲给我寄了一些贵重的礼品，说‘我家小儿麻烦您啦’。我想应该向你表达一下我的谢意……”

“哦，是吗？寄的是什么？”

“上等的糟红鱼。”

“是比卖知硬骨鱼？”

三四郎心想，为什么母亲要寄这样的蹩脚货。不过野野宫君并不介意，还对这种鱼提了各种问题。关于这种鱼的吃法，三四郎详细地做了介绍。他告诉野野宫君，要想鱼不变味，秘诀就在于烧制时要连酒糟一起，但是要去除酒糟才能装盘。

直到天黑，两个人还在谈论着糟红鱼。三四郎觉得应该离开了，刚想告别，一封电报突然来了。野野宫君读完嘀咕道“糟啦”。

三四郎既不能贸然打听是什么事，也不能装作漠然不知的样子，于是脱口而出地问道：“出事了吗？”

“不，没什么。”

说完，他就将电报递给了三四郎，上面只有“速来”二字。

“是让你去什么地方吗？”

“嗯，妹妹要我马上去她那儿，她最近病了，在大学的医院里治疗。”

尽管野野宫君的回答不慌不忙，但是三四郎却大吃一惊。

野野宫君妹妹的病情，大学的医院，还有那日在池畔遇见的女子，三者混淆在一起，让他心神不宁。

"这么说，病情加重了吗？"

"应该不可能。我母亲在照顾她——如果出事了，乘电车来通知我反而更快一些——我想这可能是妹妹的恶作剧。这个傻丫头经常这么做。自从我搬家后，还没有去探望过她。今天是周日，她应该很盼望我能过去。"说罢，他歪着头想了想，"我还是去一趟吧。万一有事就不好了。"

"是啊，虽说也许没什么事，病情不至于在四五天之内恶化，但还是去一趟安心些。"

"我最好还是去一趟。"

野野宫君打定主意去之后。他说想拜托三四郎一些事：万一电报真是因为病情变化打来的，他今晚就回不来了。家中有一个女仆，胆子很小，恰好这附近有些不安宁。刚好你来了，如果不耽搁你明天的课程，可否请你留宿一晚。当然，要是医院没事，我会立即赶回来的。要是早点知道这事儿，我会提前拜托佐佐木，但是现在找他已经来不及了。就这一晚，现在不知我是否需要留宿医院，这样请你帮忙，给你增加了麻烦，实在过意不去，所以你不答应，我也不会太强求……三四郎是个聪明人，虽然野野宫君没有竭力相托，不过，他还没有把话说完，三四郎就一口应承下来了。

女仆来询问什么时候开饭，野野宫说："我不吃。"然后对三四郎说："不好意思，等会儿你自己吃吧。"说完，就出门了，连饭也没顾上吃。刚一出门，昏暗的胡枝子树丛中传来他的声音。

"你可以随意翻阅我书架上的书，不过没有什么有趣的书，也有几本小说。"说着就消失不见了。三四郎向他道谢并将他送到走廊上。这时候，那片十平方米的竹林，因为长得稀疏，一根根清晰可见。

不久，三四郎坐在八铺席大小的书斋的正中间，开始吃晚饭了。他朝小小的饭盘一看，果然和主人说的一样，上面摆着糟红鱼。很久没有吃到家乡饭菜的味道了，虽然米饭不是很好吃，不过他很高兴。三四郎观察着那个侍候自己的女仆，可不是嘛，眼睛、鼻子都很小，倒是长得真像个胆小鬼。

吃完饭，女仆去厨房收拾了。房中只剩三四郎一个人。在他心境平和的时候，野野宫君的妹妹立即引起了自己的牵挂。他一会儿担心她病情加重，一会儿又担心野野宫君会不会走得太慢。三四郎依稀感觉这个妹妹就是上回在水池那里遇见的女子，想到这里，他心中更加不安。三四郎在脑中开始重新回忆那女子的一切，例如面容、眼神、服饰等，过了一会儿，又想象着野野宫君守护在她的病床前，两人正在交谈着，因为野野宫君是哥哥，所以她还嫌不满足。于是，三四郎开始幻想自己亲自亲切细致地照料着她。这时，外面传来了火车的轰鸣声，火车正通过孟宗竹林，不知是土质还是地板的缘故，整个房子开始轻微晃动。

三四郎关于照顾病人的幻想停止了，他环顾四周。周围的柱子老旧，隔窗看上去很松动，天花板也发黑，可见这是老式建筑。不过明晃晃的电灯倒是给这座房子增添了一些新意。野野宫君居然租住这样的房子，他这样的新科学学者竟然与封建时代的孟宗竹林为伴，感觉和这老式的房子配上新式的电灯一样新奇。如果仅仅是喜欢猎奇，那就不足为奇，如果是因为经济原因迫不得已，被迫租住在郊外，那就有些值得同情了。听说，大学每月只给这位学者发五十五元的工资，为了生计，他不得不找些私立学校教书。他迁居大久保，很可能是她妹妹生病增加了他的经济负担……

虽然天刚黑，由于远离市区，这里十分寂静，只有院子里的虫在唧唧作响，在这初秋时节，独自一人静坐在院中，寂寥难耐之感倍增。这时，三四郎隐约听见有人正在说话。

"唉唉，应该很快了。"

由于距离远，听得不是很清楚，不过感觉是从房子后面传来的声音，可惜声音很快就消失了，都没能来得及分辨方位。不过，这句话三四郎倒是真切地听清楚了，这是一个不期望会得到任何答复的内心独白，这个人应该是被一切所舍弃。三四郎颇感害怕，这时远处火车的轰鸣再次响起。那响声逐渐逼近，与之前那列火车相比，音量还要高出一倍，呼啸着从孟宗竹林边擦过。房屋又开始轻微地震动起来，三四郎静静地等待震动停下来，突然一个想法在三四郎脑中电光石火一般闪过，他立即跳起来了。他觉得之前的叹息和列车的响声互为一种可怕的因果关系。

一种刺骨的寒冷从三四郎的脊梁一直传到脚底，他无法忍受这种感觉，也无法在这样继续呆坐下去，于是起身去厕所。他打开窗户向外望去，天空繁星密布，铁路就在土堤之下，此刻一片死寂。三四郎努力地看向暗处，脸紧紧地贴在竹格子上。

三四郎看见远处有人提着灯笼沿着铁道从车站方向走来。那些灯影一过交叉口，到土堤下面就消失了。他们经过孟宗竹林时，看不清人影但是能听到他们的谈话声，听声音应该有三四个人。而且听得句句真切。

"再向前一点儿。"

脚步声渐行渐远。三四郎趿着木屐走出院子，想要追随那些灯影。穿过竹林，来到六尺多宽的土堤向下走去，刚刚走出三四丈远，就看见土堤上一人飞奔下来。

"是火车轧死的吗？"

三四郎原想回应一句，可什么也说不出来。这时一个黑黑的人影走过来了，三四郎紧跟在后，心想，这人可能是野野宫君的邻居，就住在他家后面。走出十几丈远后，人和灯笼都停住了。人影覆盖着灯影，默默无语。灯下有具死尸，三四郎无言地望着，这是个年轻的女子。从她的右肩至乳下，火车拦腰一碾而过，面部虽然完好无损。可是被火车斜切下来的半截身子已经飞驰而去，

直到现在，三四郎依旧记得当时的心情。他想立即离开那个地方，刚一抬脚，发现两腿早已无法动弹，僵直无比。

三四郎手脚并用爬上了土堤，回到客厅，心口还在怦怦直跳。他招呼着女仆，想要喝点儿水，幸好女仆并不知晓发生了什么。过了一会儿，后头那户人家骚动了起来。三四郎想，应该是这家主人到家了。不久吵吵嚷嚷的声音从土堤下传来，过了一会儿，又恢复了令人难以忍受的死寂了。

那个女子的面容不断且清晰地在三四郎眼前浮现。面容以及无力的"唉唉"叹息声，都在暗示着这个女子的悲惨命运。细加思索着这两者之间的联系，就会发现，生命即使再坚韧，也会不知不觉地随着时间的流逝松弛下来。三四郎意气消沉，他感到惊慌失措。在火车到来之前，她还是一个鲜活的生命，可是一瞬间就毁在了火车的轰隆声里。

"危险，危险，时刻都会发生危险。"这是那个在火车上给自己水蜜桃的男子说过的话，此刻三四郎突然想起。当时，尽管那人不断地说着"危险，危险"，可看上去心情依旧平静。换而言之，假如自己没有处于一个危险的境地，但还是说着"危险，危险"，那么就和那男子如出一辙。也许对待这个世界冷眼旁观的人，他们的兴趣点就在于此吧。那个三四郎遇见的，在火车上吃着水蜜桃、在青木堂凝望远方边喝茶边抽烟的家伙，他应该就是这类人物吧——评论家。三四郎将他们归纳为"评论家"。他对选用这个奇妙的字眼儿十分满意。不仅如此，在看到刚才的惨状之后，他产生了自己也想成为评论家的念头。

三四郎打量着屋角，那里摆放着书桌、椅子、书橱以及书橱中很多的西洋书籍，他觉得拥有这样宁静的书斋，它的主人应该是平安幸福的，如同那位评论家——研究光压总不会轧死一个女人。即使是自己的妹妹病了，但这是自己染上的事情，而不是自己制造出来的。一件件的事情在三四郎的脑中闪过，马上就十一点了。开往中野的末班车也没有了。一阵不安又向他袭来，莫非不能回来是因为病情危急？正在这时，三四郎收到一封电报，是野野宫君打来报平安的，说妹妹很好，不过他明晨才能回去。

三四郎躺在床上，安心地睡了，但做了一个噩梦，很可怕——那个卧轨身亡的女人与野野宫君相识，他不回家是因为已经知晓此事，他发来电报，说自己妹妹平安是捏造的，目的是为了使三四郎放心。今夜发生这起事故的同一时间，他的妹妹也去世了。而且，三四郎在池畔偶遇的那个女子就是他的妹妹……

第二天，三四郎史无前例地很早就起来了。

他点燃一支香烟吸着，打量着床铺，这个床铺睡得很不习惯。昨夜发生的一切犹如梦境，他来到回廊上，走廊很低，他眺望着远方的天空。今天天气不错，眼前所有的景物清晰明朗。用过早餐喝完茶以后，三四郎搬把椅子坐在走廊上开始读报。这时，野野宫君按时回来了。

"听说昨夜火车经过这里时轧死人了。"看来应该刚到车站时，野野宫君就听说了。三四郎便将自己昨夜的所见所闻都说给他听。

“这种事情难得一见，我要在家就好了。现在尸体已经被人收拾了吧？过去也看不到了吧？”

“看不到了。”三四郎答道，野野宫君的态度如此平静，让他大为惊讶。三四郎认定，应该是昼夜之差造成了他这种麻木的神经。三四郎意识不到，这是测试光压的人的特性，即使目睹那样的惨状也会很平静，坚决不动情的。也有可能是他太年轻了吧。

三四郎换了一个话题，询问病人怎么样了。野野宫君说，果然自己的猜想是对的，病人没有问题，只因妹妹不满自己五六天都未去探望，心情寂寥之余想出的恶作剧，硬把哥哥诓骗过去。她很生气，说他没有情义，周日都不去探望。野野宫君骂妹妹又在犯傻，说她浪费了自己宝贵的时间，自己那么忙，这么做简直是太愚蠢了。他好像真将妹妹看成了傻瓜。三四郎无法理解，妹妹为了见哥哥一面，还特地发来电报，那么，利用周末陪她，花上一两晚的时间，又有什么不可以呢？按理说，同妹妹见面才是应该花的时间，花在钻进地窖测光线的时间，才是无聊到脱离了人生的生涯哩。如果自己是野野宫君，有这样的妹妹，为她耽误学业也觉得高兴。想着这些，三四郎才将那个被轧死的女子忘掉。

野野宫君说他的头昏昏沉沉的，昨夜睡得不好，现在有点儿体力不支了。他又说，幸好今天大学里没有课，不过下午要去早稻田那边的学校，所以想上午好好睡一觉。

“昨天睡得很晚吗？”三四郎问。

野野宫君说，因为来探望妹妹的还有广田先生，那是高中时代的老师，大家谈得久了一些，错过了末班电车，只得住在医院里。本来想寄宿在广田家里，可妹妹不愿意，非留他在医院里住。医院的空间狭窄，始终没有办法睡安稳，只能苦苦熬一宿。妹妹真是笨。说完他又骂起来了。三四郎觉得好笑，想替妹妹解释几句，但不方便开口，也就作罢了。

三四郎又转而询问广田先生，他已经听到三四回这位先生的大名了。他曾经暗自把广田先生与"水蜜桃君"和"青木堂君"联想在一起。他曾以为当初在校园内因遭到烈马的羞辱，被喜多理发店的职工嘲笑的正是广田先生。现在一问，果然是他。那么这三人可能是同一人，不过再次细想一下，总觉得有些牵强。

临别时，野野宫君拜托他，顺路在午前送一件夹袄到医院。三四郎特别高兴。

三四郎戴了一顶崭新的方角帽，去医院有这样的帽子，三四郎很是得意。他兴高采烈地从野野宫家走了出来。

在茶之水站下车后，三四郎一反常态立即换上了人力车。他得意扬扬地走进了大红门，这时法文课程的铃声响起。要是在平时，三四郎应该带上墨水瓶和笔记本走入八号教室。可是现在三四郎觉得缺一两堂课也无所谓，于是直接乘车前往青山医院内科大门去了。

三四郎在别人的指引下向大门内走去，到第二个拐角右转，走到尽头后左拐，果然，东面有一个门口挂着黑色牌子的房间。牌子上"野野宫良子"是用拼音字母写的。三四郎轻声念着这个名字，在门口站了好一阵儿。这个乡下青年并没有想要去敲门，他一心想着住在这里的是一个名叫良子的女人，她是野野宫君的妹妹。

三四郎站在门口犹豫不决，他想打开门进去看看她的模样，又怕见到后会失望。三四郎搜索着自己脑海中那个女子的样貌，不觉得哪里像野野宫君，他感到无比迷茫。

有草鞋的声音在身后响起，走过来一个护士。三四郎硬着头皮刚推开一半的门，目光正好迎上室内的女子。而他的那只手此刻仍然搭在门把手上。

这女子长得大眼薄唇，细细的鼻梁，尖尖的下巴，前额宽阔。不过一种奇怪的表情从她脸上一闪而过，这种表情三四郎还是第一次看到。她有一头浓密的黑发，贴在那苍白的额头上，自然地垂落在肩头。此刻太阳从东方升起，日光透过窗户，正从她的背部照射过来，使其头发都染上了一层紫色的光晕，那光芒犹如笼罩在月亮上的光晕，只是脸上和前额处显得有些黯淡无光，还透着苍白。此刻，她的脸上还嵌着一双无精打采的眼睛。天上的云彩似乎不太想动，但又非动不可，此时的云彩看起来就像是横着飘过去的。这个女人看三四郎的眼神，就给人一种这样的感觉。

三四郎发现这表情中因倦怠而产生的忧郁和无法掩饰的快乐夹杂在一起，形成一个统一体，这种表情对三四郎来说，是一大发现，觉得此刻就是人生中最尊贵的瞬间。三四郎依旧保持着手握把手、半个脑袋探进房里的姿势，此刻，这一刹那的感受让他无法自拔。

"请进。"

她的语调安详，好像一直在等待他的到来。他很少能在初次见面的女子身上找到这样的感觉。有这样口气的人，一般都是充满童真的孩子，还有就是见识过很多男人的女人。她的语调与亲昵不同，给人一种一见如故的感觉。女子轻点着消瘦的面颊淡然一笑，神色苍白，但是依旧流露出几分亲近感，很温柔。三四郎的双脚已经迈进了屋子。此刻，远在故乡的母亲的面庞出现在这位青年的脑中。

三四郎进门后，望向对面，一位妇女正向他打招呼，看样子五十多岁了，她应该在三四郎还没走进屋子时，就起身等他了。

对方问道："是小川先生吗？"她长得既像野野宫君，也像病床上的那个姑娘。不过只是相像而已。

"请。"她边道谢边接过包裹，请客人坐下后，自己走到床的另一边。

三四郎望向床上，只见一床雪白的被子和床单，被子还被斜着卷起了一半。女子倚窗而坐，以避开被子高高隆起的那一头，只是双脚搭在床沿上够不着地面。她手握织针，一根红线正从她的手上一直顺延到床下，此刻一团毛线正躺在那里。三四郎原本是想帮她把毛线捡起来的，只是看到女子对此全然不在乎，便作罢了。

这位母亲在一旁不停地对三四郎表示感谢："您这么忙，昨天晚上真是麻烦您了。"

三四郎回道："不客气，反正我也没什么事。"

两人说着话的时候，良子一言不发，待他们的交谈一停下来，她就问道："您看到昨夜轧死的那个人了吗？"

三四郎看见屋子的角落里放着报纸，便"嗯"了一声。

"挺吓人的吧？"良子的头微微偏着望向三四郎。

这女子和哥哥一样脖颈长长的。是否吓人三四郎并没有回答，只是看着那女子弯曲的脖颈。没有回答的原因一半是因为问题太过单纯了，以致使人难以回答，而另一半原因是因为忘记回答了。女子似乎察觉了什么，把脑袋立即直起，有浅浅的红晕浮现在白皙的面颊深处。三四郎觉得这时候自己应该回去了。

简单的告别后，三四郎走出屋子，回到大门口，向对面张望，发现长廊的另一头是一处四角形的空间，从此处望去刚好能够看见外面的绿荫。那里有一个女子站在那里，正是那日在池畔偶然遇到的。三四郎猛然一惊，立马慌了手脚。此刻，那女子置身于空气中，犹如画布上的一个剪影。两人对立而站，她向前走了一步，三四郎也不由自主地向前迈去步伐，两人彼此间的距离更加靠近了，命运安排着两人在此长廊擦肩而过。这时，女子突然回首。外面初秋的绿意浮动在明净的空气中。顺着女子回首的方向望去，走廊的尽头并没有什么特别的东西值得她回首一望。不过，趁着空当儿，三四郎仔细观察着这女子的姿态和服饰。

她身着和服，好像与那日在池畔相遇时穿的一样，颜色不知怎么形容，叫不上名字。不过，那日的情形，三四郎历历在目，大学的水池中倒映着浓密的常青树。弯曲成波浪形的鲜艳条纹印在衣服上，上下连贯形成一体，这些条纹时离时合。时而分离为两根细线，时而重合成一根粗粗的纹路。上身不规则的衣纹，倒也不显得紊乱。一条宽大的腰带束在三分之一处。带子是一种柔和的暖黄色，让人感觉温暖。

当她回转身时，上半身左手微微伸出腰际，右肩倾斜向后，下半身姿势依旧端正不变。手拈绢织的方帕，手帕的一部分露在手指外头，正蓬松地张开着。

过了一会儿，那女子再次回首，垂着脑袋走向三四郎，走了两三步，突然将头微微抬起，眼神瞥向面前的男人。眼神沉静，双眼皮修长，一双浓眉闪闪发亮惹人注目。一口牙齿露了出来很漂亮。在三四郎眼里，她的面容和牙齿在一起形成难忘的对照。

今天一层白粉薄薄地敷在女子的脸上，却掩盖不了本来的风韵，肌肤细嫩光艳动人。这层薄薄的白粉应该是为了抵挡强烈的阳光，所以并不觉得炫人眼目。

整个脸型线条柔和，这种柔和来自筋骨，而不是肌肉，面额和下颚的肌肉紧绷着，在筋骨上面附着，并不显得臃肿。脸型上有着强烈的纵深感。

女子微微行了礼，这样一个素不相识的人，她的礼仪让三四郎吃了一惊，又或者，他是惊艳于这女子优美的姿态。她上身的肢体，轻盈飘落在他的面前，宛若一张轻柔的纸，当上身已经弯曲到一定程度时，便立马轻快地停住，动作迅疾一气呵成。显然，这样的姿态不是能轻易模仿的。

"请问……"洁白的齿缝发出清晰而明朗的声音，不过语调急迫。好比向人询问椎树是否在盛夏会结出果实。这自然是多此一举。不过现下三四郎考虑不到这个。

"唔。"他停住了脚步。

"哪个房间是十五号呀？"

刚刚三四郎去过的房间就是十五号。

"你找野野宫君小姐吗？"

这回轮到女子回道："唔。"

"她的房间嘛，从那个墙角拐过去，走到头向左拐，就在右面第二个门。"

女子用纤细的手指指向前方，问道："是那个墙角……"

"对，是的。"

"非常感谢。"

三四郎站在原地目送着她离去。那女子走到墙角，正要拐弯时，突然回头。三四郎顿时有些狼狈，马上面红耳赤起来。只见那女子淡然一笑，三四郎感觉她的神情似乎在问：是这儿吧？三四郎不由自主地点点头。于是，女子拐向右侧，身影消失在白墙里。

三四郎健步如飞地走出大门，心想，她向自己询问病房，应该是误以为自己是医科大学的学生。刚刚迈出五六步，他突然感到很是后悔，应该在女子向自己问路的时候，亲自带她再去一次良子的病房。想到这里更是懊恼不已。

眼下，三四郎肯定没有勇气再返回去了，他只得又向前走，又走了五六步，猛然站住。那女子头上扎的彩带不断地出现在三四郎脑海中，无论是颜色还是质地都很眼熟。与上次在杂货店陪同野野宫君买的彩带一模一样。想起这些，三四郎沉重地向前迈着脚步。当他走过图书馆，快要靠近大门口时，突然与次郎的声音不知从哪里传来。

"喂，怎么上课没有看见你？今天上课的内容是意大利人如何食用通心面。"他边说边跑过来，在三四郎的肩膀上拍了两下。

两人同行，快要到达校门口时，三四郎问与次郎："你说，现在女子还流行扎彩带吗？彩带应该是天热时用的吧？"

与次郎纵声大笑起来。

"这个你应该问某某教授，他可是无事不晓啊！"与次郎才对这种事没有什么兴趣。

两人来到了大门口，三四郎解释今天没有上课是因为身体不适。与次郎觉得与三四郎一起走很是无趣，他默默地回教室去了。

# 第四章

上课时，三四郎魂不守舍，老师讲课的声音也变得飘忽不定，一不留神儿，就会漏记重要的部分。此刻，他感觉耳朵仿佛是租借来的，不听自己使唤。三四郎穷极无聊，于是对与次郎说，最近感觉课程毫无新意。但与次郎的回答出乎他的意料：

"上课能有什么意思，你来自乡下，以为很快就能有所作为，才捺着性子上了这么久的课吗？真是愚蠢透顶！长久以来，他们都是这样讲课的。直到今天，你才失望，又能怎么办呢？"

"不见得吧……"三四郎极力想要辩解。和与次郎的侃侃而谈相比，三四郎显得笨口拙舌，如此不协调，让人觉得有趣。

不知不觉，半个月过去了，其间这样的讨论又进行过两三回。慢慢地，三四郎觉得耳朵开始听使唤了，不再像是借来的。

这次，与次郎开始批评三四郎："你的面容越来越奇怪，像是到了世纪末一般，这说明你开始对现在的生活产生倦怠。"

"不见得吧……"三四郎依旧用这句话辩解。"世纪末"

这个词儿让他觉得新鲜，是因为三四郎完全没有接触过这样的人造气氛。他并没有完全融入到某些社会现象中，所以这类词汇他是无法合理运用成有趣的玩具。不过，与次郎这种"倦怠生活"的说法，让他稍有同感。最近，他的确感到些许疲乏，三四郎既不认为这是最近的肠胃不适造成的，也不认为自己的一生可以如此豁达，可以大大标榜自己倦怠的面容。因此，他们的谈话没有再继续，到此结束了。

在这样秋高气爽、食欲增加的季节。一个青年，刚刚二十三岁，怎么能对人生产生倦怠呢。三四郎时常外出，尤其是校园内水池附近，基本全被他转悠到了，变化不大。就连医院门口也往返过数次，看见的都是一些平凡的人。至于野野宫君，他也专门去理科专业的地窖拜访过，还听说他妹妹已经出院多日。三四郎本想告诉他那日偶遇女子的事情，可是对方很忙，也就作罢了。想到下次再去他家拜访的时候，趁着从容交谈之时，将那女子的姓名、性格等一切都打探清楚，目前不用急于一时。就这样，他四处闲晃，将护国寺、染井墓地、巢鸭监狱、田端、道灌山等都逛了一遍。甚至连新井的药师堂都去了。当时，从药师堂返回时，他有意去大久保的野野宫君家里拜访，没想到在落合的火葬场附近迷了路，结果走到了高田，只得乘火车从目白回来。车上，他吃了一些栗子，本来这是用来当作拜访的礼品。第二天，与次郎来访时，又吃光了剩下的栗子。

三四郎近来过得很是悠然自适，心情也愈发的愉快。当初，由于过分认真听课，不但耳朵不好使，笔记记得也不全。近来上课，大部分内容都能听懂，所以问题已经不大了。上课时，他开始思考各种事情，有时上课内容听漏了一些，也不觉得遗憾。细心观察发现，与次郎等人也是这样的状态，三四郎觉得现在的状态应该已经不错了。

那条彩带时常在三四郎眼前浮现。每当想起，他就会心神不宁，心情瞬间低落。他恨不得立即前往野野宫君的家。但由于不间断的想象和外界的刺激，不久以后，这个念头就会消失。虽然时常做梦，不过总体而言，他还是无忧无虑的，野野宫君家一直也就没有去成。

某一日下午，三四郎照例外出。他登上团子坂，拐向左侧，来到一条宽阔的大道上，大道位于千驮木附近。今天天气晴朗，在这秋季时分，东京的天空干净明亮得如同乡下一样。漫步在这样的天空下，头脑都会格外清晰。如果是去野外郊游，心情自然就会更加舒畅，令人神清气爽，胸襟也会变得博大无比，如同天空一般。不过，不同的是整个身体都处于紧张亢奋的状态，不像春天一般自在松弛。左右两边的花墙映在三四郎眼中，这是他有生以来首次品味着东京秋天的气息。

两三天前，菊偶 [16] 展览在团子坂开幕，踏过坡顶时，就能看见远处的旗了。不过现在只能隐约听见咚咚的锣鼓声从

---

[16]　原文作"菊人形"。用菊花的枝、叶、花编织合成各种彩饰，装在玩偶身上供人参观.以本乡区（今文京区）的团子坂最负盛名。

远处传来。这响声自下而上逐渐升起，飘散到秋空中，最后变成极其幽微的音波。三四郎耳畔环绕着这种音波。这音波不但不使人厌烦，反而令人心情舒爽。

此时，有两个人突然出现在左边横街，其中一人看见三四郎，"喂"的一声叫住了他。是与次郎，不过听声音今天他很规矩。三四郎看了看同他结伴而来的那个人，果然如他猜想的一样，他发现，青木堂君就是广田先生。自从火车相遇，共享过水蜜桃以后，他与此人就结下了缘分。尤其印象深刻的是那次三四郎从图书馆出来，去青木堂的时候，刚好遇见他在青木堂喝茶、吸烟。此人鼻子很像西洋人，像一个神官。今天，他虽然身着夏装，但看不出他寒冷的样子。

三四郎想与广田先生寒暄几句，可是时间相隔久远，不知从何说起。他只得脱帽行礼。这个举动，对与次郎有些过于客气，但对广田又显得礼数不周了。三四郎却只能这样做。

"这是我的大学同学，他第一次来到东京，原来就读于熊本高中……"广田还没有开口问，与次郎已经告诉别人自己是乡下人，然后又对三四郎介绍："这就是高级中学的广田先生……"

与次郎自作主张地介绍了双方。这时，广田先生连续说了两遍认识。与次郎很是惊讶，但他没有继续发问两人是如何认识的。只是问道："哎，你那边是否有既宽敞又干净的学生宿舍出租？"

"出租的宿舍……有啊。"

"在什么地方？必须要干净。"

"肯定干净，还有高大的石门呢。"

"真棒，在哪里？先生，就选择那里吧。带着石门多好啊。"与次郎极力推荐。

"不能有石门。"先生说。

"不行？那怎么办，为什么？"

"我说不行就不行。"

"有石门显得像新晋的男爵一样，多阔气啊先生，不好吗？"与次郎一本正经地问道。广田先生只是呵呵地笑。最后，与次郎取胜了。让三四郎当向导。先去看看再做决定。

他们拐到横街后面的一条马路，来到一条距离北边约五六十米的小巷子，小巷子似乎是封闭的。三个人进入巷子后，一直向前来到一个花匠的家里。三个人停在距离门口十多米远的地方。只见一扇铁门边有两根花岗岩的大石柱在右边竖立着。三四郎说就是这家了。"出租"两字就写在门牌上。

"这玩意儿看着有点儿可怕！"与次郎边说边用力推着铁门，结果锁着了。

"稍等一下，我去看看。"话音未落，与次郎便甩开了广田和三四郎，独自跑向花匠家的后门。

广田和三四郎开始交谈起来。

"东京好吗？"

"嗯……"

"虽然大但是脏吧？"

"嗯……"

"什么都比不上富士山吧？"

其实三四郎已经忘记了富士山，经他的提醒，才想起在火车上，初次见到富士山的情景，那场景很是壮观。如今，自己脑中的万千世相，与它相比乱七八糟完全不值得一提。这样的景象居然在自己的脑海中消失了。对此，三四郎十分懊恼。

"你翻译过不二山[17]吗？"对方提出的问题很让他意外。

"您的意思是……"

"就是用拟人化的语言翻译自然景物，例如伟大啦、威严啦、雄壮啦……很有趣味。"

原来这就是"翻译"的意味，三四郎弄懂了。

"翻译需要使用的是拟人化的语言。有些人无法准确地运用这种语言，自己自然也不会有所感染。"三四郎一直听着，以为对方还要谈论这个话题。然而广田没有再继续，而是瞅着花匠的后门，自言自语道："佐佐木为何如此慢？干什么去了？"

三四郎回答道："我去看下吧？"

"没事，你去找他，他也不一定能够跟你出来。还是等着吧，免得白去了。"他说完，来到花墙处蹲着，用一个石头在地上写写画画，很是悠闲自在。和与次郎相比，悠闲的

---

[17] 不二山，即富士山，在日语中发音相同。

方式不同，但程度很相似。这时，院子中的松树后面传来与次郎的声音："先生，先生!"先生没有立即回答，而是在地上依旧画着，看上去像是一座灯塔。见没有回应，与次郎只得走回来。

"这是花匠的家，房子不错哩，您进去看看吧，从后门绕过去很方便。不过叫他开大门也可以。"

三个人绕到后门，打开挡雨窗，一间一间参观着房子。看来，这里很适合中等人士，不会有失体面。询问房东，房租每月四十元，保证金要交三个月。三个人回到了外面。

"其实，这种豪华的房子又何必看呢?"广田先生问。

"来看一下又有什么关系呢。"与次郎说。

"又不会租这里……"

"哪里，我出到二十五元，想租下来，可房东不肯让价……"

"那是肯定的。"广田先生只回了一句，接着与次郎开始介绍关于这座石门的历史。原先，石门一直竖立在一座热闹的大户人家的门口，后来房屋改建，花匠要了过来，把它立在自己家门前。这种奇闻，只有与次郎才会关注。

然后，三个人沿原路返回，一路向下走向田端。下坡时，他们一心赶路，全然忘记租房的事情。不过与次郎老是说着关于石门的事。例如石门是花匠从鞠町运回千驮木的，运费就花了五元；那个花匠经济条件很好；又说房子在那种地方，谁会来住，租金还要四十元等，都是一些无关紧要的话。最后，他的结论是：如果没有人租，肯定会跌价，然后再去交涉，就能租到了。

很明显，这一点广田先生是没有想到的，他说："你呀，只知道讲废话，时间都浪费了。你怎么不早点儿出来。"

"是吗，时间长吗？您当时在地上画东西吧？先生也真够悠闲的。"

"不晓得是哪个悠闲哩！"

"画的是什么？"

先生没有回答。这时三四郎郑重其事地问："是不是灯塔？"

广田和与次郎大笑着。

"怎么会是灯塔呢。我觉得，应该是野野宫君吧？"

"啊？"

"因为野野宫君在日本是灰暗的，可是他在西方发光。每天闷在地窖里，拿着相当微薄的工资——这买卖实在不合算。野野宫君总让人心生怜惜。"

"你这号人，只能当一只小圆灯，朦朦胧胧照亮的周围也就方圆二尺左右。"

与次郎被广田比喻成小圆灯。这时，与次郎突然问三四郎：

"小川君，你生在明治几年？"

三四郎简短地回答："我今年二十三岁。"

"所以说嘛——先生说起小圆灯、烟袋锅之物，我总觉得排斥。也许明治十五年后出生的人，天生对旧式的东西有排斥心理。你感觉呢？"与次郎又问道。

"我还好，不是特别排斥。"三四郎说。

"可能你生在九州乡下，脑瓜子还保持在明治元年。"

三四郎和广田都没有搭理与次郎。继续向前走着，位于古寺边的松林被砍倒了，洁净的地面上坐落着一座西式洋房，被漆成了蓝色。广田先生望着古寺与洋房。

"这些东西太不合时势了，如同现在日本的精神界和物质界。九段的灯塔[18]，你知道吗？"灯塔再一次被广田提起，"那是个老古董，曾经出现在《江户名胜图录》[19]里。"

"先生，别说笑了，九段的灯塔不管再古老，也不会记录在《江户名胜图录》里，如果出现了，那是多了不起的事啊！"

广田先生笑了。他知道和那本彩版的《东京名胜》混淆了。据先生介绍，在保存下来的古式灯塔边，竟盖了一座新式砖瓦建筑，形制像偕行社[20]一般，两者并排一起，看上去十分不和谐。但这一点却没有人注意，也没人认为奇怪。这种现象其实代表着日本社会的现状。

---

[18]　1871年（明治四年），为出入东京湾的船只做标识而建立于九段坂上的灯塔。

[19]　原文作《江户名所图会》，即江户（今东京）地志，斋藤幸雄编长谷川雪旦绘。成书于日本文化年间（1804—1818），1936年由幸雄的孙子幸成辑成七卷三册出版。

[20]　旧陆军的交际场所，位于东京九段中央。

与次郎和三四郎赞成地点点头。他们经寺院又向前走了一里多，看见一座大黑门。与次郎建议一起去道灌山，只要穿过此门就行。问他是否可以穿行时，他胸有成竹地说，别墅是佐竹的，任何人通过都没有问题。于是，广田和三四郎同意了。进入大门，穿过一片竹林。这个时候，走过来一个看门的人，将他们三个臭骂一顿。与次郎一个劲儿对那个人点头哈腰地赔礼道歉。

他们进入谷中，绕过根津，在傍晚时分回到本乡的住处。这半天三四郎玩得很开心，最近他还没有过如此开心的时候。

第二天去学校，发现与次郎不在。以为他中午的时候会来，但是也一直没有。去图书馆，也没有寻觅到他的踪影。五点至六点，上的都是文科的公共课，三四郎也去上了课。这时候，如果做笔记，光线有些暗，开灯吧，又觉得太早。窗户不仅细长，外面又长了一棵大榉树，树叶深处满满地暗了下来。教室里，讲课的先生和听课的学生的面孔都一起模糊了，就好像摸黑吃东西，总感觉很神秘。在三四郎听不懂的时候，他觉得很奇妙，双手托着脸颊，神经慢慢迟缓了，也渐渐没有了意识。他觉得只有这样上课，才有意义。这个时候，电灯突然亮了，万物瞬间非常清晰，学生都着急会寓所吃饭，先生也明白学生的心思，随即匆匆结束课程。三四郎三步并作两步回到寓所。

他换了衣服，坐到餐具前面。里面有一碗鸡蛋羹，还有一封信。三四郎看了看信封。便知道是母亲寄过来的。他有些过意不去，半个多月了，完全忘记了母亲。从昨天到今天，因为不合时势、不二山的人格、神秘的讲课等一系列事情，那个女子的形象也没有出现在他的脑海里。因此，三四郎感到非常满意。他决定再过一会儿再慢慢地细读母亲的来信，他先吃完饭，又抽了一口烟，看着烟雾，又想起刚刚的课。

这时候，与次郎突然来了。问他为什么缺课，他说一心在寻找租房的事宜，哪还有心思去学校上课。

"为何这么着急搬家？"三四郎问。

"本来搬家应该是上月中旬，已经拖了很久了，一直到今天。天长节[21] 就在后天，明天必须搬家了，你还知道哪里有合适的吗？"

不过三四郎不能理解的是，时间已经如此紧迫了，为何昨日还如此悠闲游逛。与次郎解释说是为了陪伴先生。

"你认为先生会去主动找房子吗？那就大错特错了。他可不会为了房子的事费心。昨天他肯去一定多少有些蹊跷。还为此闯进了佐竹的别墅，被痛骂一顿——哎，你知道还有什么地方出租房子吗？"与次郎再次催促。

这次与次郎的拜访好像就是为了房子。三四郎详细问起缘由，才得知目前这家房东其实就是高利贷者，无故涨价。与次郎很是生气，提出要退租，因此这是与次郎的责任。

"今天还去大久保看了，还是没有合适的——说起这事，我还顺道去了宗八君家，还看见了良子小组。面色依旧不好，

---

[21] 天皇诞生日。

像干姜美人儿，太可怜了。对了，她母亲还托我向你问好，听说自从那次事故后，再也没有车祸了，那一带很太平。"

与次郎开始东拉西扯。他平日说话就随意，加上今天为了房子，心里焦虑，每说一段话，总要夹杂着问道："你知道哪有房子吗？""哪有房子呢？"就像歌词中的过门。三四郎觉得甚是好笑。

聊了一阵子，与次郎心情平静了怡些，落了座。他兴致高涨，甚至借用了汉语词汇"灯火可亲[22]"，无意之间话题开始指向广田先生了。

"广田先生名是什么？"

"他名苌，"与次郎边说边用手写，"这名字是很少见的，连这个字都不知字典里有没有，多出一个草字头。"

"他是高中的老师吗？"

"他很了不起，一直在高中担任老师。有句老话叫十年如一日，而他当高中老师已经十二三年了。"

"有孩子吗？"

"至今单身，怎么会有孩子。"

三四郎十分惊讶，为何这么大年龄了还会是单身。

"为什么不结婚呢？"

"这正是先生的过人之处，他是理论家，十分了不起。

---

[22] 韩愈《符读书城南诗》："灯火稍可亲，简编可舒卷。"意思是秋凉时节，最宜灯下夜读。

据说是通过理论推断万万不能娶妻的。多迂腐！其实他一直活在矛盾之中。他经常说，没有哪里能比东京脏了，可是看到那石门时，就惶恐不安，连说不行，太过奢华。"

"那么，为什么不试着找个爱人呢？"

"他可能会说好极了这样的话呢。"

"他说东京脏，不喜欢日本人，他应该是在西方留学过吧？"

"怎么可能呢，他是那种无论看待什么事物，都是自以为是、理所当然的人，有那些想法，是因为他都是通过照片研究西方国家的。他指着诸多照片，例如伦敦的议事厅、巴黎的凯旋门等，衡量日本只用这些照片，后果当然不堪入目，显得脏是理所当然的。可他面对自己住的寓所，再脏乱的环境，他都能安之若素，你说怪异吗？"

"他乘的是三等火车哩！"

"那他没有说'太脏啦'这类话吗？"

"嗯，没有看出他不满意。"

"先生是位真正的哲学家呀！"

"他是教授哲学的吗？"

"不，他是英语老师，有趣的是，哲学他可是自学成才的。"

"他写过什么著作吗？"

"著作是没有，不过论文经常写，但是却毫无反响。这样怎么能行呢，他一筹莫展是因为对现在的社会完全不了解。

先生常比喻我是小圆灯，这位先生虽然伟大但是却无光。"

"不管怎样，有身份还是很重要的。"

"虽说是这个道理，先生他自己毫不在意，别的不提，幸亏有我，他每天的三餐才能有保障。"

三四郎呵呵笑着，他想，竟然会有这样的事。

"真的，先生什么都不会干，甚至到了让人可怜的地步。女仆需要做什么都是我来安排的，直到先生满意。这些琐碎的小事倒还好，不过我打算策划一下，让先生去大学当教授。"

与次郎满是豪言壮语，三四郎听着颇感震惊。这还算好，更叫人震惊的事在后面呢，与次郎在最后突然拜托："请一定要来帮着搬家。"他的口气让人感觉房子已经找到了似的。

大约十点左右，与次郎回去了。三四郎一人坐着，总觉得有寒意侵入体内。定睛一看，原来是桌前的窗户还开着。格子门一打开，月夜映入眼帘。黑暗的桧树上投射着月光，一派青苍。淡淡的烟雾围绕在树影边缘。连桧树也被秋意浸染，真是罕见的景象。三四郎边想边将挡雨窗关上了。随后便上床睡了。三四郎并不大读书，所以不能说他很勤奋，他更像是"低徊趣味"[23] 的青年。每当发生触及心灵的事情，他就喜欢在脑海中一遍遍地琢磨，沉浸在一种新鲜感中，就像在摸索着生命的奥秘。例如今天，电灯突然在上课中途亮了。

---

[23] 原文作"低徊家"，夏目漱石自称是具有"低徊趣味"的人，意指不追究事理，用达观的心情看待和品味各种现象的人生态度。

如果是平时，三四郎此时定会不厌其烦地反复回味。可是刚接到母亲来信，他脑海中满是信件内容。

信中写着，新藏送了一些蜂蜜，她会在烧酒里放一些蜂蜜，每晚喝一杯。每年冬天这位新藏都得送二十袋租米来，因为他是家里的佃户。他为人虽然正直，但脾气火暴，经常用劈柴打老婆。已经躺在床上的三四郎，回想起五年前，新藏养蜂的情景。那时新藏看到大约二三百只蜜蜂在屋后的椎树上，立即将酒喷在半漏斗上，捕获了全部的蜜蜂，随后将它们装在木箱里，为了供蜜蜂出入，箱边打着眼儿。箱子被放置在向阳的石头上。蜜蜂逐渐繁殖，越来越多，一只箱子被分成两只，然后三只，现在已经足有六七箱了。每年为了割蜜，都要在石头上拿下一只箱子。每年暑假三四郎回家时，新藏总是承诺要送一些蜂蜜给他，可从未履行过诺言。今年居然记得兑现之前的诺言了。信上还有："平太郎建造了一尊石塔给他的父亲，邀请我去参观。他带我走到红土院落里，有一块花岗石竖立在寸草不生的院落中，这块花岗石让平太郎很自豪。他专门花了十元请来石匠，花了好几天把石头从山上凿下来。他还说乡下人不懂欣赏，但是我们府上的少爷在上大学，肯定知道这石头的价值。下次写信一定要问候你，还想邀请你鉴赏一下这块价值十元为他父亲置办的石塔。"

三四郎独自一人边笑边想，那石塔肯定比千驮木的石门气派多了。

信中还希望三四郎身穿大学校服照张照片寄回去。三四郎思忖着找个合适的时间去照相，再向下一看，如他所料，母亲提到三轮田阿光姑娘了：

"前不久，阿光姑娘的母亲来拜访，她说：'三四郎正在上大学，能不能毕业后就娶了我家闺女？'阿光姑娘温柔俊俏，家里田地也多。再说两家关系不错，门当户对，如果结亲，对双方都是好事。"

信件最后还有几句附言："阿光姑娘也同意此事。毕竟我们不了解东京人的心地与性情，我不喜欢。"

三四郎入睡前，将信件重新叠好，装回信封，放到枕头旁边。天花板上面的老鼠开始闹腾起来，一阵过后又平静了。此时有三个世界出现在三四郎眼前。第一个世界是遥远的，那里的一切都平静安宁，但又朦胧恍惚，风气是明治十五年以前具有的，就像与次郎所说的。虽然想回去就能马上回去，而且轻而易举地就能回到那里。然而，不到迫不得已，三四郎坚决不会回去的。换而言之，那里只是被他当成了后退的落脚点。在这个落脚点中，封存着三四郎早已摆脱的"过去"。一想到那里将埋藏着慈爱的母亲，立刻觉得悲哀。因此，当收到母亲的信件时，他便暂时回到这个世界徘徊，重温旧情。

在第二个世界中，有着布满青苔的各式建筑，有宽敞的图书馆，一眼望去，就连人的脸孔都无法看清。堆成小山的书籍，使用梯子才能拿到，书籍有的已经磨损，有的沾满手垢，变成黑色，但是烫金的文字依旧闪闪发光。虽然无论是羊皮、牛皮封面的书籍，还是二百年前的书籍，所有的一切都积满了灰尘。这尘埃是宝贵的，逐渐累积而成，已有二三十年的历史，甚至战胜了宁静岁月。

在第二个世界活动的人，大都有着未加修饰的胡子，走路时要么头朝天，要么脸冲地。衣服满是污垢，生活时常困乏，但是有着从容不迫的气度。虽然生活在被电车包围的圈子里，但他们对待生活无所畏惧，且每日呼吸着清新宁静的空气。生活在这个世界的人，虽然因不了解社会时势而显得有些不幸，但是他们能逃离尘嚣的烦恼，这又是幸运的。广田先生和野野宫君都是生活在这个世界的人。现在三四郎也略微领略了这个世界的生活，虽然想走出这个世界很容易。不过，个中滋味刚刚领略就舍弃也着实有些可惜和遗憾。

第三个世界宛如春光乍泄，耀眼夺目。有欢声笑语，有发泡的香槟酒，有电灯银匙，更有美丽的女性，堪称万物之首。其中，三四郎已经与一个女子交谈过，见过另一个两次。三四郎认为这个世界如此深厚。虽然近在眼前，但难以接近。对于这个世界，三四郎只能远观，心生敬意，却无法接近，这一点犹如晴天霹雳。可是如果自己一直无法进入这个世界，那么自己的世界就会有所缺陷和遗憾，而自己应该在这个世界的某个角落有着一席之地。无论如何，这个繁荣发达的世界自己都有权利得到。而此刻自己的手脚被束缚着，畅行无阻的道路被阻塞。对此，三四郎百思不得其解。

躺在床上的三四郎，比较这三个世界，最后将三者融为一体，得出的结论是：最好的生活就是将母亲接来东京，专心做学问还要娶个美丽的女子做妻子。

这愿望看似平凡，但是他经过种种考虑，才能确立这样的愿望。的确，对于一个思考者而言，他已经习惯利用思想的力量来决定结论价值，那么这种愿望就是不平凡的。

不过，如此一来，一个渺小的家属代替了偌大的第三世界。世界上有成千上万的美丽女性，想要翻译"美丽"这个词汇，也是形形色色的——"翻译"这个字眼儿是三四郎从广田先生那里学来的。要想翻译成拟人化的语言，就应该扩大自己的感化范围。要想有自己的个性，那么接触众多美丽的女性是必不可少的。如果满足于仅仅只是了解妻子一人，就如同将自身置于一条不完美的道路上了。

三四郎发现以这样的逻辑思维推动思想发展到此，很大程度上受到广田先生的影响，并且，他一点儿也不排斥这样的思维。

次日来到学校，讲课依旧枯燥无趣，但是教室内的气氛却清新脱俗。在下午三点钟前，三四郎是属于第二世界的。课后，他的走路姿态有点儿像伟人，当走到追分派出所的前面时，与次郎突然迎面而来。

"哈哈哈，哈哈哈哈！"

这一笑，让三四郎伟人的姿态瞬间崩塌了，就连派出所的民警也忍俊不禁。

"怎么了？"

"没什么，你最好还是像普通人的姿态走路，不然实在有些像浪漫阿罗尼[24]。"

这句外文三四郎听不懂是什么意思，他无奈地问道："房子找好没？"

"我就是来找你帮忙的，明天搬家。"

"房子在哪里？"

"在西片町十段三号。请你明天九点钟之前在那里等我，要进行大扫除。拜托了！记住是九点以前哦，在十段三号，我先走了。"

与次郎匆匆忙忙地走了，三四郎也赶紧回到了寓所。不过，当晚他又回到学校，为了到图书馆查明"浪漫阿罗尼"是什么意思，他通过查询知道了这句话的倡导和使用来自德国的希勒格尔[25]。他曾经的主张是：一切不付出努力、终日游手好闲、漫无目的的人才是所谓的天才，否则得不到天才这个称呼。三四郎瞬间安心，回到寓所，一会儿就入睡了。

第二天虽然是天长节，但和与次郎已经有约在先，三四郎安慰着自己，就当去了趟学校，他按时起床，找到西片町十段三号。三四郎发现这里位于一条狭小巷子的中央，是一

————————

[24] 原文是德语"Romantische Ironic"，德国文学史上的术语。为了求得艺术创作和批评中取材的自由，站在脱离一切的非现实的高度，凭借艺术家的自我意识，无视现实的不合理性，提倡精神上的绝对自由化。

[25] Friedrich Von Schlegel（1772—1829），德国哲学家、诗人、文艺批评家，德国浪漫派理论的倡导者。

座旧居。一座西式房屋代替了大门，凸起在前。这屋子和客厅形成一个直角格局。茶室在客厅后面，厨房在茶室对面，女仆的房间就在旁边。除此以外，楼上也有房间，但不知面积有多大。受与次郎的拜托，三四郎过来帮忙打扫，可他认为这里没有必要打扫。虽然房间算不上干净，但可以丢弃的东西并没有多少。如果硬要选择，例如，铺席等一些陈设倒是可以丢掉。三四郎边思考边打开挡雨窗，他在客厅的回廊上坐下，朝院子里望去。

院中的一片天地被一棵高大的百日红占领着，大半个树干从花墙上方倾斜过来，但是树根长在邻家。而花墙正中是一棵大樱树，大半的枝条直伸向马路上方，电话线差点儿被阻碍。另有一株菊花，看品种像是寒菊，不过没有开放过。此外再无旁物，庭院虽然颇为简陋。但是土质细密、地面平坦，显得整洁舒适。三四郎出神儿地看着泥土，好像庭院中只有泥土地面可供观赏。

这时，天长节庆典的钟声从附近的高级中学传来。这钟声让三四郎想到应该到了九点。他觉得如果自己什么都不干，情理上说不过去，即使只是打扫下院中的枯叶也好。但又想到了，这里没有扫帚，于是只得又在回廊上坐下。大约两分钟后，庭院的木门被推开，令人惊讶的是，出现在院中的是那位池畔的女子。

庭院呈方形，面积不到三十平方，花墙围在两边，三四郎此时看见这女子站在这狭窄的空间里，忽然惊悟：鲜花应该是剪下来放在花瓶中供人观赏的!

此时三四郎走出回廊,那女子也走进栅栏门。"实在抱歉……"女子先开口问候,同时略微施礼。她上半身整体向前微微倾斜,脸孔却抬着。她边行礼边看着三四郎。正面看过去,那女子的脖颈向前伸得很长,而三四郎的眼眸中同时映入了她的眼睛。

几天前,美术教师曾教三四郎如何观赏格鲁兹[26]的画。当时,老师是这样讲解的:此人画中的女子,表情全部刺激且富有肉感。肉感! 此时没有什么字眼儿能比这个更能形容这女子此时的眼神了。她的眼神流露出一种艳情。三四郎的感官此时正在被这种艳情刺激着。这种穿透骨骼深入骨髓的流露,它能超越美妙的感知形成一种强大的刺激,与其说这是甜美,不如说是痛苦。当然,这眼神又很残酷,只看一眼就很想讨好她,但是,同时它又提醒着三四郎尊卑有别。不过这女子与格鲁兹的画没有什么地方是相像的,那眉眼更加纤细灵巧。

"这是广田先生的新家吗?"

"嗯,是这儿。"

三四郎的声音和语调与女子相比,显得有些太粗俗了。三四郎虽然发现了这点,但一时语塞,不知说什么。

---

[26] Jean-Baptiste Greuze(1725—1805),法国画家,他习惯以感伤的道德情操描画同时代的市民生活。

"他还没过来吗？"女子话语十分清爽，不似寻常人，没有半点儿支支吾吾的地方。

"还没有，不过应该快过来了。"

一个大篮子在女子手里提着，她转悠了一会儿。今日她的衣着不像平时那样光鲜，有些不比寻常，衣服的色调不规则。许多小珠粒嵌在衣服底子上，条纹相互交织着。头顶上不时地飘落下来樱树的叶子。其中一片即将落在篮子盖上，快要接近时，又被一阵风吹开了。女子被风包围，秋色笼罩在女子身上。

"你是……"风转向时，女子问道。

"我受人之托过来帮忙打扫的。"刚说完，三四郎忽然察觉到她可能看见自己刚才呆坐在廊下的情景，他羞涩地笑了。

"哦，我在这里等一会儿吧。"女子笑道。她的口气像是在寻求三四郎的意见。三四郎顺口"唔"了一声，他特别高兴。三四郎本意想说："唔，请稍等片刻。"谁知说出口就变成了一个字。那女子依然伫立在院中。

"你是……"三四郎无可奈何，学着她反问道。

女子在走廊上放下篮子，从她的腰带间拿出来一枚名片，递给三四郎。她名叫"里见美弥子"，住在"本乡真砂町"。换而言之，她家过了谷就到了。三四郎在看名片时，女子已经坐在回廊边缘。

"我之前见过你哩。"名片被三四郎放进了衣袖，他抬起头说道，"嗯，在医院见过……"

女子望向三四郎："还有呢。"

"在池畔也见过……"

女子马上回答道："记性真好！"

三四郎再次语塞："失礼啦！"

最后，女子加了一句："不不。"

三四郎每次的回答都很简洁。一时之间，两人无言，同时看向樱花树枝，树梢上仅有的几片残叶也被虫子吃了。搬家的行李一直没有送到。

"你找先生有事吗？"三四郎冷不防地问道。女子本来仰望着高高的枯枝，神情专注，听到提问转向三四郎，看神色，像是吓了一跳。但是她回答的语调依旧很寻常。

"我同样是受托过来帮忙的。"

三四郎这时才留意到，回廊边缘上全是灰尘，而她正在上面坐着。

"那里不干净，衣服会脏的。"

"哦。"她只是四下打量着，并没有挪动。

她环顾了一下四周，最后眼神看向三四郎，问道："你已经打扫干净了？"

她笑了。在她的笑声中，三四郎找到了亲切感。

"还没开始。"

"我帮你吧。"

三四郎马上起身。女子还是坐在那儿问："哪里有扫帚和掸子？"

三四郎跟她说，这里没有扫帚、掸子这类东西，自己又是空手来的，不过可以去街上买。女子回说，不必那么麻烦，去邻家借用一下就可以了。

三四郎立即去邻居家，扫帚、掸子、水桶和抹布很快就借来了，三四郎匆匆赶回时。女子依旧坐在回廊边缘上，仰视着樱树高高的枝头。

"借到啦！"她说道。

只见三四郎右手拎着水桶，肩上扛着扫帚。

"嗯，全都有了。"他回应道。

女子脚蹬白布袜，攀上积满灰尘的走廊，她走过的地面都留下了细小的脚印。白色的围裙从袖中被掏了出来，她系在腰间。围裙不仅颜色好看，还有花纹绣在边缘，大扫除时系着它，三四郎觉得有些可惜了。女子拿起了扫帚。

"咱们开始打扫吧。"

她话音刚落，就把右手伸出袖子，垂下的袖口被她一直撩至肩头，两只细嫩的胳膊立马露出来。袖筒搭在肩上，美丽的内衣从袖口露出来了。三四郎出神地站了一会儿，猛地回过神，才哗啦啦地晃动着水桶，走去厨房门口了。

凡是美弥子清扫的地方，三四郎用抹布再仔细地擦一遍。三四郎掸着铺席，美弥子就擦拭格子门。整个屋子基本打扫一遍后，两个人也逐渐熟络起来。美弥子带上掸子和扫帚去了二楼，三四郎则拿起水桶要到厨房换水。

"请上来下。"她在楼上招呼三四郎。

"怎么了？"三四郎在楼梯下边问道，手中依旧拎着铁桶。

女子立在暗处，衬着雪白的围裙。三四郎拎起水桶走上楼梯，只走了两三级。女子望着他。三四郎又向上再走了两级。黑暗之中，两个人的脸近在咫尺。

"怎么了？"

"太黑了，什么都看不清。"

"怎么回事？"

"不知道呀。"

三四郎不想再追问下去，他绕过美弥子，直接上楼。在昏暗的回廊边缘，三四郎将水桶放下，他打算去开门。没有料到实在看不清门闩在哪里。这时，美弥子走上来了。

"还没打开吗？"美弥子走向对面。

"在这儿呢。"

三四郎不作声地向美弥子慢慢靠近。眼看两个人的手快要触到一起时，谁知水桶不巧被踢到了，一声巨大的声响蹦出。终于一扇门好不容易打开了，令人目眩的阳光直接照射进来。两人相视一笑。随后窗户也打开了。竹制的格子装在窗户上，一眼望去可以看见房东的院子，院子里散养着鸡。

美弥子扫地。三四郎跟在后面擦拭。过了一会儿，美弥子两手握住扫帚，看着三四郎，叫了一声。她放下扫帚，走向后窗，站在窗前向外面眺望。这时，三四郎也擦拭完了，"咚"

的一声，湿抹布被他扔进水桶。他来到美弥子身边。

"看什么呢？"

"你猜一下。"

"是鸡吗？"

"不是。"

"是大树吗？"

"不是。"

"我猜不到了，你到底在看什么呢？"

"是那朵白云哩！"

的确，高空中飘着白云。天朗气清，大团的浓云像棉絮一样，在碧蓝的天际间不断地飞过。有的云被猛烈的风吹散成薄薄的一层，碧蓝的底子立即被窥见。有的被吹散开后，马上又团聚起来，像无数根细软的银针汇集在一起，毵毵而立。

"那和驼岛的 boa[27] 一样呀！"美弥子指着其中一朵白云说。

三四郎不知道"boa"这个词是什么意思，所以直言自己不知道。

"哦。"美弥子认真地将"boa"的意思讲给三四郎听。

"唔，我明白了。"三四郎说道。

随后，他把之前野野宫君的解释说给她听：据说是由雪霰组成的云，从地上的角度看是在飘动，实际上它的速度

---

[27] 英文，为"长毛围巾"之意。

比飓风还要快。

"哦，是吗？"美弥子边说边盯着三四郎。

"如果是雪，就没什么情趣啦。"

"是吗？"

"你想，云必须是云才有意义。如果是雪，就没有远远观望的必要了。"

"哦？"

"什么'哦'？难道在你看来，是雪也没有关系吗？"

"你是不是很喜欢仰望？"

"嗯。"美弥子眼睛已然透过竹格子仰望空中，一片片的云接连飞过。

这时，运货车的声音从远处传来。听声音，车子已经驶进静寂的横街，开向这里。

"来啦！"三四郎叫道，美弥子回道："这么快呀！"她虽然侧耳静听，但是眼神还在仰望天空。好像飘浮的云和喧杂的车声直接有所关联似的。宁静的秋色早已被车声划破，车子径直奔向这里，片刻就在门外停住了。

三四郎跑下楼，独留美弥子一人在楼上。他刚出大门，与次郎就进来了。

"你来得挺早。"与次郎先开口。

"你迟到啦。"三四郎回道。他这是在比较与次郎和美弥子。

"不算晚了，没办法啊，行李要一次运完。况且除了女仆和车夫，就我一个人，但是他们又不能有什么指望。”

　　“先生呢？”

　　“他去学校了。”

　　这会儿说话的工夫，车夫已经开始卸行李了，女仆也进门了。与次郎和三四郎把女仆和车夫安排在厨房休息，他们二人开始将书籍搬进西式房间。大量的书籍需要排放，很是烦琐。

　　“里见小姐来了吗？”

　　“来了。”

　　“她在哪儿？”

　　“楼上呢。”

　　“在楼上干什么？”

　　“不清楚，她就在楼上。”

　　“别逗了。”

　　与次郎拿着一本书，还没来得及放下，就沿走廊走到楼梯口，依旧用平常的语气喊着：“里见小姐，里见小姐！我们在整理书籍，请下来帮忙。”

　　“马上。”美弥子缓缓下楼，还带着扫帚和掸子。

　　“你在楼上干什么呢？”楼下的与次郎焦急地问。

　　“在楼上打扫呢。”上面传来回答。美弥子总算慢悠悠地下了楼，与次郎把她领到书房。车夫刚刚卸下来的书物早已堆积如山，三四郎蹲在地上，不停地翻看各种书籍。

　　“哎呀，这么多，如何整理啊？”美弥子说罢，正蹲着的三四郎马上回头呵呵笑了起来。

"这有什么？先放进屋，再归纳分类。先生马上就回来帮忙了，没关系的。哎呀，你蹲在地上干什么呢，干完活你可以借回去看。"与次郎唠叨着。

美弥子和三四郎在门口先将书整理好，交给与次郎，由他排在屋内的书架上。

"这样乱放可不行，这本书应该还有一册续集。"与次郎挥动着手中的蓝皮书。

"没有看见啊。"

"怎么可能？"

"看见了！在这里！"三四郎说。

"哎，我看看。"美弥子立即凑过来了，"*History of Intelectual Developoment*[28]。哦，找到了呀！"

"什么呀，快给我吧！"

半个多钟头过去了，三个人一直在努力地干活，最后连与次郎都不再催促他俩，而是盘腿默默地朝着书架坐着。

美弥子朝三四郎的肩膀捅了捅，示意他看向与次郎。

"哎，怎么啦？"三四郎笑道。

"唉，广田先生究竟怎么打算的，收集了这么多书，又没有什么用，太让人无奈了，还不如卖了买份股票之类的，

---

[28] 《智能发展史》，克鲁嘉（John Beattie Crozier 1849—1921）所著。

说不定还能赚上一笔哩。真是没有办法。"与次郎叹息着，依然坐着不动。

三四郎和美弥子相视而笑，与次郎这个主角都不动了，他俩也休息了。三四郎拿起一本诗集翻阅着，一本大画册在美弥子的膝头摊开，她也在观赏。厨房那边，传来女仆和临时雇用的车夫吵吵闹闹的声音，好像在争论着什么。

"你来看。"美弥子轻声呼唤着三四郎。三四郎探着身子将脸孔凑向画册。他嗅到阵阵香气从美弥子的头发间悠悠散开。

这是一幅美人鱼图，一个上身赤裸的女子，下身是鱼体。盘曲的鱼体只有一小节尾巴露出来了。画中人面向画外，一手撩起长长的秀发，一手持着梳子梳理长发。背景是宽广的大海。

"美人鱼。"两人异口同声地说，而两个头已经紧贴在一起了。

"你们在看什么呢？"刚刚还盘腿坐地思考的与次郎，此时边说边来到他们身边。三个人聚在一起，一页页地边翻看画册，边评头论足地议论，都是一些无关痛痒的评论。

这时，身着礼服的广田先生回来了，他刚去了庆祝天长节的会场。三个人立即合上画册，同时向先生行礼。先生嘱咐书籍要快点儿整理好。三个人马上捺着性子继续干活了。广田先生回来了，所以不能磨蹭了。过去了一个多小时，堆在走廊上的书籍已经都摆在书架上了。四个人并排一列，上下打量着排放整齐的书籍。

"明天再收拾剩下的部分吧。"与次郎说。他想今天先凑合一下。

"这么多藏书。"美弥子感叹道。

"这些书先生都读过吗？"三四郎最后提问道。

三四郎想弄清楚这个问题是因为他觉得别人的经验很有借鉴的必要。

"怎么能读得过来呢，佐佐木可能都看过吧？"

与次郎挠了挠头。三四郎态度真诚且认真地说道。刚开学时，自己在学校图书馆借的书，无论哪一本，都已经有人先看过了。即使是阿弗拉·贝恩写的小说，都有别人读过的痕迹，自己实在是好奇读书的范围究竟应该有多大，所以才有此提问。

"阿弗拉·贝恩的作品我曾经读过。"广田先生的这句话让三四郎很是惊奇。

"这不奇怪，这种大家都不爱读的书先生很喜欢。"与次郎解释着。

广田笑着走去客厅，可能是换衣服吧。美弥子跟着广田先生一起走了，这时，与次郎继续解释："正是这个原因，所以别人才称先生是'伟大的黑暗'。他读遍奇书，却不发光。所以这点儿时髦的东西，偶尔露它两手也是不错的。"

这话绝对不是讽刺。三四郎重新望向书架，这时，美弥子的叫喊声从客厅里传了出来："你们快来，有好吃的！"

两个人沿着书斋的走廊走向客厅，只见客厅中央摆着一个篮子，正是美弥子带来的。揭开的篮子盖，放满了夹心面包。美弥子坐在旁边，在小碟子里分装面包。

这时，与次郎和美弥子开始交谈起来。

"你竟然没有忘记，把它带来了。"

"我专门去预定的。"

"这篮子也是专门买的？"

"不是。"

"自己家的？"

"嗯。"

"这么大的篮子，你和车夫一起来的吗？可以让他帮你拿啊！"

"车夫今天需要出车。再说也不要小瞧我，我能拿得动这点儿东西。"

"你当然能干啊，换成别人家的小姐，肯定不会这么做的。"

"是吗！如果这样，我也不干了。"

美弥子边装着食物，边和与次郎交谈。她谈吐不仅沉着冷静，而且流利顺畅，全程几乎没有和与次郎对视。这点令三四郎十分敬佩。女仆在厨房里备好了茶水，端了进来，大家以篮子为中心围坐在一起吃着夹心面包。

片刻的沉默，与次郎突然问广田先生："先生，我顺便问一下，刚才你们提到的什么贝恩？"

“阿弗拉·贝恩吗？”

“阿弗拉·贝恩是什么人？”

“十七世纪的英国著名女作家。”

“十七世纪这么久远，没法刊登在杂志上了。”

“是有些久远，但她很出名，从事小说创作的第一位女作家。”

“有名也不成，那么，她的作品有哪些呢？”

“只有《奥尔诺科》这本书我曾经读过。小川君，这本书收纳在全集里了吗？”

三四郎早已忘却，于是向先生问起这本书的大致内容。这部小说描写的是黑人的故事，英国船长骗了一个黑人王族，叫奥尔诺科，船长将他变卖为奴，他一生坎坷，历尽艰难险阻的故事。关键在于这件事常让后世人坚信不疑，他们认为这是作家所看到的真人真事。

“真有趣，里见小姐，不如你也写一本类似的小说吧。怎么样？”与次郎将话题又转向美弥子。

“也不是不能写，但是这种事我从未亲眼看过啊！”

“如果找的主人公是个黑奴，小川君应该正合适。皮肤黝黑的九州男子。”

“真过分！”听口气，美弥子应该是在袒护三四郎。接着她话锋转向三四郎，问：“你觉得可以写吗？”

她那副眼神让三四郎想起今日早晨这女子的姿态，当她闪进木栅门的一瞬间，三四郎的心情开始陶醉起来。这种感觉如醉如痴。不过，他自然没有说"请写吧"这样的话。

广田先生照旧抽起了烟。与次郎评论道，从广田先生鼻孔喷出的是"哲学之烟"。的确，又浓又粗的烟柱悠悠然地从两个鼻孔里钻了出来，这样的喷烟的方式确实非比寻常。与次郎半个脊背都靠在格子门上，一声不响，出神地凝视着烟柱。三四郎惘然地仰望院外的上空。此时，四个人在一起，更像小型的集会，而不像搬家。谈话也逐渐活跃起来。只有美弥子正在收拾先生刚才脱下的礼服，所以一直躲在广田先生身后。看来，先生换和服，也是美弥子服侍的。

"刚才说到奥洛诺科，你生性鲁莽，总不能出了岔子，再多说一些吧。"

"好，我听着。"与次郎立即郑重其事起来。

"这本小说出版后，有一个叫萨赞[29]的人，把这个故事改编成名称相同的脚本，两者可不能混淆呀！"

"哎，我会注意的。"

美弥子已经收拾好西服，瞅了一眼与次郎。

"有句 Pity'sakintolove[30] 的名言在剧本中出现。"说到这里，先生鼻腔中不断有"哲学之烟"喷出来。

"这种说法日本也有。"这回开口的人是三四郎。他的话得到其他人的随声附和，可没人能想起来。于是决定不如

---

[29]　Thomas Southern（1660—1746），英国剧作家。

[30]　英文，为"怜悯近于爱"之意。

翻译一下。四个人各抒己见，答案却无法统一。临了，与次郎说出了自己的意见：

"这句话的意趣在于俗语，所以翻译一定要用俗语。"

于是，三人决定将翻译权交给与次郎。与次郎沉思了一会儿。

"你们看这样译可以吗？虽然有些牵强：恋慕就会可怜。"

"过于粗糙了，不可以。"先生眉头皱了起来。

仿佛与次郎的译法确实粗糙，三四郎和美弥子呵呵笑着。

"吱呀"一声，院子的木门伴随着笑声被打开了，是野野宫君来了。

"已经收拾得差不多了吗？"野野宫君面对走廊走了过来，他看向屋中的四个人。

"还没有完全收拾好呢。"与次郎连忙回话。

"要不要来帮忙呀？"美弥子接过与次郎的话茬儿。

"这么热闹呢，有什么事吗？"野野宫君微微笑道，然后转身就坐在了回廊边缘的边上。

"刚才有一句话，先生说我翻译得不好。"

"哦？是什么呀？"

"没啥，就是说恋慕就会可怜。"

"哦，"野野宫君在回廊边缘上换了个角度，"我不大明白这到底是什么意思。"

"我们也不清楚呀！"先生发话了。

"不，主要是因为这句话翻译得太过简练了——稍微把翻译延伸一些就是：所谓怜悯，意味着爱情的到来。"

"呵呵，原来的原文是什么样子的呢？"

"Pity'sakinlove." 美弥子说了出来。

她的语音清爽动听。野野宫君起身向院子走了两三步，随即又转过身来，停在院中。

"不错，译得很有意味！"

野野宫君此时的态度让三四郎不由自主地审视起来。美弥子到厨房清洗了碗碟，然后把泡好的新茶端到回廊边。

"请用茶。"她边说边坐下，"良子小姐最近身体如何？"

"哎，身子已经痊愈啦。"野野宫君重新坐定端起了茶喝了一口，然后转向先生说道："先生，我才搬到大久保不多久，现在又不得不搬回来了。"

"为什么？"

"妹妹说，她上学来回都要经过户山原野，她不喜欢，还说我每晚做实验到很晚，她一直等着，实在寂寞。虽然我母亲目前在我那儿，现在还不觉得，但过几天，母亲就要回去了，到时只有一个女仆了。两个人胆子都小，怎么能忍受呢？实在头疼啊！"

野野宫叹息着，然后半开玩笑地对美弥子说："里见小姐，怎么样，你那里还有地方多安置一个闲人吗？"他边说边看向她。

"随时欢迎呀！"

"接待谁呢？是良子小姐还是宗八君？"与次郎说道。

"都可以啊。"

此刻三四郎沉默不语。

"那你日后作何打算？"广田先生语气认真而严肃地问道。

"只要妹妹有住的地方，我将就下也行。不然真得再次搬家了。我也想过要不让妹妹住在学校宿舍，不过她还小，需要人照顾，所以我需要找个地方，往来方便，好去看望她，这样才合适呀。"

"这么说，里见小姐那儿确实最合适。"与次郎再次提醒着。

广田先生没接与次郎的话茬儿，他说："我这里的楼上已经有佐佐木了，不然倒是可以让她住。"

"先生，您可一定要收留我啊。"与次郎开始为自己说情。

"哎，办法总会有的。别看我已经成年了，但是只要发生一些什么事情，我就无计可施了。她还想让我带她去参观在团子坂的菊偶呢。"

"菊偶确实值得一看，我也正打算去呢。"美弥子说。

"那我们一起去。"

"哎，好的，小川君也去吗？"

"嗯，我去。"

"与次郎君呢……"

"那有什么值得看的？看场电影都比看菊花玩偶有趣。"

"菊偶好看呀。"这回说话的是广田先生，"如此精细的人工制作，哪怕在外国也未必有啊。这样精巧的物件是由人工制作的，当然很值得一看。如果是普通的人物形象，人们为何要去团子坂呢，普通的菊花哪户人家都会有四五个啊，何必还要特地去团子坂呢。"

"高论啊！先生。"与次郎评价道。

"这样的熏陶过去时常听先生在课堂上讲过。"野野宫君说。

"如此，先生也加入我们吧。"美弥子邀请到。

先生沉默不语，大家都笑了。厨房里传来老女仆的喊声："哪位能来一下吗？"

与次郎起身应和着。

野野宫君也起身说道："哦，那我就告辞啦。"

三四郎依然坐着。

"哎呀，你要走了？辛苦你啦。"美弥子说。

广田先生则说："上次那事儿回头再说吧。"

"嗯，没问题。"野野宫君说完就走出了庭院。

一会儿，木栅门外就不见了他的身影，美弥子忽然意识到了什么，她边低语"对啦对啦"，边穿上放在庭院口的木屐，追着野野宫去了。

两个人在外头聊了一会儿。

三四郎依旧无言地坐着。

# 第五章


一跨进门，就看到茂盛的胡枝子，高度已经超出人头，黑色的树影倒映在树根下面。地上趴着的黑影，一直延伸到深处，直到看不见，让人错以为黑影隐藏到了重重叠叠的绿叶中。门外有着强烈的阳光，南天竹长在洗手池旁，高度非比寻常，三根竹子彼此相互依偎，随风摇摆着，竹叶不时地轻扫着厕所的窗户。依稀可见一段回廊在胡枝子和南天竹之间。以南天竹为基点回廊斜着向前延伸出去。而走廊的最远处被胡枝子遮挡着。回廊边缘上良子正坐在那里，胡枝子也将她遮住了。

三四郎伫立在胡枝子旁边。良子起身，踩在平整的石头上。三四郎惊叹于原来她个子很高。

"请进。"她的语气让三四郎想起那次在医院相遇的情景，像是一直在等待三四郎似的。他越过胡枝子走到回廊上。

"请坐。"

三四郎很听话地穿着鞋坐了下来。良了递过来坐垫。

"请垫上。"

三四郎将坐垫铺上。

自打进门起，他一句话也未说。看起来，这位少女只是单纯地告诉三四郎自己的想法，没想着三四郎能给出什么回答。这位女子如此天真无邪，三四郎觉得在她面前没有必要过多地讨好，只需唯命是从。即使是一句迎合讨好的话，自己立即也会变得卑单。倒不如任其摆布，当个哑巴奴隶，更加舒服畅快。虽然孩子气的良子对待三四郎如孩子，他都不觉得自尊心有损。

"你是来找哥哥的？"良子接着问。

其实这次并不全是前来拜访野野宫君。至于这次为何而来？连他自己也说不清楚。

"野野宫君在学校还没回来呢？"

"嗯，他经常回来得很晚。"

三四郎自然知晓这一点。他不知该如何回答。这时，他看见有画具盒子在走廊上放着，旁边还放着一幅水彩画，尚未完成。

"这是你的吗？"

"嗯，我蛮喜欢画画。"

"你的老师是谁？"

"拜师的程度我还远远不够呢。"

"让我看看。"

"这个？我还没有画完呢。"

良子把那张画递给三四郎。原来她对着自家的庭院写生。画面上，天空、门口的胡枝子、前院的柿子树已经出现了。其中，柿子树被画得红红的。

"画得不错呀。"三四郎看着画说。

"你说这个吗？"良子略有惊奇。她奇怪三四郎的语气听不出任何夸张做作之意。

三四郎现在既不能过于一本正经，也不能随意开着玩笑。因为这两种态度无论哪一种，都会被良子轻视。三四郎望着画面，心里七上八下的。他将走廊到客厅全部环顾了一遍，四周一片寂静。无论是茶室还是厨房一个人影都没有。

"伯母已经回乡了吗？"

"还没有，过几天才会离开。"

"现在在家吗？"

"刚刚出去买东西了。"

"你真的会搬去里见小姐家吗？"

"你在哪里听说的？"

"前段时间在广田先生家听说的。"

"还没完全决定，也许会搬过去吧。"

三四郎稍微知道了个中情由。

"你哥哥一直与里见小姐相熟吗？"

"嗯，他们是朋友。"

这应该是指他们之间是男女朋友吧，三四郎心想。虽然他觉得有些奇怪，但又不方便多问。

"听说野野宫君原来的老师是广田先生，是吗？"

"嗯。"良子只"嗯"了一声，话就止住了。

"你想搬去里见小姐家吗？"

"我吗？想啊，但是又怕给她的哥哥添麻烦。"

"她还有哥哥吗？"

"有，他和我哥哥野野宫君是同年毕业的。"

"也是理学士吗？"

"不，两个人不是一个专业，他是法学士，其实在他上面还有个哥哥，不过早就去世了，他原先是广田先生的朋友。现在只剩下这位恭助哥。"

"父母呢？"

"都没了。"良子笑道。

可能是她的父母早就去世了，所以良子的语气让人感觉好像里见小姐有父母是件滑稽的事。因为在良子的记忆中一点儿印象都没有。

"所以，她才经常和广田先生往来吗？"

"嗯，听说原来她死去的那个哥哥和广田先生关系十分要好。她又刚好很喜欢英语，所以经常去先生家里补习。"

"这里她也常来吗？"

良子不由自主地继续开始画画。即使三四郎就在旁边守着，她丝毫不觉得拘束，对他的提问依旧能从容回答。

"里见小姐吗？"她边反问边把柿子树的阴影加在草葺的房顶上，"会不会颜色暗了？"

良子把画递给三四郎看。

"嗯，有点儿。"他诚恳地回答着。

良子用蘸满水的画笔洗去了暗影。

"她也会来这里。"这时良子才回应他的问话。

"时常吗？"

"嗯，经常。"

两人之间的互动让三四郎心情舒畅。良子依然继续画画。三四郎安静地在旁边看着她画画，虽然良子有心想洗掉房顶的黑影，但由于笔中的水分过重，运笔生疏，黑影开始向四下发散。原先柿子树的颜色也开始变化了，由之前精心搭配而成的艳红色变成了阴干晦涩的颜色。良子停下画笔，双手拿着这张高级画纸伸了出去，身子向后，尽量远距离审视着画面。

"毁掉了。"她小声嘀咕着。

确实没办法补救了，三四郎也深感惋惜。

"没关系，可以再画一张啊。"

良子依旧看着画，忽然一双水灵灵的眼睛瞥向三四郎。三四郎看着顿时心生怜爱。

"真糟糕，白白浪费了两个多小时。"

她微笑着，随意涂抹了两三条粗线在精心绘制的画面上，然后"啪啦"一声将画具盒子盖上。

"不画了，我给你倒杯茶吧，请到客厅等待。"

她说罢便起身走了进去。三四郎没有跟着她，依旧坐在回廊边缘上，他觉得脱鞋麻烦。他心想，这姑娘真有意思，现在才邀请自己喝茶。如此不同寻常的女子，三四郎原本不打算与她逗趣，如今邀请自己喝茶，一种愉悦的感情油然而生。

さんしろう・一〇五

而这感觉的产生绝对不是因为她是异性。

谈话声从茶室里传来，听声音应该是和女仆在交谈。片刻，良子拉开格子门，端着茶具走了进来。三四郎从正面细致地观察着她的面孔，觉得这面孔极具女性特征。

良子将沏好的茶水端给三四郎，自己回到客厅的铺席上坐下。三四郎觉得应该告辞了，但与她相处又觉得不想回去了。上次在医院匆匆离开是因为曾对她端详半天，结果她脸红害羞了。今天还算好，再加上她送来了茶，两个人分别待在回廊边缘和客厅继续交谈着。天南海北一通乱侃，突然良子提出一个奇怪的问题，她问三四郎是否喜欢自己的哥哥，乍一听这个问题，会以为良子特别孩子气，可其实良子的体会却有更深层的含义。在她的认知中：如果一个人总是埋头钻研学问，那么对待万物也是用研究的眼光，所以也就看轻情爱了。假如观察万物用的是人情，而不是研究的心理，那么结果一定是两者选其一，不是喜爱就是厌恶。自己的哥哥身为理学家，是不会研究妹妹的，因为越研究反而结果会越疏远妹妹，减少了亲近的感觉。然而，这位哥哥虽然喜欢研究，但是对妹妹满含真挚的爱。想到这里，她的结论是：毋庸置疑，全日本最好的人就是自己的哥哥了。

听完良子的这番话，三四郎觉得合情合理，但似乎哪里又有些不对，至于究竟是哪里，一时之间，他思绪混乱，无法理清其中的逻辑。所以，他只是在心中暗暗思索，没有公开评论刚才良子的那番话。但是一想到作为一个男人，连一个女子的论述都无法进行明确的评价，他的脸瞬间涨红了，实在太不争气了。不过他也领悟到，绝对不可小觑东京的女学生。

稍后三四郎回到寓所，但心中对良子的敬慕之心依旧存有。这时，一张明信片送来了：

"明日请到广田先生处相聚，下午一时，一起去参观菊花玩偶。美弥子。"

三四郎对着明信片，接连读了很多遍。明信片上面的字迹与上次从野野宫君口袋里露出的信封上的字迹非常相像。

第二天是周日，刚吃完午饭，三四郎身穿新制服，脚蹬光亮的鞋子飞奔去了西片町。他沿着寂静的横街刚刚走到广田先生的门口，就听到有声音从里面传出来了。

一进先生的家门，庭院就在左边，打开木栅门，不用经过大门就能直达位于客厅外面的走廊。正当三四郎想拉开木栅门之间的插销时，就听见院内野野宫和美弥子的谈话。

男子说："做出了这样的事，只能坠地而亡了。"

而女子应答着"我觉得死了反而清净"。

"那么难道这种无谋之人就必须得从高处坠落而亡。"

"这话太残忍啦。"

三四郎打开木栅门，这时站在院里谈话的两个人立即中断谈话，一齐看着三四郎。野野宫头戴一顶崭新的茶色礼帽。他向三四郎礼貌性地点点头，算是打了招呼。

"什么时候收到的？"美弥子连忙问。

广田先生鼻子中依旧喷着"哲学之烟"，穿着西服坐在回廊边缘上，一本西洋杂志在手里摊开。良子坐在旁边，她伸直双腿，直挺着上身，倒背着手，望着那双厚草鞋发呆——看这情形，大家已经等三四郎很久了。

先生放下杂志。

"好，咱们出发吧，到底把三四郎拉来了。"

野野宫君接着说："辛苦啦。"

相视而笑的两个姑娘，笑容中感觉像有不可告人的秘密。她俩一前一后地要走出庭院时。

美弥子在良子后面说："你个子好高啊。"

"腿长。"良子答着。

走到门边并肩时，良子又说道："所以我大部分时间都是穿草鞋啊。"

三四郎正打算跟在后面走出院子，这时"哗啦"一声楼上的格子门打开了，栏杆旁站着与次郎。

"这就出发吗？"他问。

"嗯。你来吗？"

"不去，没什么值得看的，太傻气啦！"

"一起呗，一人在家多无趣啊。"

"我正在写很重要的论文，没有时间去玩！"

三四郎很是惊讶，但是只笑了笑，就赶紧追赶那四个人去了。他们早已穿过狭小的横街，走上远处宽阔的马路了。三四郎看着晴空下这一团人影，他更加认为，现在自己的生活可比原来在熊本时的有滋有味得多。过去自己常常思考的三个世界，而这一团人影代表的正是其中的第二个、第三个世界。虽然一半的影是灰暗的，但是另一半则像原野正开满了鲜花。在三四郎的认知中，这两者已经融为一体。不仅如此，在这个组织里，自己已经无意之中很自然地进去了。但是三四郎又有些忐忑不安。三四郎边走边想，发现自己之所以会产生这种心情，直接原因是刚才院子里野野宫和美弥子的谈话。他开始从头回忆着两个人刚刚交谈的全部内容，以便自己驱除这种不安感。

已经走到街口的四个人停下了脚步，回首望着，而美弥子则是用手遮在前额上。

不到一分钟，三四郎就赶了上来。大家继续前行，一味赶路，沉默不语。过了一会儿，美弥子最先开口道。

"野野宫君，你那样说话是因为你是理学家吗？"她似乎想继续着刚才的谈话。

"不，这和什么学科没有关系。不制作一个可以高飞的装置，如何能高飞呢？首要的事还是需要头脑的思考，对吗？"

"一个人如果不想高飞，也许是可以继续忍耐的。"

"忍耐不了就只剩下一条死路了。"

"所以，最稳妥的还是安定稳当地站在地面上。只是那样会比较没出息啦。"

野野宫君没有立即回答，而是冲着广田先生笑道："女辈之中也有诗人哩。"

不过，广田先生的回答更是绝妙："无法成为纯粹的诗人正是男子的通病。"

野野宫君再次沉默。

美弥子和良子开始轻声交谈。

这时，三四郎才抓了个空子问道："你们刚刚谈论的是什么？"

"哦，谈论飞机而已。"野野宫漠然地说。

三四郎疑云顿解，这感觉和相声艺人"解包袱"一样。然后，大家再次沉默。不过，如果是长谈，也不适合在行人拥挤的大街上进行。有个乞丐正在大观音像前，扯着喉咙磕着头不断高声哀告。他时常抬头，额头上满是灰尘，在额前集成了白白的一片。可是却无人理睬，五个人也旁若无人地从旁经过。走出五六百米时，突然广田先生回首看向三四郎问道：

"你施舍过那个乞丐吗？"

"没有。"

三四郎回头看见那乞丐将双手合十，举到额前，做成跪拜状，依然大声祈祷哀求。

"一点儿也不可怜。"良子紧跟着说。

"为啥？"野野宫望着妹妹，野野宫的表情与其说是责备，不如说是让妹妹冷静。

"他乞讨的态度太过于急切，反而无法达到目的。"美弥子评价着。

"不，他没有选对地方。"广田先生突然发话了，"这里行人过多，所以不行。山上虽然人少，但是对于乞丐，反而都会给钱。"

"也可能一整天也碰不到一个人哩。"野野宫呵呵笑了起来。

三四郎听着这四个人对乞丐的各种议论，他觉得多少有些损伤了自己一直以来所养成的道德观念。但是，刚刚自己经过乞丐身边时，不仅确实没有打算给予施舍，说实在的，心里甚至有些不愉快。由此可知，他们四个人反而比自己更加坦诚。三四郎顿悟到，他们真是大城市的人啊！在这种广阔的天地之间能够如此坦率地生活。

继续走着，人越来越多了。不一会儿，看见一个大概七岁左右迷路的女孩子。她边哭边左右穿梭于人们的袖子底下，不断大声呼唤着"奶奶"。过往行人有的说着"真可怜"，有的停下脚步，都在关切这件事。小女孩一直在哭泣着寻找奶奶，她吸引了所有人的关心和同情，但是没有人采取任何行动。这个现象实在是不可思议。目送着孩子的背影远去后，野野宫问道：

"这件事也是地点不对吗？"

"大家躲开是因为知道马上就会有警察处理的。"广田先生做出了解释。

"如果刚才她走到我身边，我一定会送她去派出所。"良子说道。

"好啊，你现在去追她，带她去吧。"哥哥催促着。

"我才不呢。"

"为什么？"

"不为什么——周围人这么多，又不是我一个人的责任。"

"还是躲避的态度啊！"广田说。

"所以说还是地点不对呀。"野野宫说。

两个男子相视而笑。

来到团子坂，黑压压的人群聚集在派出所前，看样子，刚才那孩子还是送来派出所了。

"这下安心啦。"美弥子看着良子。

"对啊！"良子说。

从坂上眺望远方，弯弯曲曲的斜坡，仿佛立于刀刃上。狭窄的坡面，左边高高的小屋顶被右边两层楼的建筑遮挡了一半，几杆高高的旗子立在后面。似乎人们瞬间就会掉落到谷底，路已经被来来往往、上上下下的人群堵得水泄不通。不停地蠕动着的谷底人群，看起来颇有些奇怪。这种嘈杂的场面看在眼中，令人眼花缭乱。

站在坡顶的广田先生，喊道"实在难以忍受啊"，似乎想打退堂鼓。四个人将先生簇拥着走向谷底，在谷底缓缓向对面绕过去，高高地矗立的大苇帘子挂在左右两边的小屋上，立在道路两侧就显得中间的空间分外窄小。路面上一片昏暗，行人熙熙攘攘，门口收票人高扯着嗓子喊叫着。听起来，这些人的喊叫声很是不同寻常。广田先生说道："这怎么会是人的喊声，倒像是菊花玩偶发出的声响。"

一行人走进了陈列着"曾我[31]讨敌"的左边小屋，五郎、十郎、赖朝[32]他们的脸孔和手脚都是由木头雕刻而的，但是一律平等地身穿着菊花服装。接着是青年女子在下雪时生气的情景。这些人的身子也都是木雕，外面的衣服是由一层密密麻麻地排列整齐的菊花装饰而成的。

良子一直全神贯注地观望着。野野宫和广田先生不停地在交谈，说着各种不同菊花的栽培法之类的。三四郎和他们之间隔着很多游客，距离有两米多远。美弥子早已超过三四郎，走到前边去了。大部分观众都是普通市民，似乎没有多少有教养的人。位于前边的美弥子在人群中不断地回头，伸长着脖子望着野野宫那边。而野野宫为了指点菊花根部，他把右手伸进竹栏杆内，开始热心地讲解。美弥子回转身后，跟随人流快速走向门口。三四郎拨开人群，丢下那三个人，向美弥子追去了。他很不容易才走到美弥子身边。

"里见小姐。"他打着招呼。

此时美弥子微微回首望向三四郎，不发一言，她的手扶着青竹栏杆。栏杆的里面一个手拿水瓢的汉子圆脸孔，板斧

さんしろう・一一三

---

[31]《曾我和语》是日本古代以军事战争为题材的小说，讲述曾我兄弟（十郎佑成和五郎）时致勠力讨敌的故事，成为日本古典戏曲的传统题材。

[32] 源赖朝（1147—1199），镰仓幕府的初代将军。

插在腰间，正蹲在水潭旁边，这是"养老瀑"。三四郎根本无心留意青竹栏杆那边是什么，只是一味地望着美弥子的脸。

"你不开心吗？"三四郎情不自禁地问道。

美弥子用充满忧郁的眼神直视着三四郎的前额，依旧沉默不语，神情黯然。这时，她双眼中一种奇妙的内涵被三四郎捕捉到了。有三层意思蕴含在这漆黑的眸子中：松弛的肉体，疲惫的心灵，想要倾诉的苦痛。眼下三四郎的一切都停留在这双眸子中，早已忘却正在等待着美弥子的回答。这时美弥子说："走吧。"

三四郎觉得自己同美弥子双眼的距离正在不断靠近。正是这种靠近，一个念头在三四郎心中迸发出来：为了她，他必须马上带她逃离这里才安心。他的决心刚刚下定时，女子已将头回转过去，手也放开了青竹栏杆，继续向门口走去。三四郎立刻尾随其后。

两个人并排前行的时候，美弥子低垂着头，将右手支在前额上。四周人潮涌动。三四郎凑上前去，在她的耳畔问："你是不是不舒服？"她穿过人流，开始朝着谷中方向走去。三四郎依旧紧随其后。大概过了半条街，她在人群中停住了脚步。

"这是哪儿？"

"这与回家的方向正好相反，可以到谷中的天王寺。"

"唔，我心情不好……"

此时他们正处于大街上，三四郎也无计可施，无法帮助她，他站住沉思片刻。

"这里没有个地方清静清静吗？"她问。

坡底交汇处是谷中和千驮木，那里地势最低，一条小河缓缓向北流淌着。沿着小河，穿过街道的左边就是原野。三四郎印象深刻，他来东京后，这条小河的两岸曾经被他走过很多遍。此时美弥子所处的地方旁边有一座石桥，在这里小河穿过谷中街直通根津。

"还可以再向前走一百多米吗？"他问美弥子。

"能。"

随后两个人渡过石桥，拐向左边。顺着别人屋边的小道向前走了一段，大概四五十步，又穿过门前的板桥返回小河这边，沿着上游又走了一会儿，来到广阔的原野，这里没有什么人。这里秋色宁静平和，三四郎走到这里，他的话立刻多起来了。

"怎么样？头还不舒服吗？是不是因为人太多？前来观赏菊花玩偶的人里，有的很不礼貌。有人对你无礼了吗？"

女子一直无言，不一会儿，她的视线从河面上移向三四郎，看着他。亲切热情的双眸藏于双眼皮下。这样的眼神让三四郎瞬间安心不少。

"谢谢，我现在好多了。"她说。

"休息一会儿吧。"

"嗯。"

"还能走得动吗？"

"嗯。"

"那就再走几步吧，这儿不干净，前边有个休息场所不错。"

"嗯。"

再次向前走了一百多米，又有一座桥，桥面上不到一尺宽的旧木板在上面胡乱铺着。三四郎快步走过了桥，她紧随其后。三四郎等她过来时，只见她一直朝前迈动步子，步履轻盈，不似一般女人家那种忸怩做作之态，双脚如履平地。所以，三四郎也就没有鲁莽地伸手去搀扶她。

河对岸就是一座草房，远望着屋顶下艳红一片。近看才知是辣椒正在晾晒。美弥子走近发现原来是辣椒的红，这时她停下脚步。"真美！"她边说边坐在草地上。这个时节，草已不似夏季般翠绿，生长在沿着河边狭小的地面上。美弥子完全无所顾忌，也不怕会弄脏自己一身漂亮的衣裳。

"走不动了吗？"三四郎停下来催促道。

"谢谢，已经够啦。"

"心情还没有平复吗？"

"都是因为有些劳累呀。"

三四郎无奈地坐在污秽的草地上。两个人之间距离有着四尺远。他们脚下流淌着小河。秋天，河水低浅，水位下降，有石头露出水面，一只鹡鸰正停在石头尖上。三四郎看着河面，河水逐渐混浊。一看，原来上游有农民在洗萝卜。美弥子则遥望远方，广袤的田野尽收眼底，森林就在田野的尽头，而头顶的天空，颜色正在缓缓发生变化。

好几种色调出现在澄碧的空中，清澈透明的蓝色依次递减，几乎要归于消失。白云逐渐厚重起来，笼罩在上方，随即又消融，飘向了别处。一层阴郁的黄色微微蒙在天空中，无法分辨地平线与云天交接的地方。

"混浊的天色啊。"美弥子说。

三四郎将视线由河面转向天空。这种天气三四郎自然不会是第一次看见，但却是第一次听到这种说法——"天色混浊"。他目不转睛地望着天空，发现除了"混浊"二字，再也找不到任何合适的话语来形容这样的天气了。三四郎正思考着应该如何回答时，她再次说道："真像一块沉重的大理石。"

美弥子眯着双眼仰望着高远的天空。然后又静静地用这样的眼睛看着三四郎。过了一会儿，她开口问道："是不是很像大理石？"

"哎，确实是的。"三四郎顺着她的话回答。

她再次沉默。

随后，三四郎首先开口："天色这样，让人觉得心情虽沉重，但是精神得到轻松。"

"你的意思是什么？"美弥子问。

三四郎没有立即对她的问题进行回答和解释，而是接着说："这天空能够使人安然入睡。"

"云层感觉在动，但是事实上却没有动。"美弥子再次将视线移向远处的云层。

他俩坐着的地方可以听见远处各种招徕游客的叫喊声不断从菊偶市场那边飘来。

"真响亮的声音呀。"

"真佩服他们能从早喊到晚！"三四郎说道。

与此同时，刚刚被他抛下的三个同伴，三四郎想起来了，正当他想说些什么时，美弥子开口了。

"生意人其实和之前那个在大观音像前的乞丐一样。"

"地点不对，是吗？"

平时很少开玩笑的三四郎，这时独自一人呵呵地笑起来。因为广田先生刚刚关于乞丐的评论，让他觉得有些滑稽。

"那样的话广田先生常说的。"美弥子像是自语一般轻松地说道。随后，她的语调变成一种较为活泼的口吻，补充道，"坐在如此安静的地方，别有一番滋味啊。"

这回轮到她兴致勃勃地笑了。

"是啊，正应了野野宫君刚才的话，在这里等再久也不会经过一个人的。"

"那不正是得偿所愿吗？"她随后就对这句话做出了解释，"我们又不是向人乞讨的乞丐。"

这时，从晒辣椒的家中走出来一个生人，不知不觉已经过河，然后逐渐靠近两个人坐着的地方。此人有胡须，西装革履，年纪大约与广田先生相仿。他快要接近二人时，猛然抬头，直视着二人，他的目光中满含憎恶的神色。三四郎顿时局促地坐着，如坐针毡。那个人很快地走了过去。

"他们三个现在可能在找我们吧？"三四郎望着陌生人远去的背影，忽然想起被他抛下的三个人。

"没关系的，我们只是迷失方向的大孩子。"美弥子很冷静地答道。

"就是因为看不见我们，他们肯定会寻找的。"三四郎坚持着自己的观点。

"都是一些想逃避责任的人，应该巴不得吧。"美弥子的语气瞬间冰冷了。

"你说广田先生吗？"

美弥子没有回答。

"还是说野野宫君？"

美弥子依旧避而不答。

"心情好些了吗？如果好些了，咱们回去吧。"

美弥子只是看着三四郎。即便三四郎已经起身，还是重新坐回草地上了。三四郎心中清楚在有些地方自己始终无法与这个小女子抗衡。他知道对方已经看穿他的内心，于是一种难以捉摸的屈辱感慢慢产生。她瞅着三四郎重复着"迷途的羔羊"这句话。三四郎没有立即回答。

"这句话英语的说法你知道吗？"她向三四郎提出这样的问题，是他没有想到的，一时之间不知道该如何回答。

"我告诉你吧。"

"嗯。"

"Stray sheep[33]，懂吗？"

一到这种场合三四郎就无法应付。等到关键的时机过去，头脑逐渐开始冷静，回望过去就会后悔，这才想出了各种答复。不过，这些事都是难以预料的，为了应付一时的状况，便假装从容不迫的样子，理直气壮地乱说一通。如此轻薄之举他无法做到，所以只有选择沉默。但是他这样一言不发，又觉得会使人难为情。

对于这个词汇"Stray sheep"，三四郎并非完全不懂。词汇本身的含义他并非不懂，他真正不懂的是此时她说出这个词汇的用心。三四郎十分关注地端详着她的面孔。这时，她突然态度十分认真地问道："我难道显得狂傲吗？"

不过有一种辩解的意味存在于她的语调中。这种意外的感受打动了三四郎。如果说过去是生活在雾里，一心期盼迷雾散去，那么现在她的这句话刚好将迷雾驱散，她清晰的身影得以显现。可是三四郎转念一想，又觉得这雾散的有些可恼。

如果美弥子的态度能恢复成原先那样，那是何等有趣，三四郎心里想着。——就像此时头顶上广阔的天空，介于清澄和混沌之间。但又想到，让她恢复常态光靠几句讨好的话语是不够的。

さんしろう・一二〇

---

[33] 意为迷羊。基督教故事中：某人牧羊百只中有一只迷途，遂舍九十九只于山中，往寻迷羊，复得。其欣喜之情胜于九十九也。以此歌颂身心宽大，犹如牧羊之人。

"咱们走吧。"女子猝然说道。

她的话语在三四郎听来十分沉静，语气中也没有明显的厌恶情绪。但是却让人感觉对方似乎觉得自己毫无乐趣，所以心灰意懒了。

天空不断地发生着变化。远方吹来微风，仅有一轮太阳守在广袤的原野上，让人心生寂寞。不断有水汽从草丛中腾起，让人寒栗不断。原来一不留神，已在此地坐了多时。自己一个人肯定在这里待不下去的。美弥子也应该一样吧，不，这样的地方她也许会久坐的。

"有些转凉了，先起来吧，免得受凉。好吗？你现在心情恢复了吗？"

"哎，已经完全好了。"美弥子便起身边爽快地回答着。她起身之际又暗自嘀咕着"stray sheep"，尾音悠长。三四郎依旧没有回应。

美弥子向着一个方向指去，正是刚才穿西服的男子离去的地方，如果有路，她想穿过辣椒屋旁。两个人向着那边出发。一条细小的路就藏在茅屋后头。走在半路上，三四郎问："良子小姐是否决定去你那里住了？"她微微一笑反问道："你怎么想着问这个？"

三四郎正想回答，结果看见一块约莫四尺多宽的泥地就在脚下，下陷的泥土导致污水淤积。一块垫脚石放在水洼中央。三四郎向对面直接跳了过去，越过了石头，然后回头看向美弥子。美弥子试图将右脚踏向那块石头，不料石头并不牢固，稍一用力，就会摇晃，为了保持平衡只得控制肩膀。三四郎立即将手伸出。

"我扶你。"

"不，没事的。"女子笑了。

三四郎伸手之时，她左摇右摆，不愿跨过泥地。三四郎把手缩回。这时，全身的力量都被她压在了右脚上，右脚蹬在石头上，左脚一跳，跳过泥地。她为了防止弄脏木屐，用力过大，整个身子倾斜着直向前扑去，她的双手瞬间按在三四郎的双臂上了。

就连她呼吸之间的颤动，三四郎都能明显感觉到，而她只是喃喃自语着"stray sheep"。

# 第六章


　　随着下课铃声的响起，老师离开教室。三四郎甩动着蘸有墨水的笔尖，打算合上笔记本。这时，同座的与次郎说着："喂，笔记借我看下，我有的内容记漏了。"

　　说完他就拿起三四郎的本子上下翻看，只见满是 stray sheep 的字样。

　　"这是什么意思？"

　　"上课烦闷时乱写的。"

　　"这样开小差可不行？不是学过吗，贝克莱 [34] 的超现实论和孔德 [35] 的超唯心论两者之间的联系。"

　　"是吗？是什么"

　　"你不知道吗？"

　　"对啊。"

　　"那就没办法了，你还真是个 stray sheep。"

　　与次郎起身想要离开桌子，他拿着自己的笔记本，对三四郎说："喂，一起吧。"

さんしろう・一二三

---

[34] Georgt Berkeley（1685—1753），英国哲学家。

[35] Immanuel Kant（1724—1804），德国哲学家。

两个人随即走出教室，下楼后来到门外的草地上。一棵大樱树就在草地上，两个人在树下席地而坐。

每年夏初，这里满是苜蓿。之前，与次郎带着入学志愿书去办公室时，路过这棵樱树，看见有两个学生躺在树下。两个人交谈着："应付口试如果用都都逸[36]的方法，事半功倍，能唱出很多内容。"

"在学富五车的博士面前，考一下恋爱的试题吧。"

至此，樱树下的空间让与次郎彻底地迷恋上了。无论大小事宜，他都拉着三四郎直奔此处。与次郎说起这段历史时，三四郎才理解到为何当初翻译"Pity's Love"这句话他一定要用俗语。不过，与次郎今天的态度相当认真，他刚在草地上坐定，一本《文艺时评》的杂志被他从怀中掏出，他打开其中一页倒着递给三四郎。并且问道："怎么样？"

三四郎看见一篇文章上用大号铅字写着《伟大的黑暗》这个标题，下面落款的雅号是"零余子"。平日里与次郎用"伟大的黑暗"来评价广田先生，这话三四郎都听过两三回。但是，零余子这个名字对他而言太过陌生。所以对于与次郎"怎么样"这句问话，三四郎只是看着对方没有做任何评论。与次郎一言不发，而是右手食指指向自己的鼻尖，向前凑近他那扁平的面孔，停住不动。他的样子正好被一个站在对面的学生瞅见，呵呵笑了起来。与次郎立即有所觉察，于是放下指头，说道：

---

[36] 也作"都都一"，歌唱男女爱情的一种俗曲。

"是我。"

三四郎明白过来。

"我们看菊花玩偶那天，你写的就是这篇文章吗？"

"不，你们去玩赏是两三天前的事，文章要出版不可能这么快啊。这是很久以前写的老文章，标题说明了一切啊。"

"这时介绍广田先生吗？"

"嗯，只有将舆论先唤起，制造声势，才能让先生进入大学……"

"这本杂志的力量那么大吗？"三四郎从来没听说过这本杂志。

"力量没那么大，所以不好办。"与次郎说。

三四郎敷衍地笑笑。

"销售量是多少？"

与次郎没有回答这个问题，而是聊以自慰地说："无所谓啊，聊胜于无。"

慢慢追问下去，得知与次郎与这家杂志一直有所关系，闲暇之余，每期必发表文章，并且署名不断变换。除两三个同人外，无人知晓此事。三四郎豁然大悟。这时他才知晓原来与次郎和文坛有些许交往。不过，三四郎百思不得其解的是，为何与次郎不断地用匿名发表他那些所谓人论义呢？像是恶作剧一样。

三四郎也曾很直接地问他："这么做是为了赚取稿费吗？"

与次郎听后惊讶地瞪圆双眼。

"你说出如此悠然自得的话，是因为你才从九州乡下出来，对中央文坛的动态不了解。一个有头脑有思想的人，处在当今思想界的中心，目睹着世界风起云涌、变幻莫测，怎能无动于衷呢？事实上，我们青年人正手握着今天的文学权力，如果不主动进取、积极地参与发表意见，这难道不是一种损失。剧烈的革命正在洗刷着文坛，导致文坛急转直下难以承受。一切事物无不在动荡中走向新的生机，所以一定不能落伍。必须主动把握机遇，创造有价值的人生。人们虽然不断的称呼'文学'，但是却把它看得很轻贱，这种文学不是我们所说的新文学，而是大学课堂上的那种文学。而新文学强烈地反射着人生自身。整个日本社会的活动都将势必被文学的新气势所影响，而这种影响现在依然出现。当人们正在白日做梦时，影响悄然地产生了。这是可怕的事实……"

三四郎一味地听着，虽然觉得与次郎有些吹牛，但是他神采奕奕、眉飞色舞的神情让他本人显得十分真诚认真。这种精神打动了三四郎。

"你怀着这种精神，那么，你不在乎有没有稿费啦？"

"不，稿费还是需要的，不过是给多少收多少。如果杂志的销量不好，也就很难有稿费了。所以需要想一些办法增加销量。你有办法吗？"与次郎用商量的语气询问三四郎，话题立即切入实际问题。

三四郎顿觉奇怪，与次郎表情依旧平静。铃声再次急促地响起。

"这本杂志先送你看看。文章的标题必须醒目新奇才会引人入胜，吸引人们阅读文章。这个《伟大的黑暗》，是不是名字很有意思啊？"

两个人从正门走进教室，坐回桌边。老师随后就到。两个人开始听讲做笔记。《文艺时评》就在笔记本旁边摊着，三四郎一直惦记着，于是借着上课的工夫，偷偷看起杂志来。幸好老师的眼睛近视，而且全神贯注在讲课，对于三四郎违纪的行为一无所知。正合三四郎的心意，边看杂志边记笔记。一心二用干着两份事情，结果呢，不但没有读懂《伟大的黑暗》，也没有记全笔记。与次郎文章里的一句话却一直清晰地存在于头脑里：

"自然界花费几年的星霜造就一颗宝石？而这宝石的光辉又一直静静地被埋没了数年的星霜，直到开采命运的到来！"

此外其他的句子，三四郎都没能完全理解。不过，在此期间，一个"stray sheep"三四郎都没再写。刚下课，与次郎就迫不及待地问道："怎么样？"

三四郎如实告知，上课期间没能仔细看。与次郎批评他没能充分利用时间。三四郎回应回去后好好拜读。晌午到了。两个人一起走出校门。

"今天有活动要出席。"两个人走到西片町，与次郎即将拐入横街时停住了脚步。

三四郎已将晚上要召开同级学生座谈会这件事忘得一干二净了。与次郎的提醒让他想起，他告诉与次郎自己会出席。

"我有事找你，你去之前来找我一下。"说完，与次郎颇为得意的把笔杆放置耳后。三四郎应允了。

他回到寓所，立即洗澡，心情瞬间舒畅。这时，三四郎看到桌上放着一张手绘明信片。上面翠绿的草丛中，一条小河蜿蜒流淌，两只羊正卧在河边。一个拄着拐杖大汉在对岸站着，形象基本模仿的是西洋画里的恶魔，面容狰狞可怕，旁边还有字母专门特别慎重地标注着"恶魔"。三四郎的姓名写在信的正面，还有"迷羊"的小字在下面标着。三四郎马上明白"迷羊"暗喻着什么。并且，还有两只手绘的迷羊画在明信片的背面，他看着十分高兴，因为这两只迷羊不仅有美弥子，还包括自己。现在三四郎彻底清楚美弥子的用意，以及美弥子所说的"stray sheep"一词的设想。

三四郎本想遵照约定，好好看看《伟大的黑暗》，可是现在毫无兴趣。而是一味地端详着明信片陷入深思。如今三四郎的心扉早已被画面上的一切所打动，他觉得这幅画自然洒脱、天真无邪，里面满含幽默的情趣，即使是伊索寓言也不曾具备。

构图得当妥帖，技法让人惊叹。三四郎暗自心想：良子画的柿树根本无法相提并论。

过了一会儿，三四郎总算看起了《伟大的黑暗》。他心不在焉地读着，看了两三页，逐渐被吸引，随后全神贯注地一口气读完了长达二十七页的论文。当他翻完最后一页时，才惊觉文章结束了。他的视线脱离了杂志，心想，啊，可算看完了一遍。

随后三四郎开始思索，刚才看了什么？什么也没有，甚至没有地方让人觉得幽默。不过一口气儿看完。倒是十分佩服与次郎的文笔。

论文开头先是攻击现今的文学家，然后开始称赞广田先生。文章中对于在大学文科中代课的西洋人尤为深恶痛绝。

"在大学相关的课程中，如果不招聘一些合适的日本人，那么大学，即使作为最高学府，也会和过去的私塾毫无区别，甚至和砖石木乃伊一样，无任何回旋余地。当然，如果是人才缺乏，倒也情有可原。可是，如今有广田先生。先生十年如一日在高级中学任教，虽自甘无名，俸禄微薄，却是真正难得的学者。这样的人物才是当教授的最好人选，以便为学术界的发展做出贡献，为日本社会的现实新形势展开交际"——文章通体都是这样的内容。只是长达二十七页的内容表达的方式都是精彩的警句以及气宇轩昂的口气。

文章中还有如"会以秃自傲只有老人""波中出产美人维纳斯像，但大学却无聪慧之士。""如果学术界的名流是博士，那么田子浦[37]的名产就必须是海蟹了"这类颇有意味的句子。然后便再无其他。当然最为奇妙的还是，不但比喻

--------

[37]　静冈县一带海滨。

广田先生是"伟大的黑暗"，还用小圆灯比喻其他学者，说他们那模糊不清的光芒照出的范围最多也就两尺远。与次郎将广田先生说他的话语全部原样写了出来。就连结论也一样，对于我们青年，旧时这类小圆灯和烟袋锅等遗物，已全然无用。

稍加细想，便能感知与次郎论文中的朝气。新日本俨然被他一个人代表了，阅读的过程中很容易引起共鸣。不过就像一场战争没有根据地一样，同样，文章没有实际内容支撑。不仅如此，再刻薄一些，这种写法充满着某种目的性。来自乡下的三四郎，虽然对于其中的道理无法完全参透，平心而论，读完之后，总感到文章中有不满之处。

三四郎再次拿出美弥子的来信，紧盯着信件上的两只羊和恶魔，这封信，让他觉得万事舒心快乐。这样的快感让先前的不满意变得更加强烈了。三四郎将论文的事放在一边。他想即刻回信，可惜自己对画画一窍不通，于是想写篇文章。可是转念一想，如果是文章，语言非得配得上这张明信片才好，这实属不易啊！于是反复纠结徘徊，眼瞅着时间已过四点。

他套上大褂，前往西片町，去见与次郎。他由后门进入，看到茶室的桌边，广田先生正在吃晚饭，与次郎则守在一旁恭敬地伺候。

"先生，好吃吗？"与次郎问。

先生两腮鼓胀，好像有什么硬物在嘴里含着。三四郎看见桌上的盘子，十几个红中带黑的烧焦的东西在盘里放着，个个尺寸大如怀表。

三四郎坐定后，施完礼。先生大口大口地咀嚼着。

与次郎用筷子从盘子中夹起一个，说："喂，你也来吃一个。"

三四郎仔细一看，居然是红烧蛤蜊干。

"为什么吃这种奇怪的东西？"三四郎问。

"为什么？好吃呀！试试啊。这是我为了孝敬先生特意买的。先生说，他之前没吃过呢。"

"哪里买的？"

"日本桥。"

三四郎觉得有些可笑。这时候的与次郎和刚才讲论文时候的完全不一样。

"先生，还吃吗？"

"好硬啊。"

"一定要仔细慢嚼，很香吧？滋味越嚼越厚重。"

"滋味没尝出来，牙齿已经酸了，这种老古董有什么好买的？"

"不好吗？也许先生吃不惯这玩意儿，但是美弥子小姐肯定会喜欢吃。"

"为什么？"三四郎好奇地问道。

"唔，因为她特别沉着冷静，所以滋味一定能嚼出来。"

"那女子沉静但粗犷。"广田接话道。

"嗯，像易卜生描绘的女性，是挺粗犷。"

"易卜生一般描绘的女性是性格外向，但那女子是内心粗犷。不过，她的粗犷与一般的粗犷可不大一样。野野宫的妹妹，看似粗犷，但依旧是女子。这真是太奇妙了。"

"里见小姐是内向型的粗犷吗？"

两个人的评论一直被一旁闷不作声的三四郎听在心里。无论谁的论点他都不认同。首先不能认同的就是，美弥子怎么能用"粗暴"这个词儿呢？

一会儿的工夫，与次郎就换好了礼服，对先生说："出去一下。"

两个人随即出门。先生一人喝着闷茶。两个人走出门外，外头已经漆黑一片。他们走出两三百米后，三四郎先开口了。

"先生认为美弥子小姐粗犷吗？"

"嗯，先生是个谈吐随意的人，一旦高兴，他什么都会加以评论。对于女性的评价，先生向来显得很滑稽。一个从来没恋爱过的人，何以了解女人呢？关于女性的了解，先生的知识几近为零。"

"暂且不谈先生，他的观点，你刚才不也赞成吗？"

"嗯，对啊。怎么啦？"

"你们指的是她哪里粗犷？"

"我并没有具体指她某一点。只是大部分现代的女性都是粗犷的，不仅仅是她而已。"

"你不是还说她很像易卜生描绘的女性吗？"

"对啊。"

"你觉得她具体像哪一个人物？"

"哪一个啊？……应该是都很相似。"

三四郎还是无法信服，但也不打算继续追问。两个人继续默然无语地向前走了百余米。与次郎突然说出了这样的话：

"不仅里见小姐像易卜生的人物。大部分接触过新鲜事物的男性，都多少有些地方类似于易卜生的人物。只不过这些男男女女大部分是内心受到的感化，而不会像易卜生的人物那样随意行动。"

"这种感化我就没有受到影响。"

"这种说法就是自欺欺人——无论哪个社会，没有缺陷是不现实的。"

"很有道理啊。"

"所以，凡是存在于这个社会中的人，总会感到某些地方的不足。而对于现代社会制度的缺陷，易卜生的每个人物都有着强烈的感受。我们终将变成那样的人。"

"这是你的想法？"

"不仅仅是我，远见卓识的人都这么想。"

"广田先生也是吗？"

"他？那我就不清楚了。"

"他刚才对于里见小姐的一番评论，说她沉静又粗犷。他的意思就是说，沉静是因为要同周围事物步调协调一致；而本性粗犷又因为存有不足之处。是不是这个意思？"

"是啊——这样的评论，可以看出他高人一筹，先生的伟大之处也在这里。"

与次郎立刻对广田先生夸赞起来。对于美弥子的性格，三四郎还想再深入地讨论一下，他的念头被与次郎一句话打消了。

"我之前说有事找你——唔，你看完我的那篇文章了吗？如果没有看完，我的话你就不容易记在脑子里了。"

"今天一回去我立即就看完了。"

"怎么样？"

"先生怎么评价的？"

"先生什么都不知道，怎么会看呢。"

"嗯。文章很有意思，但是看完感觉就像空腹喝啤酒，无法填饱肚子。"

"已经足够了，我之所以匿名，只是为了大家看完提点儿精神。反正现在只是准备时期，暂时先这么写，时机一到，就可以署真名了——这事先到这里，下面说一下找你是为了什么事。"

事情是这样的——在今天的晚会上，他计划大加慨叹一下自己本科的萧条，那时三四郎一定要随声附和。因为萧条确是事实，所以一定会有其他人共同慨叹。随后大家会一起商讨解决的办法。这时刚好提出，聘请合适的日本人于大学任教正是眼下解决当务之急的办法，一切顺理成章，大家定会赞成。接着就是选择合适的人。刚好提出广田先生的名字。所以，他们二人必须大力称赞先生，配合一定要紧密。不然，某些知道与次郎和广田先生关系的人就会疑云重生。其实自己本就是先生家的食客，不在乎别人的看法，可一旦有麻烦，还是不要牵连广田先生为好。当然，自己已经物色了三个同道，但是，多一个人更好。因此，需要三四郎帮忙尽量多多附和。另外，如果大家的意见能统一，就会选学生代表去校长和总长那里。自然，今晚可能进行不到那步，这样做也就没必要了。总之，到时候需要随机应变……

与次郎善于言辞，可惜他让人觉得过于油滑，稳重不足。所以他的演说会让人觉得即使是无足轻重的小事也会被他说的义正词严。令人疑窦重生。其实，对于与次郎的提议，三四郎本是赞成的态度，因为这是件正经的好事。只是这样的方法让他觉得有些过于玩弄计谋，心里不是滋味。这时，与次郎走到道路中央，两个人的位置正好处在森林町神社的牌坊前。

"做法是有些玩弄计谋，但我的所作所为不过是借助人力顺应天理而已。这同违背天理、无勇无谋胡乱展开行动有本质的区别。玩弄计谋并没有什么，因为计谋并没有什么不对。可恶的是搞阴谋。"

三四郎哑口无言，虽然话已到嘴边，但却无法开口。现在自己的记忆中十分清晰地存在着与次郎刚刚的谈话，尤其是那些自己考虑不到的部分。这一点三四郎十分佩服。

"这话挺有道理。"三四郎蒙混过去，两个人再次并排前行。

一进正门，眼前豁然开朗，黑色的高大建筑到处矗立着。

明净的天空，繁星璀璨，光线照耀在轮廓清晰的屋顶上。

"夜空多美好啊！"三四郎说。

与次郎边走边仰望天空。不多时，他止住脚步，招呼三四郎道："喂，我说。"

"怎么了？"三四郎随口答道，他原以为与次郎是继续讨论刚才的话题。

"这样的天空看在眼里，是何感想呢？"与次郎不像是说这话的人。

原本有很多话，例如"无限"、"永久"之类的词可以用以回答，但是如果用这样的话回答，一定会被他嘲笑的。三四郎想到这里马上沉默了。

"我们真没用啊，从明天开始，也许会取消那个计划。就算《伟大的黑暗》一文写了，也不会有任何作用。"

"为何你忽然如此说？"

"这样的天空让我产生的这种想法——喂，你有没有迷恋过女人？"

三四郎顿时无言以对。

"可怕的女人呀。"与次郎说。

"我知道啊，是挺可怕。"听完三四郎的话与次郎开怀大笑起来，寂静的夜晚显得这笑声格外响亮。

"你怎么会知道，怎么会知道呀！"

三四郎顿生不悦。

"明天天气不错，运动会又赶上好日子了，到时候一定会来许多漂亮的女子，你必须得去看看啊。"

两个人在黑暗中摸索着来到学生会堂。房内灯火通明。

他们由木造的回廊绕进室。室内聚集着早来的人。大小人群共分三摊，当然也有人故意逃离人群，安静地阅读自带的杂志或报纸。四周谈话声很嘈杂，让人不禁感叹他们哪里来的这么多的话题可聊。不过，总体而言，还算不错。室内不断缭绕着香烟的烟雾。

此时，人群不断聚集。漆黑的人影不断地从黑暗里猛然冒出，这些人影在回廊上逐渐清晰，逐个进入室内。有时灯光下也会闪过五六个人，他们鱼贯而行，不多会儿，人已经大致到齐。

一进来，与次郎就不断地穿梭于烟雾里，每到一个地方就轻声嘀咕一会儿。这情景三四郎看在眼中，心里想着计划马上就要进行了。

又过了一会儿，一位干事开始高声招呼大家就座。餐桌是预先备好的，大家接二连三地入席，这里不存在长幼尊卑，一坐下就可以开动了。

在熊本时，三四郎只喝一种当地出产的劣等红酒。这种酒熊本的学生都会喝，早已习以为常。偶尔下馆子，一般也是去牛肉铺。不过让人怀疑的是，那牛肉铺是由马肉冒充牛肉的。据说马肉会贴在墙上，牛肉会掉下来，所以学生都会夹起盘中肉块，扔向店堂的墙壁。看上去就像在做咒符。三四郎也是这样的学生出身，所以对他而言，这种学生联谊会这般绅士实属新鲜。他挥动着刀、叉，满心新鲜喜悦，席间还畅饮了不少啤酒。

"这里的菜真不好吃呀。"一个坐在三四郎旁边的人说。这位戴着金丝眼镜的光头男子，看起来十分老成。

"是啊。"三四郎漫不经心地回答。他想，如果面对的是与次郎，他定会坦率地告之："对于来自乡下的我来说，这菜已经十分美味了！"然而，此时如果自己用这种坦率的态度会被他人看成讥讽，那就糟了。因此自己不再多话。

"你高中在哪里读的？"那个人继续问道。

"熊本。"

"是吗？我表弟也在熊本呢，听说那是个糟糕的地方啊。"

"是有些野蛮。"

两人对话之际，突然对面传来高声喧哗。原来声音是来自与次郎和邻席的两三个人，他们似乎不停地进行辩论，还不时地嘀咕着"detefabula[38]"一词。三四郎不理解他们的意思，但是与三四郎同席的其他人，每听到这个词就笑上一阵。这促使与次郎更加得意，嚷着："detefabula，我们这些青年人来自新时代……"

一个肤色白皙、仪态端庄的学生坐在三四郎的斜对面，

---

[38]　"论及你"之意。出自罗马诗人贺拉斯（Horutius，公元前65—8）的《讽刺诗》中。

他把手里的刀叉停下，看向与次郎他们。片刻，他笑着用一句法语半开玩笑地说："IlalediableauCorps（恶魔附体）。"但是这话似乎没有被对面的一伙人听到，他们依旧高举四只啤酒杯，正在兴致勃勃地祝酒。

"他倒挺能折腾啊。"坐在三四郎身边的那个老成的学生说。

"嗯，他很是健谈。"

"原先我压根儿不认识他，谁知有一次他突然跑过来硬是要请我到淀见轩吃咖喱饭……"

说完他开怀大笑起来。三四郎这才知晓，自己绝非第一个被与次郎带到淀见轩吃咖喱饭的人。

不久，咖啡端来了。这时有一个人起身，与次郎开始热情地鼓掌，他的掌声带动了其他人，大家都开始鼓起掌来。

起身的人，崭新的黑色制服穿在修长的身上，下巴上长有短髭，神情潇洒地站在那里，他以一种演讲的口吻开始了他的言论。

"今夜我们相聚于此，是多么愉快的一件事，今夜之欢为纪念我们的友情长存。不过，我们的交谊不仅具有社交意义，一种强烈的影响更会油然而生。自己之所以想站出来说话，也是因为偶有感触。这次仅仅只是一次普通的聚会，始于啤酒，终于咖啡。但是，在座的将近四十人共饮啤酒、咖啡，但是我们绝非等闲之辈，而在这短短的畅饮之中，我们依然感知自己正在膨胀的命运。

"现在无论是鼓吹政治自由还是讨论言论自由都已成为过去，它们早已成为历史长河的一部分。何谓'自由'，并不是那些表面肤浅的事实所独有的词汇。我们作为新时代的青年，更应该大力发展心灵自由。我认为我们正在面临这样的时代。

"无论是来自旧日本还是新西洋的压迫，我们都无法忍受。

"我们必须向世界疾呼，将我们现在所处的形势告诉全世界：我们是来自新时代的青年，无论是社会还是文艺，不管哪个方面，新西洋和旧日本一样，使我们不堪重负而万分痛苦。"

"我们仅仅只是研究西洋文艺。不代表我们会屈服，研究和屈服有着本质的区别。我们研究只是为了方便解脱受到束缚的心灵，而不是为了被它捆住手脚。这样对我们不利的文艺，无论我们将面临多大的强制压力，我们应当具有强大的自信和决心。坚决不能效法。

"在自信和决心这点上，我们与普通人不同。文艺既不是科学技术，也不是普通事务，它作为一种社会动力广泛存在，根本意义在于触及大众。我们研究文艺也是因为这种意义，并且我们有坚定的自信和决心。这种意义非同一般，今晚聚会产生的重大意义得以预见。

"剧烈动荡的社会使得文艺——产生于社会，也在发生动荡。这种激荡的形势，为了顺应，指导文艺必须依照我们自己的理想，团结一切可以团结的个人分散的力量，不断地将自己的命运发展、充实和壮大。今夜的啤酒、咖啡，它的价值比普通的啤酒、咖啡高出百倍，因为它们为我们这种潜在的目的得到更大的发展做出巨大的贡献。"

他演讲的内容大致讲完。结束后，迎来了在座学生的一致喝彩，三四郎也是其中之一。这时，与次郎突然起身。

"detefabula，仅仅只是谈论多少万字被莎翁使用过，易卜生拥有几千根白发啦，这都有何用！当然，我们绝不会被如此混账的讲课内容所俘虏，这一点是必然的。但是如果从学校的角度出发，就不能再这样下去了。所以，不能再招聘西洋人了，他们不够权威。来给我们上课的人必须能满足新时代青年的一切要求……"

依然迎来满堂喝彩，接着大家笑了起来。

"让我们一起为 detefabula 举杯！"与次郎身边的人喊道。

刚刚那个发表完演说的学生立刻表示赞成。可是，啤酒喝光了。"没关系。"与次郎说完，朝着厨房跑去。不一会儿，就有侍者拿酒上来。大家再次高举酒杯。这时立刻有人提议道："来，这回我们为《伟大的黑暗》举杯！"

围绕着与次郎全部大声附和，并且开怀大笑。与次郎挠着头。散会时，青年人全部在黑夜中分散开去。

三四郎开始问与次郎："什么是 detefabula？"

"希腊语。"

除此之外，与次郎不再多说。三四郎也没再追问。趁着这美丽的夜色，两个人回去了。

如与次郎预言，第二天天气晴朗。今年的气候变化较之往年来得稍显缓慢，尤其是今天，天气和暖。一大早，三四郎就已经洗完澡。街上行人寥寥无几，午前澡堂没什么人。三四郎看到三越吴服店的招牌紧挨着板壁，上面绘有美丽的女子。那脸庞看上去有点儿像美弥子。但仔细观察就会发现，无论是眼神还是牙齿都不一样。美弥子的眼神和牙齿是最吸引三四郎的地方。与次郎曾说，美弥子天生有些咬合不齐，所以牙齿常常露出。三四郎却不那么认为。

泡在热水中的三四郎，脑子全被这些事情占据了，还没仔细洗就上来了。聚会结束后，他忽然感受到一种强烈地意识，就是自己已经是新时代的青年了，只不过改变的只是意识而不是身体。每逢休息时，和别人相比，他显得自在轻松。下午学校要举办田径运动会，他打定主意要去观看。

对于运动，三四郎原本不大喜欢，过去在家时，也就打过两三次野兔。后来上了高中，他在学校的赛艇比赛上充当摇旗子的人物。结果他弄混了蓝旗和红旗，一时之间怨声四起。事实上主要责任在于开枪的教练。他虽然准时开枪，但是没有声响，三四郎立马乱了阵脚。此后，他再也不敢靠近运动会。今天他之所以一定要前去观看，除了与次郎的极力推荐外，还是因为自他来到东京，这是第一个运动会。与次郎曾经说过，在运动会上，与其看比赛，还不如看女子，那样才更有价值。良子小姐可能就在这些女子中吧。而美弥子很可能和良子小姐在一起吧。想到这里，他更加急切地想去会场与她们谈天说地。

晌午刚过，他就出发了。操场南边的角落就是运动会的入口。入口处交叉着打着两大幅国旗，是日、英两国的。挂出日本国旗天经地义，但是为何要拿出英国国旗。三四郎想，难道是暗示日、英联盟吗？可是，他不明白，学校的田径运动会和国家同盟有什么联系？

正值深秋时分，长方形草地的操场上，青翠的草色已然大部分消退。比赛场所位于操场以西，一座假山竖立在场地后方，并列摆放的栏杆将场地区分开。空间狭小，观众众多，大家一起聚集在这小小的天地，局促狭窄，拥挤不堪。幸亏是清秋时节，天朗气清，气温适宜，但是人群中即有人穿外套又有打阳伞而来的女子。

令三四郎失望的是，女宾席和普通观众席不在一起，设在别处。并且，那里聚集着很多公子哥，他们都是西装革履、气度不凡，相比之下，自己看上去格外寒碜。虽然三四郎自诩自己是新时代的青年，但内心还是自卑而渺小。不过这并没有阻止他通过人群向女宾席看去。从侧面望去，由于距离较远，无法看清，但是能明显感到女宾席有一种整体的美感，虽然，没有看见谁特别出众，但是她们都很漂亮，并且衣着服饰讲究艳丽。这种色彩可不是简单的两个女子之间攀比的色彩，而是来自女性的色彩，这样的色彩能够征服男人。一眼望去，并没有发现美弥子和良子，三四郎多少有些失望。

但他没有放弃，抱着一丝希望再次仔细地在人群中搜索，果然他看见她们俩正并排坐在前排挨近栅栏的地方。

功夫不负有心人，三四郎总算找到了目标，悬着的一颗心暂时放下了。二百米赛跑开始了，他面前突然跑过五六个男子。近在咫尺的冲刺点恰好位于她们二人坐着的正前方。其实三四郎的视线原本是在她俩身上，结果他的视野中也同时闯进了这些壮汉，而且不一会儿的工夫就增加到十二三人，这些人无不气喘吁吁的。他们为何为了奔跑拼尽全力呢？三四郎将自身与他们两者的态度进行比较，差异之大令人诧异。此时，女宾席那边热情高涨，这样热烈的情绪也带动着美弥子和良子。这样的情形使得三四郎也想上场狂奔一番。

一个穿着紫色的短裤的人第一个冲刺终点，他停下后面向女宾席站立。仔细看上去发现相貌与昨晚研究的那个人都有几分相像。身材修长，能得冠军理所当然。"二十五秒七四"的成绩被记分员写在了黑板上。记分员写完后，向对面抛下剩余的粉笔，回转身时，三四郎惊讶地发现是野野宫君。野野宫君今日身着黑色礼服，与往日截然不同，神气十足的裁判员徽章挂在胸前。他掏出手帕，掸着西服上的粉笔灰，随后离开计分板，斜穿草坪走向女宾席，来到美弥子和良子的面前，虽然隔有栅栏，他依旧把头伸进去，冲着女宾席说话。美弥子随即起身，走到野野宫君他的面前，隔着栅栏两个人开始交谈。期间美弥子不断回首，开心的笑容洋溢在脸上。远处的三四郎全神贯注地瞅着他们。这时，良子也起身走向栅栏。两个人交谈变成了三个人。

投铅球比赛在草坪上开始了。不仅没有什么项目比这个更加耗费力气了，而且乏味无趣。所谓投铅球就是实实在在地投掷，毫无技巧可言。野野宫君站在那里看了一会儿，笑了。可能他觉得站在那里会阻碍别人的观看视线，于是重新回到草坪。美弥子和良子回到原处坐下。虽然铅球不断抛来，三四郎却对第一名的成绩全然不知。三四郎精神恍惚，只是默默地呆望着比赛。等到成绩见分晓时，"十一米三八"又被野野宫君记录在黑板上。

接下来依次进行赛跑，跳远，链球等。到了链球开始比赛时，三四郎忍耐不住了。虽然说运动会项目选择自由，不以个人喜恶决定，尤其不会为专人召开。三四郎认为，对这种比赛过于热心的女人内心都是不安分的。他走出会场，向着看台后的假山那边走去。这里拉开了帷幕，阻止通行。他只能折返回来，走在铺着沙石的路上，刚走几步，就看见操场那里退出少许人，其中也包括盛装的妇女。三四郎转向右边，向山冈的顶端爬去，爬到山头就没路了。一块大石头立在那里，三四郎坐下，俯视着高崖下的池塘。喧闹的人声从下面的操场传来。

三四郎呆呆地坐在石头上大约五分钟，想起身走动片刻。他站起来一回身就看见美弥子和良子的身影出现在山下淡淡的红叶之中，她们在山腰间，正在并肩漫步。

在山上的三四郎俯视着她们。刚还在树枝间的二人已漫步到明亮的阳光下，如果三四郎此时再不打招呼，两个人马上就消失了。可是无奈距离太远。他急匆匆地跑向山下，刚跑了两三步，正好良子看向他的方向。三四郎立马停下脚步，刚才运动会的一幕让他有些不快，此时他不想刻意讨好她们。

"怎么会是你……"良子笑着惊奇地说。良子的眼睛有一种魅力，可以让人产生联想：再陈腐的事物在她眼中也会觉得新鲜；反之，面对再稀罕的事物，都会从容冷静地看待。因此，这种女性，不但不会使人感到局促紧张，反而会觉得从容悠然。三四郎依旧站在原地，心想，这些都应该源自于良子那双又黑又大水灵灵的眸子。

美弥子也停下脚步，看向三四郎。此时的眼神，就像仅仅仰望高大的树木，无任何情感包含其中。三四郎内心深处觉得正在看着一盏灯逐渐熄灭。他和美弥子都站在自己的地方，没有动弹。

"你怎么不去看比赛？"山下的良子问着。

"我看了一会儿，觉得无趣，中途就出来了。"良子看看美弥子，她依然一言不发，"我倒好奇，反倒是你们怎么离开了，你们不是看得很开心吗？"

三四郎故意高声说。

这时，一丝笑意浮现在美弥子脸上，这笑容使三四郎摸不着头脑，他随后向前走了两步。

"你们打算回去了？"

这次她俩都没有回答。于是，三四郎再向前走了两步。

"你们要去哪里？"

"嗯，有点事儿。"美弥子回答着，声音轻得都听不清楚。

三四郎走到她俩面前，停住脚步，不再追问她们随后的去向。

欢呼声从操场传来。良子说："应该跳高呀。"

"不知道这次记录是多少？"美弥子依旧淡然一笑，三四郎一声不响，他不打算谈论跳高的话题。

"山上有什么好景色吗？"美弥子开口问。

山上除了石头和山崖，哪有什么景色。

"空无一物。"

"是吗？"她的态度有些怀疑。

"我们上去看看就知道了。"良子立马提议。

"你呀，对这里还不熟悉吗？"对方问。

"没事啦，走吧。"良子率先迈开了步伐，其余两个人紧随其后。

良子故意把脚伸出草地边缘，然后回头吓唬道："这可是绝壁！萨福[39]当初纵身一跃不就是在那种地方吗？"

良子逗得美弥子和三四郎哈哈大笑。不过，萨福在哪里跳的，三四郎并不知晓。

"你也试试吧。"美弥子说。

"我？我跳下去吗？算了，这水多脏呀。"她说完就走

---

[39] Sappho，希腊女诗人，据说因失恋跳崖投海而死。

了回来。

不一会儿，她俩开始商量了。

"哎，你会去吗？"美弥子说。

"嗯，你去吗？"良子说。

"我都可以。"

"那你在这里等我，我一会儿就回来。"

"这样的话……"

商谈很久还没有出结果。三四郎询问后得知，良子原想着顺路回趟医院与护士打声招呼，感谢她之前的照顾。美弥子则想去看望一个护士，是今年夏天，一个自家亲戚住院时认识的，只不过也不是非去不可。

良子生性天真纯洁且直率，最后一句"去去就回"便抛下二人快步下山去了。剩下的两个人觉得既无法强留她，也没有一起去的必要。于是他俩留在山上，不过两个人本就对此事不够积极，所以他俩更像是被良子甩掉的包袱。

三四郎重新坐在石头上，美弥子站着。秋日的太阳照射在混浊的池水中，一摊池水犹如明镜。一座小岛立在池中，岛上分别长了松树和枫树，一共两棵。淡红的枫叶和翠绿的松叶交错呼应，就像庭园中种植的盆景。小岛对面一片茂密的树木，葱葱郁郁，绿得发亮。

"那棵树你认识吗？"站在山上的美弥子向下指着那片暗绿的树荫问。

"椎树啊。"美弥子笑了。

"原来你全记得呀。"

"那个护士就是你想去看望的人吗？"

"嗯。"

"那么良子小姐看望的是同一个人吗？"

"不一样，我要看望的人，名字刚好叫椎。"

三四郎乐了起来。

"我记得当时你们二人一起手持团扇站在那里的。"

那时两个人站在一块高地上，就在水池边，还有一座低矮的小山位于右侧，与他们两个人现在站的山冈没有什么关系。现在所处的山冈视野广阔，可以看见半边操场、平坦的草地，还有少许大松树和一角殿堂。

"记得那天炎热，尤其是医院，格外闷热。我忍受不了才出去走走的。你为什么在哪里呢？"

"也是因为炎热。那天是我与野野宫君初次会面，走出地窖后，头有些发晕，心绪不定。"

"你心绪不定是因为见到了野野宫君吗？"

"不，当然不是。"三四郎看着她的脸解释着，然后急忙调转话题，"说起野野宫君，今天他挺忙的呀！"

"嗯，让他从早到晚地穿西装实在是难得，挺烦心的。"

"不过，他看着还是悠闲自在啊？"

"谁？野野宫君吗？你还真是……"

"怎么啦？"

"我意思是，他不过是在运动会上当记分员，谈不上自在吧。"

三四郎再次变换了话题。"你和他刚才聊了什么？"

"操场上吗？"

"嗯，就是刚才在栅栏前。"三四郎的话刚出口，就想收回。

美弥子望着他应了一声，随后嘴唇微动，笑了一下。三四郎后悔不已想说一些什么掩饰过去。

美弥子却开口了："之前寄了一张带画的明信片给你，还没有收到你的回信呢。"

三四郎立刻惊慌失措，告诉对方会马上回信。她也就没再强求了，而是问："哎，有个画家叫原口，你知道吗？"

"不了解。"

"唔。"

"怎么啦？"

"没啥，今天运动会这位画家也来了，运动会期间，他会给大家写生，所以野野宫君过来告诉我们说，稍不注意就会被漫画记录下来了。"美弥子边说边走到一旁坐下，三四郎觉得自己刚才的言行实在愚蠢。

"良子怎么没和野野宫君一同走呢？"

"不顺路啊，良子小姐昨天就已经搬进我家了。"

三四郎这才从美弥子这里知道，野野宫的母亲已经回乡了。母亲走后，兄妹俩便商定要搬出大久保，良子搬去美弥子家，每天可以去学校走读，野野宫则找寓所租住。

野野宫君这种豁达洒脱的态度让三四郎倍感惊奇。三四郎开始担忧，野野宫君那么多锅碗瓢盆等家当该如何处理呢？如今野野宫君如此轻松就决定重回寓所生活，那么当初为何还要费劲置办一个家呢。随后三四郎又觉得，这些事情不关自己的事，没必要发表议论，于是也就对此保持沉默。不过，野野宫君退出一家之主的位置，重新过着一介书生的生活，这便是远离了家庭制度生活。三四郎觉得，这一切正合自己的心意，对于自己目前的处境有所缓和。可是，良子如今搬去了美弥子家，兄妹必然往来不断。野野宫君和美弥子在这一来一往中，关系自然会渐渐亲近。那么，野野宫君将寓居生活永远抛弃是迟早的事。

　　三四郎应酬着美弥子的同时，脑海里还不断地设想着未来多种可能。多少有些疑云难解、心灰意懒。随后又觉得自己以后还是要努力保持常态，心中苦闷不堪。还好，良子这时刚好回来，于是两个人又商量着要不要重新回去看比赛。可是秋季时长变短，这会儿太阳就快要西落了。太阳不断西下，四周升起的寒意也开始刺激着人的神经。最终还是决定一同回去为好。

　　三四郎本想就此告别，然后独自返回寓所。不过三个人一直边走边聊，他找不到一个合适的时机可以礼貌告辞，感觉是她俩牵引着他在走，但是三四郎却也心甘情愿。于是，三四郎一路跟随，绕过池端，经过图书馆旁边，走向斜对面的大红门。

　　这时三四郎问良子："听说野野宫君决定租住寓居了，

是吗？"

"嗯。终究是这么决定的。他把我塞到美弥子小姐家，真是的。"

良子在博取同情，三四郎刚想回话，这时美弥子抢着说道。

"我们科室难以想象的，宗八先生那样站得高看得远的人，自然心中所思所想的都是大事情。"

对于美弥子关于野野宫君大肆赞扬的话。良子只是听着，一直沉默无语。

凡是做学术的人，每天要躲开烦琐的世俗生活，过得单调而隐忍，这么做都是不得已，无非是为了能专心研究。野野宫君的伟大之处在于他所从事的事业就连世界都为之关注，而他却愿意过着与普通学生一样的寓所生活。即使寓所里污秽脏乱，但是他也会愈加受人尊重。——这些大概就是美弥子对野野宫的赞美了。

走到大红门，三四郎跟她俩分别了。他一边向追分走，一边陷入思考。

美弥子对于野野宫的称赞合情合理，自己和野野宫简直相差了十万八千里。自己刚从乡下来到东京，既没学问也没学识，刚刚踏入大学的门槛而已。美弥子对野野宫如此赞美与尊敬，自己无法得到，也是情理之中的事情。这样一想，他觉得自己刚刚被她捉弄了。之前，在山上他说："运动会无趣才上山的。"于是美弥子认真地问："山上有什么好景色吗？"当时自己并没有多想，现在分析起来，当时美弥子有意嘲弄自己吧？

想到此，三四郎将美弥子一直以来对自己的言语态度逐一回忆着，结果发现恶意无处不在。已经走到道路中央的三四郎，脸不由自主地涨红了起来，头也低了下去。当他再次抬头时，对面昨夜发表演说的那个学生与次郎并肩走来。与次郎向三四郎点头致意，没有开口，那个学生向三四郎脱帽致意。

"怎么样？可别被昨晚的事情束缚了手脚呀。"那个学生笑着说完就离开了。

# 第七章

　　三四郎从后门转进屋里问女仆，女仆小声答着，昨晚到现在与次郎君都没有回来。三四郎没有离开，一直站在旁门边。女仆立刻领会，一边依旧洗着脸一边说："请进来吧，广田先生在书斋里呢。"看她的样子，应该刚吃完晚饭。

　　三四郎越过茶室，顺着走廊走到书斋门口。书斋门开着。这时，屋内有人打招呼。三四郎便跨进书斋。先生坐在书桌前，桌子被他高大的身影遮挡住了，看不清桌上是什么东西，也不知道他在做什么研究。

　　"您正在做研究吗？"三四郎很有礼貌地守在门口问。先生回转身来，脸上浓密的胡须，猛地看上去，像是书本上的肖像。

　　"哎呀，失敬失敬，是你来了，我以为是与次郎回来了。"先生说着起身。桌上都是笔和纸，先生应该正在写作。与次郎曾经如此感叹道："先生经常会写写文章，他写的究竟是什么内容，别人是读不懂的。趁现在要是能够编集成巨著倒是很好，万一有什么意外，先生走了，就变成了一堆废纸。太无趣啦！"这是与次郎以前说的，现在看着广田的书桌，三四郎马上想起这段话来了。

"您要有事，我就不打扰了，我也没啥重要的事。"

"怎么会呢，你不用着急告辞。我没什么重要的事，不着急的。"

三四郎无话可说。他想着，如果自己有先生这种心胸，学习一定会轻松不少。

"其实我想找佐佐木，但他不在家……"过了片刻，三四郎说。

"哦，与次郎昨晚就没有回来，不知道在忙些什么。他经常不见身影，真叫人操心。"

"可能在做什么大事吧？"

"他能有什么大事啊？这种人不制造麻烦就不错了，天下能有几个像他这样的傻瓜？"

"不过他很乐观啊。"三四郎无奈地帮他辩解着。

"如果是乐观就好了，他可不是乐观。他一点儿都不安分守己、循规蹈矩——他就好比田间显浅且狭窄的小河。不过，河水一直在不停歇地流动。他相当盲目，经常会有一些莫名其妙的想法提出来，比如赶庙会时，他会突发奇想，心血来潮地说：'先生，买盆松树吧。'没等你回答，他已经商量好价格买完了。不过，他在庙会上讨价还价的本事可大啦。你要买什么，他都能买到便宜的价格。可他也会干这种事，夏天时，家里没人，他竟然自作主张把松树放在客厅里，关上挡雨窗，还上锁了。等回到家时，热气早已把松树蒸得发红。他干什么事都不加考虑，让人拿他没辙。"

实际上，几天前与次郎曾向三四郎借了二十元钱。与次郎当时是说，在拿到稿费之前先借用一下，《文艺时评》社两周后就会发稿费了。三四郎问道借钱的缘由，很是同情，恰好刚刚收到家中的汇款，留了五元自用后全部借给了与次郎。虽然现在还没到期，但是广田先生的话多少让他心生嘀咕。但也不好把这样的事说给先生听。

"不过，他对先生异常敬佩，私下里为先生出了不少力呢。"三四郎再次帮与次郎辩解。

"他做什么了？"先生认真地询问。

可是，与次郎曾特意提醒，包括他发表的《伟大的黑暗》那篇文章在内，为广田先生所做的一切，都暂时不能让先生知晓。因为一切事情都在运筹之中，正在进行中的事情如果让先生知道了，一定会被骂的，所以在此之前还是应该保持沉默。他还说，等到时机成熟，他会和先生亲自解释的。所以，此时三四郎只得岔开话题。

三四郎来广田家拜访，是带着某种目的的。首先，广田同其他人的生活方式大不一样，尤其是和自己的性情完全不同。因此，三四郎对于此人一无所知，于是抱着好奇心前来探究，以便以此为参考。其次，他在广田先生面前，心胸就会变得坦然开阔，以至于不以人世间的竞争为苦了。野野宫君也具有超越世俗的逸趣，虽然看似和广田先生一样，但野野宫君给人的感觉是，远离世俗是为了求得超脱的美名。因此，每次三四郎与野野宫君交谈时，自己都会产生，必须尽快独

さんしろう・一五七

立工作，争取早日为学术界做出贡献等这样的想法，并经常为之焦虑。但同广田先生交谈，内心无比平静。在高级中学，先生只负责英语教学，此外再无专长——虽然这种说法未免有些太唐突，但是真的没有看见他有什么研究成果发表，却依然泰然自若。他想，先生正是因为处在这种生活中所以才有悠然的态度。近来三四郎被男女感情之事所困，如果自己真能被恋人所征服，倒也不错，可他对眼下的状况感到困惑难解。是被热恋，还是被捉弄？是可怜，还是可鄙？应当继续，还是必须停止？三四郎无法抉择。这种情况，只有来拜访广田先生，只要交谈半个小时左右，心情就会瞬间舒畅、轻松。他想，儿女之情的事情何足挂齿呢。实际上，三四郎十之八九今晚外出是为了这种考虑。

不过此次拜访还有第三个理由，且这个理由矛盾百出。关于美弥子，三四郎已经觉得很苦恼了，更让他烦闷的是她身边又有野野宫君。而这位先生与野野宫很是亲近。因此他觉得，来这里，可以将野野宫君和美弥子二人之间的关系打探清楚。只要清楚了这一点，也就方便确定自己的态度了。这是三四郎从未与先生讨论过的事，今晚不妨试试。

"听说野野宫君搬去公寓了。"

"嗯，是啊。"

"他曾经有过家，现在又搬去寓所，多少有些不方便吧？但是野野宫君却能……"

"嗯，他这样的人，一向对生活琐事不介意的，从他的穿着就能看出来。对于家庭观念他也没有太在意，只有做学问才会异常热心。"

"他打算一直过这样的生活吗？"

"不清楚，说不定某天就突然建立家庭了。"

"他从没想过娶妻吗？"

"可能想过，你有合适的可以介绍给他？"

三四郎觉得自己的话有些多余，苦笑了一下。

广田先生又问："你怎么样了？"

"我……"

"你年纪还小就娶妻，以后可有的受了。"

"家里人一直在劝说。"

"谁呀？"

"母亲。"

"那么你想遵从母命吗"

"我不愿意啊。"

广田先生笑了。一口漂亮的牙齿从胡须下面露了出来。一种亲切感在三四郎心中油然而生。这是一种脱离美弥子，脱离野野宫，甚至于超脱一切利害的亲切感。以至于让三四郎认为这样的行为——试探野野宫等人的消息是可耻的，于是不再追问。这时先生又发话了。

"母命还是应该尽可能遵从的。近年来青年的自我意识太强，这和原来我们那个时代的青年大不一样，这是不对的。我们在学生时代时，心中都是国家、社会、君王、亲友，一

さんしろう・一五九

举一动都在为别人考虑，一切都关系着别人。总之，那时有文化的人其实都是伪君子。这种伪善已经无法适应社会的变化，再也无效了，结果自我为主的思想便引入到个人的思想行动上。这说白了就是自我意识发展过头而已。过去都是伪君子，现在是坦率家 [40] 的天下。'坦率家'这个词儿你听说过没有？"

"没有。"

"我刚刚杜撰的词儿。你应该也是一个坦率家吧？应该是的。与次郎正是这种人的典型。你应该认识那个姓里见的姑娘吧？还有野野宫的妹妹，她们都是坦率家。只不过每个人都有自己的特点，所以很有趣。过去，只有当权者是坦率家，现在，人人都有平等的权利争做坦率家。这不是什么坏事。粪桶只有在掀起发臭的盖子才会暴露出来，丑恶的内涵要想显露出来，就要剥去美丽的外形，这是毫无疑问的。仅仅只有形式美反而容易惹起麻烦，不如省下来，表现质朴的内容更加充实，这样更爽快一些。这就是所谓的'天丑烂漫'。然而，一旦这种烂漫超过了限度，这些坦率家就会觉得不便。这不便逐渐增长，快要达到极限的时候，利他主义就会复活。然而在利他主义发展成腐败后，利己主义又会出现了。反反复复、永无止境。我们也能如此看待生活。在这样的生活中，我们不断地求取进步。你看看英国，一直能在这两个主义中

---

[40] 原文作"露恶家"，指不掩饰自己的缺点或劣迹的人。

保持着平衡，因此裹足不前，无法进步。很可悲的是，既没有产生易卜生，也没有尼采出现。可是他们自己觉得很是得意，但在旁观者的眼里，他们坚硬得如同化石一般……"

这段话三四郎是打心底里敬佩。他觉得虽然跟刚才的话题已经相去甚远，但是十分惊讶于先生语言的婉曲玄妙。这时，广田先生慢慢平静下来了。

"刚才我们说到哪里？"

"说起结婚了。"

"结婚？"

"嗯，您劝我要遵从母命……"

"哦，是的是的，应该尽量听从母命。"

广田先生像对待小孩子一样，说完呵呵笑了。对此三四郎并没有觉得有什么不快。

"您将我们称为'坦率家'，这一点我可以理解；但是您说您所处的那时代，很多人都是伪君子，为什么这么说？"

"我问你，你是否会因为受到他人亲切的照顾而感到愉快？"

"嗯，当然会啊！"

"真的？我不这么觉得。有时候这样亲切的照顾反而让人反感。"

"什么情况下呢？"

"如果一切只注重形式而没有目的的时候。"

"怎么会有这种时候呢？"

"比如，元旦的时候，你是否会因为别人的贺喜而高兴呢？"

"这个……"

"不会吧。同样的道理，很多时候笑倒在地或者捧腹大笑的人，有几个是发自内心的呢。亲切也是这样。有的受到亲切的待遇可能是因为工作。比如我，我在学校是老师，但是我真实的目的是为了衣食，一旦学生看穿这点，就会深感不快。但是与次郎作为坦率家的代表人物，他就刚好相反，他这样的调皮鬼经常叫人无暇应付，并且时常找我的麻烦。但是他确实是可爱的，因为他毫无恶意。他行为的本身就是目的，这点就好比美国人对待金钱一样，虽然态度露骨但是行为真诚。这种行为反而是最真实、最老实的。所以，这样的行为不会受人厌恶，反而是我们原来的时代，所受的教育都是'万事都不能老实'，这样的邪恶自然不受欢迎。"

这番话让三四郎也懂得了一些道理。不过，三四郎目前最需要了解的不是这些一般的道理，而是想清楚地知道现在的自己在实际生活中的某些交往的对象是不是老实的。三四郎再次在心里细细地回顾着美弥子对自己的言行，但对于厌恶还是喜欢依旧无法断定。三四郎开始产生怀疑，跟别人比，自己判定分辨的能力要迟钝一倍。此时，广田先生猛然又说起一件事。

"噢，还有呢，自从二十世纪后，很多怪事开始。其中最为可恶的做法是，不知道你见过没有，用利己主义满足利他主义。"

"那是怎样的人？"

"换个说法就是，以'坦率家'的名义做'伪善'的事情。明白吗？我来解释给你听，但是，我接下来的话不会太中听——你看昔日的伪君子，他们最先需要做得就是费尽心思获得他人的好感，然而现实却是有意做些伪善的事情来改变他人的看法。从各种角度来看，都只能让人觉得这种做法极其伪善。即使本人为此达到了目的，但是一定会引起别人的反感。坦率家的特点是老实，他们会毫无保留地将伪善进行到底，即使是使用的表面的语言也都是伪善的——这两者已经合二为一了。近来，能将这种方法巧妙运用的人越来越多，要想变成优秀的坦率家，这种方式对于精神敏锐的文明人种来说是最好的。'杀人不见血'，这话十分野蛮，喏，不过这种办法已经慢慢不流行了。"

此时广田先生就像是古战场上的向导，正在为游人讲解，他自己置身于远处，眺望着现实。他的做法颇为达观，他的话语能够激发人们的感触，如同在课堂上课一样。不过这番话让三四郎受到很大的震动。因为一直盘桓在他脑中的美弥子，这个女子刚好十分适用于广田先生的这番理论。这理论犹如 把衡量尺，三四郎开始在脑海中默默地度量着美弥子的一切，不过还是由很多地方无法确定。先生沉默了下来，不断地有哲学之烟从鼻孔中喷出。

这时，有脚步声从门外传来。无人引路的情况下，来者沿着回廊径直走了进来。只见书斋面前出现的是与次郎，他说道："原口先生来拜访了。"与次郎并没有说问候的话语，也许是有意为之吧。他仅仅只用目光向三四郎草率地表达了致意，随后出去了。

在门槛上，与次郎与原口先生擦肩而过，他进入屋内。原口先生身材胖而圆润，虽然头发很短但是却又一副法兰西胡须。他身着和服，感觉比广田先生得体很多。年纪看上去好像比野野宫君年长两三岁。

"哦，好久不见。刚刚佐佐木去我那里，我们一道吃饭聊天。然后就被他拉来……"

从原口的谈吐中，感觉他是一个乐观的人。旁人很容易被他的话所感染。三四郎很早就听说过这个名字，所以他认为应该原口就是那位画家吧。三四郎转而佩服起与次郎来，他同这些前辈如此熟悉，确实是一个十分善于交际的人。这样的状况三四郎就会变得拘束。因为每每在长辈面前，三四郎都会拘谨。他自己认为，这一切都是九州式的教育导致的。

接着，广田先生给原口介绍了三四郎。三四郎十分恭敬地行礼，对方微微点头作为回礼。随后，三四郎一直在旁边默默地倾听两个人的谈话。

原口先生立马开始谈起了正事。他说，事情的大概就是，最近有一个会要召开，希望广田先生参加。因为并没有成立类似于委员会的组织，也不打算招募会员，只有少数的艺术家、文学家、大学教授等收到了邀请，大家大都相识，所以无碍的。这个会议很自由，主要就是想请大家聚在一起吃顿晚饭，交换一些对文艺有益的见解，倒是不会拘泥于形式。

广田先生立马应承下来。正事谈完后，二位先生随后的话题颇为有趣。

"你最近忙些什么呢？"广田先生问道。

原口答着："还是练习着《一中调》[41]，已经学会了五支曲子，其中包括《小稻米兵卫唐崎情死》[42]、《花红叶吉原八景》，很有趣味。你也应该试试。不过不能用高音唱这样的曲调。听说原本这种曲调只能在面积只有四铺席半的小客厅里表演。可能我嗓音高，而且音调变化转折很多，所以唱得不好。下回请你指教一下，献丑唱一曲。"

广田先生边听边笑，而原口继续说道。

"就算这样，我还是坚持，不过里见恭助就不行了，不知怎么回事，他真不可理喻，而妹妹那样的聪明伶俐。前段时间，他开始打退堂鼓，说不想再唱曲子了，要去学习乐器。甚至有人建议他去学锣鼓乐[43]，太可笑了！"

"真的吗？"

---

[41] 原文作"一中节"，净琉璃说唱艺术的一种，延宝年间流行于京都的都一中，因而得名。

[42] 简称"唐崎心中"，稻田屋半兵卫和大津柴屋町的艺妓小稻情死的故事。

[43] 祭祀时，彩车上用锣鼓、笛子等演奏的曲子。

"当然啦，听说这个锣鼓乐的演奏方法一共有八种。里见还让我也去试试。"

"你可以学一下啊，听说一般人都能学会那玩意儿。"

"不，这个锣鼓乐不是我喜欢的，不过我确实很想学习打鼓。因为鼓声会让我觉得自己不是身处二十世纪，这很好。这鼓声反而成为我想要逃离如今世界的一剂良药。即使我再怎样悠然自得，也表现不出和鼓声一样生动的画面。"

"那是你不想画吧？"

"是我实在画不出呀。如此气度非凡的画正躲在东京的人怎能画得出来。不过这种事不局限在绘画上——提起这个，想起之前运动会上，本来打算以里见和野野宫的妹妹为模特画一幅漫画，可谁知道她们躲开了。这回我想画一张标准的肖像画，然后送去展览。"

"画谁呢？"

"里见的妹妹。因为大部分日本女人的长相都是歌麿[44]式，不适合画成油画。不过野野宫君和里见小姐二人都能入画。我想画一幅和人物一样大小的画，画中女子在花树前，面朝阳光，以团扇遮面。不过不能用西洋的扇子，有些过于俗气。我想要日本的团扇，款式别致新颖。我要及早准备，不然，里见小姐正值妙龄，随时会出嫁，那时候就由不得我了。

---

[44] 喜多川歌麿（1753—1806），江户后期浮世绘画派的代表人物，作品多以美人画为主。

三四郎兴致勃勃地听原口说着，尤其是讲到构图是美弥子以团扇遮面时，三四郎更是兴奋不已。他甚至认为，可能有一种奇妙的因缘存在他们二人之间？这时，广田先生十分坦率地发表了自己的看法。

　　"这样的画面有什么意义呢？"

　　"这是她本人的意愿。原来她问过团扇遮面有什么意味，我认为颇有妙趣，她便答应了。其实这种构图不算差，当然具体的运笔也是很重要的。"

　　"如果画得太好，会有更多的求婚者，那可怎么办啊？"

　　"哈哈哈，既然这样，我就画一个中等程度吧。说到结婚，她也到了试婚年纪。怎么，还没有找到合适的人吗？里见君也托付过我哩。"

　　"不如你娶她，怎么样？"

　　"我？如果可以，我很愿意啊。但是，那女子不信任我呀。"

　　"为什么？"

　　"她原来嘲讽我，说原口先生出国前壮志凌云，还专程买了很多松鱼干带走，说到了巴黎，就在寓所里闭门苦读，那时很是不可一世。可是呢，到了巴黎，就全然变了。这些话叫我无地自容，不过也许这都是从她哥哥那儿听来的。"

　　"这姑娘，如果不是自己中意的不行，旁人的话是没有用的。所以在没有找到喜欢的男子之前，单身是最好的。"

"这都是西洋做派。但是，未来的女子都会效仿的，不如由她去吧。"

随后很长的一段时间，两个人都在谈论绘画。广田先生了解很多西洋画家，三四郎对此惊讶不已。三四郎起身告辞，在门口正找木屐的时候。这时，先生走到楼梯边喊着。

"喂，佐佐木，你下来一下。"

室外天空晴朗，气温很低，感觉马上要降下霜露一样。即使手指触到衣服，也会感受到一丝凉意。这是一条行人稀少的小路，三四郎一直沿着小路弯弯曲曲拐了两三个弯，一个占卜师突然映入眼帘。他正提着一盏大圆灯笼，下半身被照映得通红。三四郎虽然有心想算一卦，但没能开口。于是他退到路边让占卜师通过，身着礼服的三四郎肩膀就快要碰到杉树花墙了。一会儿，他就斜穿出暗处，走上了大道，这条大道通往追分。一家面馆就在街角处，三四郎此时想小酌一杯，于是一横心，掀起门帘走入店中。

店中坐着三个高中生，他们正在谈话："最近中午学校的老师多数开始吃面条了。"

"是啊，午炮一响，就看着那些卖面条的小贩挑着一笼一笼的面条，匆匆赶去学校。这儿的面馆都为此赚了不少呢。"

"有个老师，叫什么来着？不知道怎么回事，即使是夏天都吃热汤面。"

另一个人回应道："可能是胃口不大好吧。"

除此以外，他们还说了别的话题。除了对广田先生一人称为广田公，其他教师都是直呼其名。随后，他们议论着为何广田公过着独身生活。

一人说："我原来去过广田公的住处，有看到裸体女人画挂在屋里，所以他应该不讨厌女人呢。"

另一个说："那些都不足以为凭，都是些西洋人物。可能他不喜欢日本女人吧。"

另外的一个人接茬儿道："会不会是失恋造成的？"

"人会因为失恋变得如此古怪吗？"

还有人追问道："不过有人说他那里有年轻的美人出入，真的假的？"

他们谈话的内容，让三四郎更加觉得广田先生的伟大。至于是什么地方伟大，他自己也说不清楚。不过从三个学生的谈话中得知，他们都读过与次郎写的《伟大的黑暗》这篇文章。他们读过以后，对广田公立刻产生了不少好感。他们不时地引用《伟大的黑暗》中的警句，对与次郎的文章大加赞赏，极力推崇。他们也在不断地揣测着谁是零余？不过三人意见一致，写文章的人定是熟知广田公的。

在一旁的三四郎听着，觉得很有道理。正如与次郎本人所说，《文艺时评》的销量不佳，但却堂而皇之地登出了他《伟大的黑暗》这样所谓的大论文。这让三四郎困惑个已，与次郎扬扬得意的劲儿，除了满足自己的虚荣心以外，一无所获啊！但是今天看来，文学依旧具有强大的力量。可见与次郎说得对，即使少说个一言半语也是会吃亏的。三四郎心想，执笔之人责任实在重大，他的手中掌握着一个人的誉毁褒贬。三四郎边想边走出面馆。

回到寓所，刚刚的酒劲已经过去了一些。他内心多少有些空虚，茫然地坐在桌前。这时，女仆上来了，提着开水，还带来了一封母亲的来信。今天能收到母亲的亲笔来信，三四郎很是开心，他立即打开信件。

信中虽然没有什么重要的事情，但是写得很长。不过难得的是对于三轮田的阿光姑娘这件事只字未提。但是信中却有一段甚是古怪的劝告：

"从小到大，你胆子就小，这是不行的。在外面是会吃大亏的。比如遇到考试这样的情况，很有可能不知所措。兴津的高先生做了中学老师，很有学问的一个人，可惜胆小，每当检定考试，就会浑身发抖，无法回答问题。所以一直没有加薪，很是可怜。于是拜托一位当医生的朋友，专门配制了预防发抖的丸药，但是即使是考试前服用了，依然发抖。你虽然不至于浑身发抖，但还是请东京的大夫配制点儿壮胆的药服用，可能会有效。"

三四郎虽然认为母亲糊涂。但是，在这种糊涂中他又得到了巨大的安慰。他深切地感到，母亲对自己的体贴。当晚，他就写了一封篇幅很长的回信，信中顺带提及，说东京并没有什么意思。

# 第八章

与次郎向三四郎借钱的经过是这样的。

有一天夜里下着大雨，大约九点左右，与次郎突然到访，一开口就说："真倒霉啊！"三四郎察觉到他的脸色很差，本以为他受了冷风秋雨的侵袭，但等与次郎坐下后，定睛一看发现他不光是脸色差，就连精神都很萎靡。

三四郎关心道："身体有什么不适吗？"与次郎如同小鹿一般的眼睛，眨巴了两下，说道："我掉钱了，真糟糕！"

与次郎满脸愁容地抽着烟，几缕烟雾不断地从鼻孔里喷出。三四郎自然无法沉默地坐在那儿，他再三询问事情的经过，在哪里丢了多少钱之类的。烟雾断断续续从与次郎的鼻孔中喷出，有时还伴随着停顿，随后开始详细地道出事情的原委，三四郎明白了事情的来龙去脉。

与次郎遗失的钱不是自己的，一共二十元。去年，原先广田先生租住的那套房子，无法一次性拿出三个月的押金，余下的数额是野野宫君想办法凑齐的。良子原本想买小提琴，所以这笔钱是乡下父亲受野野宫君的嘱托特意寄来的。虽说这钱不急用，但也不能拖延久了，否则就难为良子了。直到现在，广田先生都没能还上钱，良子的小提琴也没有买成。

先生除了薪水再无其他收入来源，每月没有节余，如果他有能力偿还早就还了，所以一直拖延至今。今年夏天，高中生入学资格考试的答卷是由先生批阅的，学校发了六十元津贴费，于是先生嘱咐与次郎帮他了却这桩心事。

"如今我丢了钱，实在无颜见他了。"为难的神色又出现在与次郎的脸上。三四郎问他在哪里丢的钱，他说严格来说，钱不是丢的，而是买了几张赛马票，结果赔了。三四郎对这个人的荒唐感到十分诧异，也不打算发表什么意见。况且，现在的与次郎不同往日，不再异常活跃，无精打采的，完全判若两人。二者反差极大。在三四郎心中涌现出一种异样的情绪，这种情绪既好笑又可悲。他突然笑了，与次郎也跟着笑了。

"随它去吧，车到山前必有路。"他说。

三四郎问道："这件事，先生知道了吗？"

"还不知晓。"

"野野宫君呢？"

"也不知道。"

"先生什么时候给你的钱？"

"月初，刚好过去两周了。"

"赛马票是什么时候买的？"

"钱一拿到的第二天。"

"从那以后，你就一直是这个状态吗？"

"我四处奔走也无计可施，实在没办法，只有等到月底再说。"

"月底能凑到钱吗？"

"我看看《文艺时评》能不能帮上忙。"

三四郎起身拉开抽屉，望向抽屉里的信封，那是昨日母亲刚刚寄来的。

"这个月我家里提前给我寄来了生活费，可以救急。"

"亲爱的小川君，太感谢你了。"

与次郎立即恢复了往日的活跃，说话的腔调和滑稽演员一样。时间已过十点，两个人依旧冒雨去了位于追分大街拐角处的面馆。当晚两个人兴高采烈地喝着酒，最后与次郎埋单。与次郎一直都是一个主动埋单的人。但是此后，与次郎再也没有主动提出还钱。三四郎为人憨厚，虽然没有去催与次郎还账，但是心里始终惦记着寓所的房钱，希望他能尽快筹到钱。眼瞅着到了月末，还有一两天这个月就过完了。没想到与次郎还没有还钱，三四郎只得被迫将本月的房钱延期。当然他也明白与次郎不会立即还他。三四郎单纯地认为，与次郎一定会竭尽全力想办法的，毕竟他对朋友还算仗义。不过广田先生曾说，与次郎的思想如同浅滩上时时流动的水一样。如果无休止地流动下去，就只能希望他不要忘却了责任。

三四郎站在楼上，从窗口眺望着马路，这时他看见对面与次郎正匆匆走来，与次郎走到窗下，仰头看见了三四郎说道："唔，你在家？"

三四郎回应着："嗯，是的。"

双方如此简单地打完招呼，显得很不礼貌。三四郎缩回头来，与次郎已经上楼来了。

"着急了吧，我猜测你正为房租发愁呢！所以四处奔波，真是心力交瘁。"

"你从《文艺时评》那里领到稿费了吗？"

"稿费？早就付给我了。"

"但是，你原来不是说月底才能拿到吗？"

"是吗？你记错了吧，我现在拿不到一分钱。"

"真怪，你原来就是那么说的啊。"

"哪里，我原本是想预支稿费，可他们没同意，怕我不还了。岂有此理！区区二十元钱！我的文章《伟大的黑暗》都给他们发表了，他们还不信任我。我真是烦透了。"

"那么说，你现在还是没有拿到钱吗？"

"不，我想你也不宽裕，所以已经借到了。"

"是吗？辛苦你了。"

"不过，事情很棘手，钱不在我这里，你得亲自跑一趟了。"

"去哪里取？"

"我实话跟你说，由于《文艺时评》不许我预支稿费，我又跑了两三家，找了原口等人。可是正值月底，大家手头都没有余钱。最后，我找到里见家。你知道里见家吧？他是美弥子的哥哥，名叫里见恭助，是个法学士。我去了他家，谁知他不在，所以没有立刻借到。只有美弥子小姐在家，刚好我那会儿饿得走不动了，就跟她讲了这件事。"

"良子小姐不在吗？"

"那时刚过正午，她还在学校上课。况且我们交谈是在客厅里，没什么关系的。"

"是吗？"

"总之美弥子小姐答应帮忙，说是可以先救下急。"

"她怎么会有钱呢？"

"那我就不知道了，不过没关系，她已经答应下来了。她有时候很奇怪，年纪不大，但有时做事像年长的姐姐一般，只要她应承下来，就不用担心了。她办事保准靠谱。不过，最后她说：'钱我可以借，但我不会交给你。'我很是惊讶，问她：'你当真不信任我？'她笑着'嗯'了一声。真让人无地自容。我说：'那我叫三四郎来取好吗？'她说：'可以，我自己交给小川君。'没办法了。你愿意去一趟吗？"

"如果不去，就只能给家里打电报另寻出路了。"

"何必打电报呢，不要做傻事了。我觉得你还是去一趟吧。"

"好吧。"

房租的事谈完后，与次郎迫不及待地说起了关于广田先生的事。他说他正在积极筹备，利用空闲时间去学生寓所，逐个地进行磋商。这样的交谈必须单个地进行。因为如果大家聚集在一起，每个人都会强调自己的观点，很容易产生矛盾；或者某些人的观点如果不受大家的重视，就会产生抵触情绪。

所以，为了保险，还是需要一个一个地交换意见。当然，这种做法费时费力，一旦有了不良情绪，活动就无法开展。最重要的是，在交谈过程中，广田先生的名字不能被轻易提起，如果被对方发现此事的最终目的是为了广田先生而不是自己，双方意见就再也难以达到一致。

至少从现在看来，与次郎所使用的开展活动的方法正在推动事情顺利进行。在多次的活动中，甚至已经有人产生了如下看法：课程不仅需要西洋人，日本人也一定要参与其中；在下次的聚会中，挑选出合适的委员，向校方表明我们的态度。当然聚会只是一种可有可无的形式，没有也可以。但是，被选上委员的学生，心里都明白自己是拥护广田先生的人，所以在谈判中，会在合适的时候向校方提出广田先生的……

与次郎的话，让人觉得他仿佛拥有运筹天下大事的本事。三四郎打心底里敬佩与次郎的能力。谈话中，与次郎还提及某天晚上，他带原口先生去见广田先生的事。

"那天，原口先生劝先生出席文艺家的聚会，你还记得吗？"与次郎说道。

这件事三四郎自然记得。与次郎说，他本人也是发起人中的一员。发起这次聚会的原因很多，但最重要的是，有一位大学知名文科教授也会到来，他在文学界拥有很强的实力。先生与他多接触是有好处的。但先生个性古怪，不愿与其他人有过多往来。所以此次我们就要想办法为他们制造接触的良机，接触多了，先生也就适应了……

"原来这里面还有这么多讲究，我还真不了解。既然你是发起人，由你通知那些要人，他们就会应邀前来吗？"

与次郎认真地看着三四郎好一会儿，无奈地摇摇头。

"不要胡说，我只能说是聚会的组织者，并不是那种四处抛头露面的发起人。简单地说，就是我负责说服了原口先生，由他出面张罗聚会的事情。"

"噢？"

"什么'噢'啊，乡里乡气的。不过，聚会马上就要举行了，你也来参加吧。"

"都是有头有脸的人，太尴尬了。我就不去了。"

"净说傻话，无论是什么样的人，不过是在社会上出场顺序的先后罢了。无论是博士还是学士之流，真的见面交谈后你会发现他们并没有什么过人之处。首先你自己要摆正心态，不要觉得对方是伟大的人。你一定要来啊，对你的未来是有好处的。"

"在哪里？"

"初步定在精养轩，在上野。"

"这种地方，我之前从来没去过，会费贵吧？"

"唔，大概两元吧，不要老想着会费，如果你没有，我帮你先垫上。"

这让三四郎忽然想起之前那二十元钱的事。但是，并没有怪罪与次郎的意思。接着与次郎说自己有钱，要去银座那里吃炸大虾。他的作为让人摸不着头绪。虽然三四郎一贯听人摆布，但是这次拒绝了他。后来，他俩去散了会儿步，回来时绕去冈野。与次郎买了不少栗子饼，他捧着袋子说要送去给先生，便走了。

当晚，三四郎不停地思索与次郎的个性，他想可能在东京住久了就会变成这样。接着又思索着如何去里见家拿钱。能去见到里见小姐，让三四郎感到兴奋。不过，低三下四地四处借钱，真叫人无法忍受。三四郎从未向人借过钱，更何况这次的债主还是个姑娘，自己都尚未独立，即使她自己有些私房钱，未经哥哥允许就借出去，先不说借钱的人是谁，作为债主的她，也许都会面临诸多麻烦。不管怎么说，先去见一面。见面后，如果她对于借钱的事感到为难，就算了。房钱可以再拖延几天，等家里下次再寄来钱后一次还清。

想到这里，三四郎总算把眼下的事情做了一个了结。接着，他的脑海中开始浮现美弥子的影像。美弥子的面容、双手、脖颈、衣装、服饰等，不断地在他的回忆中若隐若现。尤其是明日三四郎去拜访时，她会是什么神态，会说什么话？多种可能出现的场面都被三四郎设想着，共有一二十种之多。三四郎天生就是这种人。当有重要的事需要商量或者有重要的人需要见面的时候，他习惯性地从各方面揣摩对方。至于自己当时的神态以及要说的话，则从来没有考虑。但是会见完，再回忆一下自己当时的表情，又会后悔不迭。

尤其是今晚，三四郎更加无暇顾及自己，对于美弥子，他一直抱有疑虑，不过仅仅是疑虑而已，并没有想到任何解决的办法，也不可能因为某件事需要当面向她询问。因此，对于怎样才能彻底消除自己的疑虑，三四郎从未想过。但是想要让自己安心，求得解决，就只能充分利用与美弥子接触的机会，进而察言观色，寻求一个合适的判断。尤其是明日的相会，正是做出这种判断的最好机会。三四郎又开始设想里见小姐的种种表现，但是不管是哪种想象，最后的结果看似有利，但实际上有很多值得怀疑的地方。就好像观看一张照片，这照片上景色很美。但实际的景色可能很污秽。这两者看似协调，但如今却会让人觉得很不一致。

最后，他想起一件事，不自觉心生兴奋。美弥子当时说愿意借钱给与次郎，不过不愿意把钱交给他。看上去是因为在金钱的问题上与次郎可能是不守信用的人。因为这一点美弥子才不愿意把钱给他的吗？很多地方三四郎都觉得疑惑不定。要不就是她对三四郎过于信任。单是她肯借钱这件事，就觉得她是满怀好意。美弥子想见我，并希望把钱亲手交给我——想到这里，三四郎思绪开始恍惚起来。

"她是不是想捉弄我？"这个念头突然在三四郎心中涌起，他的脸瞬间红了起来。如果有人问三四郎，为什么美弥子会捉弄他，三四郎恐怕也不知道答案。如果一定需要答案的话，三四郎可能会说。她本身就是爱捉弄人的女子。三四郎绝对没有料到的是，自己的这种盲目自信以后会得到惩罚——三四郎认为，这个美弥子让他不由自主地飘飘然起来了。

第二天，刚好有两个老师缺席，所以下午没有课。三四郎觉得再回一趟宿舍很麻烦，于是在外面随意吃了些东西，就去美弥子家了。虽然他经过这里无数次了，但却是第一次进去。"里见恭助"的门牌钉在门柱上。每次三四郎路过这里时，就想，里见恭助究竟是一个怎样的人呢？可是从来没有看见过他。大门紧闭，旁门离正门很近，三四郎从旁门进去。长方形的花岗石在地上间隔地铺着，漂亮的细格子门，关闭得很严实。三四郎按着门铃，问着女仆："美弥子小姐现在在家吗？"话刚说出口，立马就觉得有几分不自在。站在一个妙龄女子的门口，打听她是否在家，这样的事三四郎原来从未干过。他感到很尴尬。不过女仆的态度不仅认真且有礼貌。不一会儿，她从里面走出来，十分客气行礼道："请进"。三四郎随她走进客厅。这座西式的房子挂着厚厚窗帘，室内微暗。

"请稍等……"女仆打完招呼就出去了。三四郎在室内坐下，室内很宁静。小型火炉就在他正对面的墙中嵌着，一面长镜子在上面横着，两只烛台放置在镜前。三四郎站在两只烛台中间，照了下镜子，又坐下了。

这时，有小提琴的声音从里院传来。琴声伴随着轻风飘忽不定，不一会儿就消散了。三四郎希望琴声多持续一段时间，他倚靠着厚厚的椅背，侧耳聆听，然而，琴声再也没有响起过，三四郎觉得很惋惜。大约一分钟后，三四郎忘记了琴声。而是望向对面的镜子和烛台。这种奇妙的西洋味道让他立刻联想到基督教。但是三四郎自己也不明白为什么会想起基督教。这时，小提琴声再次响起，这回是高低音，接连响了两三次后猝然消失。虽然对于西洋音乐，三四郎一无所知，不过他听出来，刚才不过是随意拨弄而不是完整的一节。而三四郎的情绪刚好与这种随心所欲的琴声不谋而合。就好像是两三粒散乱的冰雹从天上忽然落下来似的。

三四郎神情恍惚，蒙胧的双眼看向镜子，美弥子的身影不知何时出现在镜子中。刚刚女仆关上的房门现在正敞开着，美弥子的手拨开门后的帷幕，镜中清晰地出现了她胸脯以上部分。镜中的美弥子望向三四郎，而三四郎也看着镜中的美弥子。她莞尔一笑。

"欢迎。"

她的声音从身后传来。三四郎不得不回首，与她面面相觑。这时，她低头致意，蓬松的长发也忽闪了一下，她态度很亲切，似乎不需要行礼。三四郎起身鞠了一躬。她佯装没有看见，背对镜子，与面对三四郎坐了下来。

"你还是来了呀。"

口气依旧亲切。这句话让三四郎听着非常高兴。今天她的衣服是闪光的绸料，刚刚三四郎等了很久，所以可以推测，她说不定是专门换了一身漂亮的衣服才来到的客厅。她坐姿端庄，淡淡的微笑在眼睛和嘴角挂着，静静地看着三四郎。她这样的神态，会让男人产生一种甘美的苦味。虽然她刚坐下不多久，但是她那久久凝视的目光让三四郎坐立不安。于是他开口说道："佐佐木他……"

"佐佐木君去你那里了吗？"她说道，一口洁白的牙齿露了出来。

刚才摆在左右两边的烛台就在她的背后。这烛台只是简单的工艺品，但是形状奇怪，由黄金制成。实际上三四郎只是猜测那是烛台，究竟是何物他也不知道。明晃晃的镜子就在奇怪的烛台后边。由于厚厚的窗帘遮挡，光线并没有完全射入室内。此外，天气也很昏暗。美弥子洁白的牙齿正在这个时候被三四郎看到的。

"他已经来过。"

"他跟你说了什么？"

"他让我来你家。"

"是啊——所以你来找我了，对吗？"她故意这么问。

"嗯。"他略微犹豫了一下说着，"哦，是这样啊。"

她的白牙已被双唇遮盖住，她默默地站起来，走向窗边，望向窗外。

"天阴了，外面变冷了吧？"

"不，还是很暖和，没有一丝风。"

"是吗？"她说完坐回座位。

"其实是佐佐木把钱……"三四郎说道。

"我知道。"没等他说完，她就打断了他。

三四郎不再说了。

"如何弄丢的？"她问。

"因为买赛马票了。"

"啊？"她叫了出来，但脸上看不出惊讶的表情，她反而笑了。

过一会儿，她又说了一句："真过分呀。"

三四郎没有接她的话。

"想要通过赛马票赌博，这可比猜测人的心更加困难？像你这样毫不在意的人，对这样容易的事情都不愿意猜猜呀。"

"买赛马票的不是我呀。"

"哦，那是谁？"

"佐佐木买的。"

她听了立即笑了，三四郎自己都认为有些滑稽。

"所以说，你并没有急用钱了？真是奇怪啊。"

"急用钱的人是我啊。"

"真的吗？"

"嗯，真的。"

"不过，这事很奇怪。"

"所以，你不借也行。"

"怎么了？不高兴啦？"

"没有，只是瞒着你哥哥跟你借钱不合适吧。"

"什么意思？没关系，我可哥知道呀。"

"是吗？好，那好吧——不过，不方便借也没事。我可以告诉家里，他们一周内可以寄来。"

"你要是觉得麻烦就算了……"美弥子的语气瞬间冷淡

下来。这种态度让三四郎觉得，刚才近在咫尺的关系一下子就被拒之千里了。三四郎想，要不还是借钱吧，但是现在没办法再改口了。三四郎出神地望着烛台，他向来不是一个会愿意主动迎合他人的人。而她的个性，一旦疏远就无法再接近了。过了片刻，她起身望向窗外。

"会下雨吗？"她问。

"应该不会的。"三四郎学着她的语调回答着。

"如果不下雨，我想出去走走。"她倚在窗旁说道。

三四郎觉得，这话应该是想赶他走的，看来那一身闪光的漂亮绸缎衣裳应该不是为他换的。

"我告辞啦。"他起身说道。

美弥子送他一直到门口。三四郎走到玄关，穿上鞋子。

"咱们一起散会儿步吧，好吗？"这时，美弥子站在台阶上说道。

"哎，都可以啊。"三四郎边穿鞋子边答道。

不知何时她已经走下台阶。她走向三四郎，在他的耳边轻声说："你是不是生气了？"这时，只见女仆慌忙出来准备送客。

两个人一路无言走了一会儿。这期间，三四郎满脑子都是美弥子的事。他认为美弥子所生活的环境让她有着一般女子没有的自由，所以她万事为所欲为，娇生惯养。她今天能不需要任何人的许可就能同自己出来散步，就这一点就足以使三四郎明白了。她能形成今天这样的性格一定是因为从小就失去了年长的父母，而哥哥又是放任的态度。如果是在乡下，她的性格肯定不行。假如让她去过三轮田的阿光那种生活，不知她会如何面对呢。当然东京社会的风气开明，这点和乡下有很大的不同，所以东京的女子大多都是这样的。如果眼光再苛刻一些，其中的一部分还是略带旧式的特征。与次郎曾把美弥子比作易卜生书中的人物，现在看来很是贴切。不过，令三四郎琢磨不透的是，究竟美弥子不拘旧俗的个性像易卜生式呢，还是她内心的思想也和易卜生式的一样呢？

不一会儿，两个人走到本乡的大街上。虽然他俩并肩走着，却不知道对方的目的地是哪里。他们已经拐过三条横街了，每当到了拐角处，两个人的步伐不约而同地转向同一边。当沿着本乡大街走到第四个拐角处时，她终于开口了。

"你去哪里？"她问。

"那你呢？"

两个望向对方。三四郎神情格外得认真，美弥子忍俊不禁，再次露出了洁白的牙齿。

"你陪我去吧。"

两个人又拐了四条巷子，在一条新建成的道路上向前走了大概五六十米远。在路边的一座西洋建筑前，美弥子停住了脚步，只见一本薄薄的小本子和一只印章被她从腰带间取出，并说道："拜托了。"

"怎么了？"

"用这个去取钱。"

三四郎顺手接过小本。"小额活期存折"的字样印在小本中央，下角写着她的名字"里见美弥子"。三四郎看着她，手里握着存折和印章。

　　"三十元。"她说道。

　　这种吩咐的口气，就像对方是一个常在银行取钱的人。还好三四郎在乡下时，曾多次带着这种存折去丰津。他立刻登上台阶，推开大门，走入银行。办事员接过他的存折和印章，交给他应取的钱。他出去时发现美弥子并没有等他，而是顺着这条路走出了三四十米。三四郎跑上前去，他的手已经伸进衣袋，想将钱马上交给她。

　　"你去看过丹青会的展览吗？"美弥子问。

　　"还没看过。"

　　"我也一直没有空去，但是我有两张入场券，现在一起去看看，好吗？"

　　"好的。"

　　"马上要闭馆了，我们快去吧。如果我不去，就对不起原口先生了。"

　　"入场券是原口先生送你的？"

　　"嗯，你知道原口先生？"

　　"我去广田先生家的时候，见过一次。"

　　"他是个很有趣的人，对吗？他最近在学锣鼓乐呢。"

　　"上次我听他说想打鼓，还说……"

　　"还说什么了？"

"还说想要给你画肖像之类的，真的吗？"

"可不，他想要我做高等模特儿哪。"她说。

三四郎默不作声，因为他不会说那些讨喜的话。但是显然此时美弥子希望他能说些什么。三四郎再次将手伸进衣袋。他以为钱夹在存折里，于是将银行存折和印章一起递给了美弥子。没想到她突然问："钱呢？"

三四郎这才发现钱不在存折里。他在衣袋翻找出来略显破旧的钞票。美弥子并没有伸手去接，而是说："请你保管吧。"在这样的场合下，三四郎显得很尴尬，但他向来不会与人争执，更何况又在大街上，更应该克制一些。于是这些好不容易摸到的钞票，三四郎又放回原处，心想，这女子真叫人捉摸不透啊！

许多学生在街上走着，他们从旁边经过时，要么打量着这两个人，要么远远地瞟着他俩。此时三四郎觉得想要走到池之端，感觉道路特别远，但是又不想搭电车。两个人依旧慢慢地走着，将近三点才抵达展览会场。在三四郎看来，"丹青会"这三个字以及周围的图案所组成的招牌非常别致，让他感觉很新鲜。那是因为他在熊本从未见过，与其说觉得新鲜，不如说是一种特异感，进入会场这种感觉更是如此。不过三四郎也就只能区分什么是油画，什么是水彩画。

不过，三四郎还是有自己的审美的，虽然看不出优劣巧拙，不过有些作品他甚至想买。三四郎明白自己没有什么鉴赏能力，因此，决定在会场中保持沉默。

每当美弥子询问他"你觉得这幅画怎么样"时，他都是闪烁其词。如果美弥子继续问："你觉得它有意思吗？"他便接到："嗯，有点儿吧。"他对画展实在打不起精神。所以他的语气听上去，既像一个不善言辞的傻瓜，又有着对人不屑一顾的清高。说他傻，是因为他从来不炫耀，说他清高，是因为他目中无人的态度让人厌恶。

这里有许多作品是一对兄妹画的，他们长期旅居海外，姓氏相同，作品也摆放在一起。美弥子走到一幅画前停下了步伐。

"这是威尼斯吗？"

三四郎看着那张画也觉得像威尼斯，他很想乘坐那种名叫"刚朵拉"的小船。在高中的时候，"刚朵拉"这个词语三四郎就学过，从此以后他就爱上这个词语了。所以一提起这个词，他就觉得一定要有女子陪同乘坐才舒心。他静静地望着画面，河两岸的高房子倒影在苍茫的水中，变成在水中闪耀的红点。

"哥哥画的要好一些。"美弥子说。

三四郎没有明白她的意思。

"你说哥哥……"

"这个应该是那个哥哥画的，对吗？"

"谁的哥哥？"

三四郎看见美弥子正用奇怪的眼神看着他。

"喏，这是哥哥画的，那是妹妹画的，对吗？"

三四郎后退一步，看向刚才经过的地方。好几幅相同的外国风景画在一起挂着。

"有什么不同吗？"

"你觉得是一个人画的吗？"

"嗯。"

三四郎有些茫然。两个人相视而笑。美弥子故意瞪大眼睛，表现得很惊奇，同时压低声音。

"你可真厉害。"她说罢，快步向前走了两步。

三四郎站着原地看向画面中威尼斯的河流。美弥子回首发现三四郎并没有注意自己，于是停下脚步，远远地看着三四郎的侧影。

突然远处有人大声喊："里见小姐！"

他们两个人一起回头，发现距离办公室两米的地方，原口先生正站在那里。野野宫君站在他的背后，身影被原口先生挡住了一部分。这一声呼唤，美弥子立马看见后方的野野宫。她退回到三四郎身边，不经意地凑向三四郎的耳畔，轻声地说了几句。可是三四郎也没有听清她究竟说的是什么。他本来想问清楚，可是美弥子已经走向他们，开始行礼致意了。

野野宫对三四郎说："你找的伙伴很好呀。"

三四郎正想回答，美弥了接过话来回答。

"是不是很相配？"

野野宫不再回答，猛然转身，一张巨幅肖像画悬挂在他的背后。整个画面背景没有光线，黑暗无比，就连衣服和帽子都区分不开，唯一白的地方是面部，脸孔清瘦。

野野宫君问原口先生："这是临摹的吗？"

不过原口正在跟美弥子滔滔不绝地讲话呢。他说，因为展览快结束了，所以观众也少了许多，刚开幕时，他每天都来，最近他好久没来了。今天刚好有事，难得过来一次，还拖来了野野宫，今天大家真是巧遇。等到这个展览结束了，就要立马为明年做准备，所以格外忙碌。原本展览都是在樱花开放的时候举行，但是明年有部分会员有事，所以需要提前举办。由于时间的关系，相当于两次活动一起举办的，所以需要花费的精力要多一些。他还说，在活动举办之前美弥子的肖像画，他是一定要画的，哪怕是大年夜也要完成，所以希望请美弥子多多体谅……

"所以，你是想在这里展览了？"

原口先生这才注意到那幅昏暗无比的画。这期间，野野宫君一直认真地观望这幅画。"怎么样？这是临摹的，不是很出色的，原作是委拉斯开兹 [45] 的。"

原口开始为大家讲解，野野宫君顿时觉得自己没有必要再开口了。

"这是谁临摹的？"

"三井，其实三井的绘画水平不错。不过这幅画他画得并不好。"

---

[45]　Diegs Velasguez（1599—1660），西班牙画家。

原口为了看画向后退了一两步。

"原作的技巧已经炉火纯青了，想要再现是很难的！"

原口的头倾斜着，三四郎看向原口。

原口问美弥子："都看完了吗？"

看来这个原口只肯与美弥子说话。

"怎么样？不看的话一起去精养轩喝杯茶吧。办展览还有点儿事，我需要和主办人谈一下，他是一个很好的人，很诚恳。现在的时间喝茶正合适，再等一会儿，喝茶太晚，吃饭又太早了，那个时间就很难办了。不如我们一块去吧。"

美弥子看着三四郎，三四郎一副无所谓的神态。而野野宫也是一副与己无关的样子。

"那么既然来了，还是看完再走吧？你觉得呢，小川君。"

三四郎回应着。

"好吧，里头还有一个摆着深见先生遗墨的展厅。等看完了，回家时顺便去精养轩一趟，我在精养轩等你。"

"谢谢。"

"不要用一般的眼光去观赏深见先生的水彩画，因为他的功底体现在整个画面中。注意力不要放在实物上，想要看出味道一定要体会深见先生的神韵。"

原口说完，就和野野宫一同离开了。美弥子行完礼，目送着他们远去，不过两个人并没有回头。

美弥子转身进入展厅，三四郎紧随其后。室内光线昏暗，一整排绘画悬挂在细长的墙壁上。这些深见先生的遗作，都是水彩，和原口先生介绍的一样。三四郎最大的感触是，这些水彩画的颜色单薄，种类不多，缺乏对比，而且画在水彩纸上，如果不在太阳光下看，无法看清颜色。但是，笔墨一气呵成，丝毫不呆板，风格潇洒自然，很有妙趣。铅笔打的轮廓透过颜色依然清晰可见。画中人物细长，就像脱谷用的连枷，这里面还有一幅威尼斯风景画。

美弥子凑上前："这也是威尼斯吧？"

"是的。"三四郎回答着，听到威尼斯让他想起了一件事，"你之前说的是什么？"

"之前吗？"她反问了一句。

"就是刚才我看威尼斯画的时候。"

她洁白的牙齿再次露出，可是没有回答。

"如果不重要，我就不问了。"

"是不重要呀。"

三四郎再次感到惊讶。

时间已过四点，秋天天气阴霾，室内很快就昏暗了，观众很少。这间特设的展厅内也就只有他们两个人了。美弥子离开画面，来到三四郎的正对面。

"野野宫君，嗯……"

"野野宫君……"

"你懂了吗？"

美弥子的用心，三四郎顿时明白了。

"你在戏弄野野宫君吗？"

"为什么？"

她的语气听起来天真无邪。三四郎失去了说下去的勇气。只是默默地向前走了两三步，美弥子紧跟在他身后。

"我没有捉弄过你呀。"

三四郎又停下脚步。他身材高大，视线向下打量着美弥子。

"嗯，那很好。"

"有什么不对吗？"

"所以我说挺好的啊。"

美弥子转过身，两个人并排走向门口。两个人跨出大门时，肩膀磕碰了一下。三四郎猛然想起，在火车上的那个女伴，此刻感觉到刚刚碰过美弥子肌肤的地方有些隐隐作痛，恍如梦中。

"真的很好吗？"美弥子依旧询问着。

有两三个人从对面走来。

三四郎说："先出去吧。"

他们穿上鞋子出去后，才发现正在下雨。

"我们还去精养轩吗？"

美弥子并没有回答。他在博物馆前的广场上站着，淋着雨。还好雨刚刚下起来，不太大。美弥子也站在雨中，环顾了一下四周，指着对面的树林说："我们过去躲下雨吧，等一会儿也许就不下了。"

两个人走到大杉树下。其实这种树遮不了雨，但是两个人一动不动,就算淋着雨也没有挪动一步,他们渐渐觉得寒冷。

"小川君。"美弥子开口了。三四郎正皱着眉头望着天空,听到呼唤,转移了视线,看着她,"刚才那样很不好吗?"

"没什么。"

"可是,"她边说边走过来,"我也不知道怎么了,虽然不想对野野宫无礼,但是就是想那么做。"

美弥子注视着三四郎。在她的双眼中,三四郎发现有一种神情,胜过言语。这对美丽的大眼仿佛在说:"一切都是为了你啊!"

"所以说挺好的啊。"三四郎再次回答了一遍。雨越下越大,树下只有一小块地方雨水进不来,两个人渐渐依偎在一起,肩膀靠着肩膀。

"那笔钱你尽管用吧。"美弥子说。

"我不需要那么多。"三四郎回答。

"你都拿去吧。"她又说。

# 第九章

　　在与次郎的怂恿下，三四郎还是去参加了精养轩的集会。这天，三四郎穿的是黑绸礼服。这件衣服母亲曾经在来信中做过详细的说明：

　　三轮田阿光姑娘的母亲织的这件衣服的料子，染上花纹之后，是阿光姑娘做成了衣服。三四郎打开包裹时，曾经试穿过，觉得不好看，就放在壁橱里了。有一次，与次郎看到说，一定要拿出来穿，不让放着，很浪费。听他的口气，如果自己不穿，他就想拿走了，所以三四郎觉得还是要穿。衣服上身后，反而觉得不难看了。

　　三四郎穿着这身衣服，和与次郎一起站在精养轩门口。与次郎说，迎客就要这样穿。这种事情的规矩三四郎一无所知，开始还以为自己是客人。现在看来，这身黑绸礼服让自己像个普通的管家，当初应该穿制服，看着更阔气。这时，人们陆续进场。与次郎跟每一个与会者都要聊几句，感觉这些人似乎都是他的朋友。来宾将衣帽交给侍应，然后走过宽阔的楼梯口拐进幽暗的走廊。与次郎给三四郎逐个介绍来宾，三四郎因此结交了不少知名人士。

　　这时，大概到了 30 人左右，与会者基本到齐。广田先生和野野宫君都来了。野野宫君被原口先生硬是拖来了，他虽然是个物理学家，但是对绘画和文学很喜欢。当然，原口先生也到会了。他可是第一个来的，不仅照料会场，还要应酬宾客，时不时地还要捻着那副法兰西小胡子，里里外外忙得不亦乐乎。

不久，人们陆续入席，没人谦让也没人争抢，大家随意而坐。广田先生一改平日慢慢悠悠的性格，第一个落座。门口附近的只有与次郎和三四郎两个人，剩下的人偶然坐到一处又或者相互为邻。

一位评论家坐在野野宫君和广田先生之间，他穿着条纹礼服。与他们相对的是一个博士，名叫庄司，与次郎之前说文科中一个颇有实力的教授就是他。他穿着西式礼服，相貌堂堂，黝黑微卷的头发比普通人长一倍，尤其是在灯光的照耀下，与广田先生的和尚头大不一样。原口先生坐在很远的一个角落里，刚好同三四郎遥遥相对。他的上装是翻领的，领口处打着宽宽的黑缎子领带，下摆散开着，刚好整个胸脯被遮住了。听与次郎说，这种领结是法国画家都喜欢佩戴的。三四郎喝着肉汤思考，这和宽幅腰带的结子没有什么区别啊。这时候，人们已经开始了交谈，与次郎一改往日的喋喋不休，而是安静地喝着啤酒。这样的场合，即使是他，也变得谨慎了。

"哎，没有 detefabula 吗？"三四郎轻声问。

"今天不行。"与次郎转身和同邻座的人交谈起来。

与次郎先用客套话开场："拜读您的大作，让我受益匪浅。"三四郎记得，他曾跟自己说这篇论文一文不值，他觉得与次郎这个人简直匪夷所思。

"这件礼服很合体，看着很阔气。"与次郎再次转过来，看着衣服上的白色纹路说。

此时，对面角落里坐着的原口先生同野野宫交谈起来。野野宫天生嗓门儿很大，这种远距离对话很适合他。广田先生和庄司教授也在对面交谈着，为了怕妨碍他们两个人的对话，便停了下来。而其他人也沉默了，会议的焦点慢慢形成了。

"野野宫君，你的光压实验完成了吗？"

"没有，还早着哪。"

"真麻烦。我们的工作已经需要足够的耐性，但是你的工作更加讲究。"

"绘画有了灵感，可以一气呵成，但是物理实验就难多了。"

"灵感倒是谈不上。今年夏天，我曾经路过某个地方，刚好两个老婆子的谈话被我听见了。原来她们在讨论梅雨过去没有。一个愤愤不平地说：'原来一打雷，就算结束了，现在再也不是了。'另一个也说着：'哪里，哪里，怎么能凭一声雷鸣就说出梅了呢？'—— 绘画的道理是一样的。如今不能光凭灵感，是吧？田村君，写小说的道理也一样吧？"

一个姓田村的小说家就在他旁边坐着。他回答说，他的灵感除了监督自己快点儿完成写作，此外没什么用了。这番话让大家哄堂大笑。紧接着，田村问野野宫君，光线会有压力吗？如果有，怎样测定呢？野野宫君给出了很妙的回答。——如果选用云母等材料，制作出一个薄圆盘，像十六字棋盘[46]那样的大小，用水晶丝吊起来，放在真空的环境中，让弧光灯的灯光垂直照在盘面，而圆盘就会在光的压力下转动。

所有人都认真倾听，三四郎也在暗自思索，这套装置是不是就放在酱菜坛子呢？他想到刚来东京时，被望远镜里的世界吓了一跳的情景来。

他轻声问与次郎："水晶如何能被做成细丝？"

与次郎摇着头。

"野野宫君，能把水晶做成细丝吗？"

"可以，先用氢氧火枪的烈焰将水晶粉融化，再用双手拉成细丝。"

"是吗？"三四郎问着。

这时，那个坐在野野宫君身旁的那位穿条纹衣服的评论家说话了。

"科学的事情我们一无所知。不过，这是怎么引起人们关注的呢？"

"从麦克斯韦[47]开始，就一直在理论上做过设想。之后

---

[46] 原文作"十六武藏"，棋类的一种，棋盘由正线和斜线交织，组成格子。中置一主子，局围置十六颗副子，互相逼攻，以决胜负。

[47] James Clerk Maxwell（1831—1879），英国物理学家。

一个叫列别捷夫[48]的人，设计出了实验，验证了这个说法。近几年，有人开始研究一个问题：彗星原本应该将尾巴拖向太阳的方向，可是彗星出现的时候，它的光带与太阳总是相反的，这是否是由于光压造成的呢？"

评论家深受启发，他说："能够联想到这一点真是太有趣了，甚至是伟大啊！"

"何止是伟大，这种天真才是最可爱的。"广田先生说。

"如果这种想法得不到验证，就更加天真了。"原口先生边笑边说。

"不，这种设想是有道理的。物体的半径二次方和光压成反比，而物体半径的三次方和引力成正比。所以，物体越小，引力就会越小，光压相对增强。假如细小的微粒组成彗星的尾巴，那么只可能与太阳是相反的方向。"

野野宫突然认真起来。

"设想看着很天真，但真要计算起来还是很麻烦的，真是利弊参半啊。"原口的语调一如既往。但是他的这句话让大家重新回到刚才喝啤酒的热烈气氛中了。"所以一个自然派[49]是不可能变成物理学家的。"

"自然派"和"物理学家"这两个词汇，引发了大家浓

[48] Pyotor Nikolaevich Lebedef( 1866—1912 )，俄国物理学家。
[49] 当时盛行日本文坛的自然主义文学流派，夏目漱石曾批评过这种流派。

厚的兴趣。

"什么意思啊？"野野宫发问了。

这回轮到广田先生出来解释了。

"仅仅只是睁大眼睛观察自然不足以测试光压。光压是不可能存在于自然的菜谱上的，不是吗？因此，为了让物理学家发现这种压力就需要通过人工制造出云母片、真空管、水晶丝等装置，所以不能属于自然派。"

"也不能称为浪漫派吧？"原口先生补充着。

"不，应该是浪漫派。"广田先生极为认真地辩解着，"在一般自然界看不见的地方，放置着承受光线和光线的物体，如果这不是浪漫派，那么什么是呢？"

"一旦装置制作完成，就能观察光线所谓的压力，这应该是自然派的范畴了吧？"野野宫君问道。

"所以说，应该用浪漫的自然派形容物理学家吧。在文学领域中，就如同易卜生描绘的人物一般。"做出这样比较的正是对面的博士。

"是的，在易卜生的戏剧中，有一种内涵和野野宫君实验中的装置是相同的，在这种原理下活动的人物，会不会和光线一样遵从自然法则，那就值得怀疑了。"身穿条纹礼服的评论家说出了这段话。

"可能吧。但是我觉得，在人的研究上也应该用这种方法——换而言之，人在某种状态下，有一种权利和能力可以向反方向运动——但是，人们总是会用奇怪的思维认为：无论是人物还是光线都是按照规律机械的运动，所以错误时常产生。但是通过装置的处理后，结果恰恰相反，想要发怒，就会显得可笑；想要发笑的，却会觉得可气。两者无论哪一种，都是人造成的。"广田先生进一步将问题扩大化。

"所以在一定范围内，人都是在自然规律下进行活动的，对吗？"小说家开始发问。

"是的，无论描绘的人物是谁，都能脱离这个现实世界。"广田先生立刻做出回答，"我们作为现实世界的人，是没有办法想象一个人如何做出不像人的行为的。只会因为手法的低劣，所以感觉不像现实世界的人，不是吗？"

小说家无言相对。接着，文学博士又开口了。

"在物理学领域中，牛顿发现苹果的掉落是因为引力的作用，而伽利略就发现寺院的吊灯无论是振动的周期还是幅度都是完全一致的。所以他们原本都是属于自然派。"

"如果他们属于自然派，那么在文学领域就更多了。在绘画中也有自然派吗？原口先生。"野野宫君问道。

"自然有，那个提倡 Veritevraie[50] 的库尔贝[51]，多么令人生畏，他提倡一切都要真实。他作为一个流派被承认，只有

[50] 法语，为"真正的真实"之意。

[51] Gustave Courbet（1819—1877），法国画家，提倡现实主义，多以市民的日常生活和周围事物为题材。主要作品有《碎石工》、《奥南的葬礼》等。

这样才不会显得他是猖狂至极的人，才不会在社会上显得麻烦。小说界中也应该有像莫罗[52]和夏瓦纳[53]这样的人吧？"

"有啊。"一边的小说家回答。

饭后，除了原口先生不住地抱怨九段上的那尊铜像[54]，没有人发表什么即兴演说。原口认为，树立这种随意的铜像，只会给东京市民带来麻烦。还不如一座艺妓的铜像看着更高明。这时，三四郎从与次郎那里得知，原口先生的死对头正是九段那尊铜像的制作者。

活动结束后，走出室外，月色很好。

"今晚，庄司博士应该对广田先生的印象很好吧？"与次郎询问三四郎。

"也许吧。"三四郎回答。

与次郎走到公共水龙头旁，站住了，说："今年夏天，我在夜里散步时，因为天气炎热，就在这里冲凉，结果警官看见了，我只有往擂钵山[55]上跑。"

随后他俩登上擂钵山赏月，结束后各自回家了。

回去的途中，与次郎突然向三四郎提及借钱一事。这晚，

---

[52] Gustave Moreau（1826—1898），法国画家，作品以富有文学性的神秘和幻想为主。

[53] Pierre Cecil epuvis de Chavannes（1824—1898），法国画家，作品朴实、沉静，代表作有《贫穷的渔夫》等。

[54] 东京九段靖国神社内的大村盖次郎铜像。

[55] 上野公园内天神山的俗称。

月光清雅，天气寒冷。在此之前三四郎从未想过钱的事，所以与次郎的诉说他也不愿听。他认为，反正与次郎是不会还的。果然与次郎也坚决不说还钱的事儿，仅仅只是诉说无法偿还的理由。不过与次郎告诉三四郎一件事，倒是让三四郎感觉有趣。

原来与次郎的一个朋友，因失恋而伤心，最终决心自杀。他既不想跳海投河，也不喜欢上吊，更不敢钻火山口。

"他自杀了吗？"

"没有。"

"只能永远欠着。"

这话他说得很轻巧。三四郎不再说话，欠的钱他没有想一直拖欠下去。原本他想把房租的二十元钱付清后，第二天就将多余的钱还到里见家；但转念一想，现在归还，反而伤害了对方的好意，这样很不合适，所以只好放弃这个机会。当时因为别的原因，一不留神钱就把剩下的钱换散了。其中就有今晚的会费。只剩三元了，三四郎决定干脆买一件冬天穿的内衣算了。

由于与次郎不提何时还钱，前段时间，三四郎已经下定决心，为了弥补亏空，让家里寄三十元钱。原本每月家里给的钱足够应付花销，所以找不到理由要求多寄。三四郎又不善于说谎，为了合适的理由困惑不安。最后找不到，只有说：自己同情一个朋友丢了钱，看着很可怜，便借了钱给他，才导致自己一筹莫展，需要寄来多一些的钱……

如果按时回信的话，眼下回信应该到了。他想回信应该今晚能收到。回到宿舍发现，果然和自己想的一样，母亲亲写的信封就在桌上摆着。不过和平常不同的是，今天只贴了一张三分钱的邮票，原来都是挂号。打开信件，看见信很简短。母亲应该很生气，只是简单的几句话。写的是，钱寄到野野宫君那里，直接去取就可以。三四郎便铺床睡觉了。

随后过了两天，三四郎也没有去野野宫君家。野野宫君也没有传什么话来。一周过后。寓所的女佣送来野野宫君写的一封信。说的是：受你母亲所托，请来一趟。课余时间，三四郎再次去了理科专业那个地窖中。原本他想简短几句话就办妥事情，谁知并不顺利。在野野宫君夏天专用的房子里，有两三个长胡子的人，还有两三个学生穿着制服，他们全神贯注地正在研究，完全不顾外面那个阳光灿烂的世界。其中，最为忙碌的是野野宫君。在门口的三四郎被他看见后，便一声不响地走过来。

"你家寄了一些钱，叫你来取的，现在我没有带在身上。我还有点儿事要和你说。"

三四郎听完后，询问今晚野野宫是否有空。野野宫稍作思索，立即答应了。夏天他来地窖时所看到过的望远镜和酱菜坛子，还是在原来的位置。三四郎离开地窖后，对于理学家这种顽强的毅力，他心中暗暗佩服。

下一节课，三四郎和与次郎说了事情的全部经过。与次郎看着他，就差骂他傻瓜了。

"我之前不是说了吗，让你先欠着。你竟然这样做，叫年迈的母亲担心，还要去听野野宫的一番训斥，真是无可救药！"

与次郎这番口气，好像事情与他无关，不是他导致的一样。但是这时，三四郎已经想不起来与次郎的责任了，所以他并没有让与次郎难堪，他说："我找家里要钱是觉得老拖欠下去不好意思。"

"对方觉得高兴啊，不会在意你的不好意思。"

"为什么？"

这话一出口三四郎自己都觉得有些虚伪，但对与次郎没有产生任何影响。

"多明显啊，换成我，我也一样。因为手头富裕，与其催你还债，倒不如欠着，她更高兴。都是凡人嘛，在自己手头宽裕的时候，就会希望给别人留下美好的印象。"

三四郎没有接话，而是开始写课堂笔记。刚写一会儿，耳畔再次响起与次郎的声音："我手头有钱的时候，也经常借给别人，但没人还，我反而愉快呀。"

三四郎只是笑了一下，继续写着笔记，并没有说"是吗？""真的？"之类的话。与次郎直到下课都没有再说话。下课铃响后，两个人一起走出教室的时候，与次郎突然说，"美弥子是不是喜欢你？"

他们的背后陆续走过听课的学生。三四郎一言不发地走下楼梯，穿过房门，来到一片位于图书馆的空地上，才对与

さんしろう・二〇五

次郎说："不太清楚。"

与次郎盯着三四郎看了好一会儿。

"这种事不是不可能。如果你能弄清楚，就可以娶她了。"

这样的问题三四郎一直没有想过。他原以为，做美弥子的丈夫，唯一的资格是被她所爱恋。现在被与次郎这么一问，反而迷茫了。三四郎偏着头思索着。

"要是野野宫君，他倒是合格。"与次郎说。

"他们两个人之间，过去有过什么关系吗？"三四郎的神情如同雕塑一般严肃。

与次郎一口回绝："不知道。"

三四郎默默地不说话。

"好了，你去听野野宫的训斥吧。"

与次郎说完就走向池塘那边了。三四郎像一块招牌，笨拙地伫立原地。与次郎向前走了五六步，又转回来笑着说。

"我看，你不如娶了良子小姐吧。"他说完，拉起三四郎就向池塘那边走去。他边走边重复着："真挺合适，确实挺合适啊！"

这时铃声再次响起。

当晚，三四郎去野野宫君家里。时间尚早，他慢慢悠悠地逛到四条巷，想在大洋货店买衬衣。店里的伙计不断拿出各色各样的衬衣来，三四郎一会儿用手摸了摸，一会儿又打开看看，最后却一件也没买。三四郎这样一副趾高气扬的架势刚刚摆出来，却忽然看见美弥子和良子两个人结伴在买香水。三四郎慌忙上前打招呼。

美弥子行礼道："上次谢谢你啦。"

这句话什么意思，三四郎自然明白。原本在向美弥子借钱的第二天，就想登门把余下的钱先还一部分，但是后来犹豫了。两天后，三四郎亲手写了一封客气的信给美弥子。

信中直白地表述了写信人当时的心境，但有些地方难免有些过分。三四郎为了将感谢表达的亲热，众多的词汇堆砌在一起。如此的热烈，让人不会相信这是一封表达借钱的感谢信。而且，他除了感谢之外的事情，什么也没有写。所以这种热情很明显超出了感谢的范围。

三四郎寄出信件后，以为美弥子会及时回信的，没想到一直没有回信。之后再也没有见过美弥子，直到现在。美弥子这样细声细气的感谢让三四郎没有勇气回应她。他两手打开衬衣，心里想着，她的冷淡可能是因为良子在吧。他又想到了，如果要买这件衬衣用的也是她的钱哩。与此同时，店员开始催促他需要哪一款。

两个女子边笑边走向他，帮他挑选衬衣。最后，良子说："这一件好了。"三四郎听从了她的建议。随后，她们询问三四郎什么香水好，三四郎并不了解香水。他随意拿起一个上面写着 heliotrope[56] 字样的瓶了，说道："这个呢？"美弥子立马决定："就这个吧。"爽快的回答让三四郎有些内疚。

---

[56] 一种原产秘鲁的植物，其花可以制取香水。

走出商店要分别的时候，良子向美弥子道别："我走啦。"

美弥子回答："你快点儿回来啊……"

原来，良子今晚要去哥哥那里一趟。看来这回，去追分的道路上，三四郎可以同这位漂亮的女子同行。此时，太阳就快落山了。

原本与良子结伴同行，三四郎倒不觉得有什么，然而，为难的是需要在野野宫的寓所里待上一会儿，还有良子在场。所以今晚不如先回家，明天再去。不过如果有良子在场，也许与次郎所说的野野宫的那种训斥会好一些。因为野野宫当着良子的面，总会为自己留些面子，应该不会全部抖落出母亲托付的事情，说不定直接把钱给自己，什么都不会说——三四郎在心中暗自盘算着。

"我也要去野野宫君那儿。"

"是吗，去找他聊天吗？"

"不，有点儿事情。你呢？"

"我也有点儿事情。"

两个人的问题一样，回答也一样，双方丝毫没有为难的神色。为了谨慎，三四郎问良子他的拜访会不会给她添麻烦。良子说，当然不会。她不仅言语否认，而且表情也似乎在说"怎么会这么问"。店前的煤气灯照在她的脸上，三四郎看见她黑眼珠中闪烁着惊奇的光芒。其实，他只是看到她又大又亮的眼睛而已。

"小提琴买了吗？"

"你如何知道的？"

三四郎一时不知道说什么。

良子却毫不在意地说道："哥哥虽然一直说给我买，但是现在都没有买成。"

三四郎暗想，这件事既不能责怪野野宫，也不是广田先生的错，罪魁祸首是与次郎。

两个人沿着追分的大道拐入一条窄小的巷子，进入小巷，看见里面住着许多人家，每家每户的门灯照耀在昏暗的小路上。他们在其中一盏门灯下面停下了，野野宫就住在这里。

这儿离三四郎的住处有 100 米左右，在野野宫搬到这里之后，三四郎曾经来过两三次。走到宽阔的回廊尽头，爬上两段楼梯，左边有两间房子，就是野野宫的住的地方。房子向南，屋檐下面就是别人家宽广的庭院，无论是昼夜，都很幽静。三四郎发现野野宫住在这种安静的房里，认为他离开原来那个家重新回到寓居生活，确实不错。三四郎来到野野宫的寓所，觉得这是一个理想的、令人羡慕的住处。这时，野野宫君出现在回廊上，仰望着自己的屋檐说："你看，这是草葺的。"确实，屋顶上没有铺瓦，这点实在难得。

今天虽然是晚上来的，环境昏暗应该看不见屋顶，不过屋里的电灯让三四郎想起草葺的屋顶来，这个理由听上去未免有些可笑。

"你们一起来的，真是稀奇，是在门口碰见的吗？"野野宫问良子。

良子说不是的。然后把相遇的经过说了一遍，并跟哥哥说买一件像三四郎刚才买的那种衬衫。她还说，原来的那个小提琴是国产的，不能用，音色不好，既然拖到现在才买，不如买一把更好的，至少也得跟里见小姐的差不多才可以。此外，良子不停地撒娇，想要哥哥买这个买那个。野野宫君只是耐心地听着，并随声附和，态度既不温柔也不严厉。

三四郎一直沉默。良子无所顾忌地说一些无关紧要的话。她的神情，既不任性也不是傻里傻气。即使在一边听着他们兄妹的对话，也会觉得心情愉悦，就像在阳光普照的辽阔田野里郊游一样。之前所说的训斥三四郎早已忘得一干二净，良子接下来的话让他大吃一惊。

"呀，我差点儿忘了，美弥子小姐有话转告哩。"

"是吗？"

"你开心吧？不高兴吗？"

野野宫突然难为情起来，转身对三四郎说："我妹妹傻里傻气的。"

三四郎无奈地笑了。

"我不傻，对吗，小川君？"

三四郎虽然内心笑不出来，但是还是表面上笑了。

"文艺协会 [57] 的演出知道吗？美弥子小姐想要哥哥带她

---

[57] 日本第一个戏剧团体。明治三十九年（1906）由坪内逍遥、岛村抱月等人创办，大正二年（1913）解散。

去看呢。"

"里见君可以带她去啊。"

"里见君说没有时间。"

"你会去吗？"

"当然啦。"

野野宫君望着三四郎，没有明确表示去不去，而是说今晚叫妹妹来，是有重要的事情说，而她只会说些闲话，真没办法。原来他想为良子做媒。野野宫作为一个学者，说话格外坦白。听说他已经写信跟父母说了，父母回信说没有意见。因此，现在需要好好询问一下她本人的主意。三四郎嘴上说"很好"，心里只想快些了结自己的事情赶快回去。

"听说我母亲有事麻烦你啦。"三四郎说道。

"没有，说不上什么添麻烦。"野野宫君打开屉子，取出一包东西，应该是预先准备好的，然后交给三四郎。

"伯母给我写了一封长信表达了自己的担忧。信上说，你因为一件急事，把自己的生活费都借给了朋友。无论是什么朋友，都不应该随意借钱。再说，就算借了也应该归还啊。乡下人为人实在，所以这么想很自然。信上还说，你的做法太大方了。自己还需要家里寄钱的人，怎么可以这么胡闹，一出手就是二三十元呢？　　没办法，这信上的口气，好像这件事我也有责任……"

野野宫君说完，看着三四郎笑了。三四郎却很认真地表示："连累你啦。"但是，野野宫没有任何责备的意思，他稍微转变了语调。

"放心吧，没事的。本来就不是什么大事，只是伯母估量钱的标准用的是乡下的生活水平，认为三十元钱是一笔很大的数目。信上还说一个四口之家半年一共才用三十元钱。你说，是这样吗？"

良子开始哈哈大笑。三四郎虽然知道这些话听起来可笑。但是母亲说得也是事实，并不是脱离事实编造出来的，现在看来，他后悔当时不应该草率从事。

"如果半年才花三十元，每月就是五元钱，那么每人每月平均一元二角五分，每天就是四分钱——这点儿钱在乡下怎么生活。"野野宫算了算。

"这么少，平时吃些什么？"良子郑重其事地问道。

三四郎将后悔抛在脑后，开始讲述自己所了解的乡下生活，其中还包括"寄宿神社"[58] 的旧俗。这种习俗只要一家每年向村里捐款十元，然后，村里的六十户每家派出一人，这六十人住到村子的神社里，可以从早吃到晚，盛筵不散，不用劳动。

"十元钱就可以了？"良子非常惊讶。

如此一来，野野宫也没有什么训斥的话。大家开始了闲聊，过了一会儿，野野宫君还是提起了钱的事，说：

"我还没有问清楚情况就把钱给你了，按照伯母信中的

---

[58]　原文作"宫笼"，为求神明保佑，寄身于神社过祷告生活。

意思，让我把情况了解清楚，如果一切正常，再把钱给你。还叫我费心把这件事跟她解释清楚——到底怎么回事。你是真的把钱借给佐佐木了吗？"

三四郎推测，肯定是美弥子告诉了良子，良子又透露给了野野宫君。不过，这钱兜兜转转变成了小提琴的事情，他们兄妹都没有察觉到，反而让三四郎觉得奇怪。所以三四郎一句"是的"就沉默了。

"听说是佐佐木自己买了赛马票，所以把钱都花光了？"

"嗯。"

良子再次大笑起来。

"我会把事情告诉伯母的，只是下次你不要再轻易借钱了。"

三四郎答应下来，他行完礼起身。良子这时也说要回去了。

"你的婚事还没谈好呢。"哥哥提醒着。

"说好啦。"

"没有呢。"

"我不管，算了吧。"

野野宫望着妹妹的脸，不再说话。

良子接着说：

"这本来就是强人所难。你能问我愿不愿意去一个陌生人家吗？谈不上喜欢也说不上讨厌，没法交谈，我能说什么呢？所以我不管。"

原来"我不管"三个字的本意是这样的，三四郎终于明白了。他简单地道别后，撇下兄妹俩匆匆离开了。

　　三四郎穿过只有灯光没有行人的小道，走向大街。这时，起风了。他走向北边，正好迎风，风拍打着脸。风不时地从自己前进的方向吹来。三四郎心想，野野宫会不会冒着风把妹妹一直送到里见家。

　　三四郎走上楼，回到自己的房间，即使坐在屋里仍能听到外面的风声。这种风声，总能让三四郎想起"命运"二字。这风声呼啸着猛烈地吹来，让他浑身颤抖，他从来不认为自己是个坚强的男子。

　　回想起来，自己自从来到东京，一直是与次郎操纵着自己的命运，在某种程度上，这一团和气的气氛一直在戏弄着自己。三四郎认为，与次郎虽然是一个调皮鬼，但是颇为可爱。自己的未来依然会被他操纵着。风依旧刮着，跟与次郎比较起来，风显得更强大。

　　母亲寄来的钱被三四郎放在枕头下。这钱不就是命运受到捉弄之后的产物吗？虽然这个钱在今后有什么用，三四郎并不知道。如果这笔钱还给美弥子，那么又将刮起一阵风。但是他倒是希望这股风可以来得猛烈一些。

　　三四郎很快就进入了梦乡，因为他觉得无论是命运还是与次郎都无法左右他。不久，钟声将他惊醒。嘈杂的人声不知从什么地方传来，这是失火的声音，三四郎已经是第二次碰到了。三四郎直接在睡衣外披上大褂，然后起身打开窗户。

风变小了，对面的三层楼房矗立在黑暗中，只有风的响声。而一片通红出现在背后的天空中。

三四郎强忍寒冷，望向着红色的地方看了好一会儿。此时，"命运"二字在三四郎脑海中也被照得红通通的。三四郎重新钻回温暖的被窝。那些在命运中狼奔豕突的许多人都被他瞬间忘却了。

起床后，三四郎还是一个凡人。他穿上制服，带上笔记本去上学，而怀里揣着的三十元钱他是不会忘记的。然而不巧的是，在三点之前，课程都被排满了，三点后，良子肯定放学回家了，而且里见小姐的哥哥也可能在家里。他认为还钱一定不能在别人在场的时候提出来。

与次郎问他："昨晚被训斥了吗？"

"哪里，并没有训斥我。"

"我就说嘛，野野宫是一个开明的人。"

他说完就去别处了。第二节课上完以后，他们又见到了。

与次郎对他说："广田先生的事情现在正在顺利进行。"

三四郎问他已经到什么程度了。

"以后慢慢告诉你，你不必操心。不过先生问起你来，说很久没见你了。你有空去走动一下吧，先生单身，所以我们这些人更要给他安慰才行。还有下次拜访，你记得买点儿东西。"说完与次郎的身影又消失了。到了下一堂课，他不知道又从哪里冒出来了。

这一回，与次郎不知又在想些什么，上课的中途，突然一张纸条传来，与次郎用电报用语写着："钱收到否？"

三四郎原想写回条，但是他发现老师这时正看着他。于是三四郎把纸条揉成一团扔到脚下。直到下课才回答这个问题。

"钱收到了，在我这儿。"

"真的吗？太好啦！你打算去还吗？"

"必须要还。"

"那好，早点儿还也好。"

"我想今天就还。"

"嗯，晚点儿去可能才会见到她。"

"她要去哪里？"

"她现在每天都去为原口先生当模特儿，那张肖像画估计应该差不多完成了。"

"她去原口先生家里了吗？"

"嗯。"

于是，三四郎向与次郎要了原口先生家的地址。

# 第十章

三四郎赶去广田先生家，因为得知先生病了。进入大门后，看到一双鞋放在房前。他猜想可能是医生的。三四郎绕到后门，来到茶室，期间没有看见一个人，客厅里有谈话声传来。

三四郎站立片刻，一个满是去过涩的柿子的大包裹在他手里提着。之前与次郎嘱咐过他："下回要带点儿东西。"于是在追分的街上，三四郎买了这些。

这时，客厅传来一阵骚动，感觉有人扭打起来。三四郎以为有人在打架。他带上包裹，拉开格子门，大概一尺来宽，向里头窥视。原来一个身穿褐色外褂的壮汉将先生按在地下。铺席上的先生微微仰起脸来，瞬间瞥见了三四郎，笑道："哦，是你来啦！"

那位壮汉回首道："失敬了，先生，快请起吧。"

看样子，广田先生的双手被壮汉反剪于身后，他的膝头压在先生的肘关节上。先生趴在席子上说，我现在没法爬起来啊。壮汉立即松手起身，整理了一下外褂的衣褶，坐了下来。这个男子看上去气度非凡。

广田先生随后爬起来，说道："果然，这一招很危险啊，对方就算强行反抗，手臂就有折断的可能。"

三四郎从两个人的对话中明白了他们刚才在干什么。

"听说您病了，现在感觉怎么样？"

"嗯，已经好了。"

三四郎摊开包裹，包里的东西便展现在他们两个人之间。

"我带来了一些柿子。"

三四郎去厨房拿了一把菜刀，广田先生又去书斋拿来一把小刀。三个人开始吃柿子。先生边吃边和那个壮汉不停地谈论着，都是地方中学的事：例如生活困难，人事纷争，无法在一个地方长久地待着；除此之外还要兼任柔道师；有位教师买了木屐，结果鼻儿旧了只能换新的，一直穿到坏得彻底才罢休；现在辞职了，工作又不容易找，没有办法只能把妻子送回乡下——他们聊得停不下来。

三四郎一边打量着那个人，一边嘴里吐着柿子核，心中却一直不是滋味。自己和他相比，简直不像同一个世界的人。这个人言谈之中，多次说起"真想回到学生时代""还是学生时代最快乐无比"。这些话让三四郎觉得，自己只剩下两三年了。他心事重重，这种情绪就同上次和与次郎吃面条时的一样。

广田先生再次起身去书斋。回来时，手中多了一本封面是红黑色的书，灰尘已经把书的边口弄脏了。

"无聊时就翻阅一下这个吧，上次提及的Hydriotaphin

（《壶葬论》）<sup>[59]</sup>就是这本。"

三四郎收下后表示了感谢，这时他刚好看见了书上的一句话："对人表示纪念时，频频撒落寂寥的罂粟花瓣，能否值得永世不灭就不必再询问了。"

先生继续同那位柔道师交谈着：这些中学教师的情况，让大家听着都深表同情，然而他们自己却真正感到可怜。之所以会这样说？因为现代人虽然尊重事实，但还有一个习惯，那些伴随事实而来的情操很容易就被抛弃。形势紧迫，人们只有将此抛弃，这是改变不了的事实。这些证据在报纸中都不难找到。报纸上报道的社会新闻，十之八九都是悲剧，但是这些悲剧我们无暇当作真正的悲剧细细品味，只是报道一下事实罢了。我在自己订阅的报纸上发现，一般"死者十多人"这种标题的下面，都是用六号铅字仔细地记载着这一天非正常死亡的人员各种信息，例如年龄、户籍、死因，简单明了。还有一个"小偷预报"栏，把小偷都聚集在一起，一目了然，哪个地区有什么样的小偷，一看就很方便。所有事物都要这样看待。辞职也是。要知道，尽管对于辞职者而言也许是悲剧，但对旁观者来说，没有人会有什么痛切的感受。在社会中立身处世应该抱着这样的观点。

---

[59] 作者是托马斯·布朗（Sir Thomas Browne，1605—1682）。故事以古代骨壶的发掘为线索，设想了各种尸体处理的方法，文体庄重优美。

"不过，如果能和先生一样，悠闲自适，感受起来会更加痛快一些。"那位柔道师认真地回答着。

　　这时，三个人都一同笑了。

　　三四郎感觉那个人短时间内是不会离开的，便借了书道别了，然后从后门离开了。

　　"长眠于不朽的墓穴里，永生在流传的事迹里，世人最敬仰的就是这个。不如任其沧桑岁月的变化，争取永存于后世——此乃世人之愿望。人在天国中的时候，这样的愿望也就实现了。但是，以真正的信仰之教法看待的话，这种愿望以及愿望所带来的满足都是虚无缥缈的。所谓生，就是重归于我，重归于我在于，既不是愿，也不是望。在虔诚的信徒心中都明白一个事实：埋在埃及的沙漠中和躺在圣徒伊纳赛特[60]的墓地是一样的。怀抱着喜悦的心情看待这件事情，则哪里都如同阿道里艾纳斯之皇陵[61]。我们需要明白的是：能成者则自然成矣。"

　　这些是《壶葬论》的最后一节。三四郎阅读这段话的时候正在向着白山方向漫步。据广田先生介绍，这是有名的大作家的著作，而最后一节又是这位名作家的名篇。当然广田

---

[60]　罗马教皇 Innocentius 三世，他曾努力强化教皇权力，收复失地，并派遣第四次十字军，建立了拉丁国。

[61]　罗马皇帝 Publius Aelius Hadrianus 的皇陵，是罗马古代建筑的代表之一。

在介绍的时候还特意笑着声明："这可不是我个人的观点。"
确实，在三四郎看来，这本书好在哪里他也不明白。他反而
觉得语言晦涩、措辞别扭、句读混乱，有些摸不着头脑，就
像参观古寺一样。倘若用路程来衡量，这一段足足花费了
三四百米远的路程，而且还没能理解文意。

　　相反，强烈的寂寥和漠然包围着三四郎，身在东京的自
己，仿佛正被奈良大佛寺里余音袅袅的钟声微微震响了鼓膜。
这一节与其说给了他人生的道理不如说让他产生了一些情绪。
生死这类的问题，三四郎直到现在都没有认真考虑过。真要
考虑的话，那么青春的热血就显得过于旺盛了。而他眼前真
实的感受是大火燃眉。三四郎开始向位于曙町的原口家走去。

　　一队为孩子送葬的队伍过去了，队伍一共就两个人，都
是身穿礼服的男子。洁白的布包裹着小小的棺材，棺材边插
着漂亮的风车。风吹动着风车不停地旋转。五彩的翼翅，旋
转起来变成一种颜色。这个漂亮的风车随着洁白的棺材不时
地晃动，经过三四郎身边的时候。三四郎想，这个葬仪真是
美丽。

　　此时的三四郎正是一个旁观者的身份，他阅读着别人的
文章，看着别人的葬礼。此时，如果有人提醒他："你看待
美弥子也是用旁观者的身份吧。"他定会震惊。三四郎自然
无法用旁观者的立场看待美弥子。首先，他对于旁观者是什
么立场，并没有太强的认识。但光看表面，他人的葬礼让
三四郎体会到了一种安宁，这是一种美好的感觉；同时，对

于美弥子，她的鲜活生动让三四郎从甘美的享受中又感到了一种苦闷。这种苦闷让三四郎急于摆脱，这样才能勇往直前。他认为，只有前进，才能消除苦闷。他从未想过为了排遣苦闷而停滞不前，甚至向旁边退却一步。现在，葬仪上"寂灭之会"的文字远远落在他的眼中，即使是三尺之外他都能感受到夭折的哀怜。这种可悲的场面，让他觉得有一种美感产生了。

拐进曙町，迎面就是一棵大松树。原口原先告诉三四郎，找到松树就找到他家了。谁知走近一看，是别人家。向对面望去，松树很多，一棵棵排列着。三四郎穿过这些松树，拐向左边，一扇漂亮的大门镶嵌在花墙中。果然，"原口"的名牌嵌在门口。这是一块黑色木板，纹理清晰，绿色的油漆书写着名字，字迹讲究，笔法如同花纹，从大门口到房前左右都是草坪，很是空旷。

美弥子的木屐摆在门前，之所以一眼就能看出来，是因为左右两根鼻子是不同的颜色。一个女仆走过来说，现在原口正有事儿，如果愿意等就请进。这个女仆看起来很年幼。三四郎跟随她走进画室。这间房子南北狭长，很宽敞，看着地板上很杂乱，能感觉是画家的住处。地毯就铺在屋门口，这屋子和地毯比起来，很不协调。不像是铺在地上的地毯，像是随意丢弃在地上的一块花纹美丽、颜色鲜艳的编织物。一张大虎皮就在对面远远地摆着，后面还拖着一根长长的虎尾，不知道这样设置是不是为了就座。斜斜相对的绒毯看着很不相称。还有一只插着两支箭矢的大瓮，大瓮是用砂土烧结的，闪闪发光的金箔嵌在鼠灰色的箭羽之间，还有一副铠甲就在旁边。三四郎想，"彩锦铠甲"也许指的就是这种吧。对面角落闪过几丝耀眼的光亮，那是一件窄袖和服，紫色的裙边，花纹用金丝绣着，一根帷幕用的细绳穿在两袖之间，感觉像晾晒衣服一样。袖子圆且短，三四郎觉得所谓的"元禄袖"[62]就是这样的吧。此外还有许多画，光是墙上就挂着大大小小好多种。堆放在一旁的还有很多尚未装框的画稿，一端卷起，露出边角，参差不齐。

原口正在描画人物肖像画，众多颜色令人眼花缭乱。被画的模特儿站在正对面，一把团扇半遮着自己。画画的原口猛然转过圆浑浑的腰肢，叼着大烟斗，手捧调色板，看向三四郎说道："你来啦。"说完把烟斗从嘴里取出，然后放在小圆桌上。圆桌上放着火柴和烟灰缸，椅子就摆在桌边。

"请在那里坐吧。"他虽然说着话但是眼睛没有离开过尚未完成的画稿，画稿足足六尺长。

"真的好大啊。"三四郎说了一句这样的话，但是原口似乎没有把这句话放在心上。只是自言自语道："嗯，很大。"

他又开始描绘着人物的头发和背景。三四郎这时才看向美弥子，在团扇下面，她那一口洁白的牙齿闪着微微的光。

此后一直很宁静。房里生着炭盆，很暖和。今天，气温

---

[62] 和服袖型的一种，短而圆，多用于少女的衣服。

并没有多寒冷，风已经停息了，在冬日的阳光中，柏树悄无声息地矗立着。三四郎刚刚被带进画室时，犹如进入了雾霭。他在圆桌上用胳膊支撑着自己，这样放松的精神完全沉溺在这如同夜晚的宁静的气氛中。在这样的境地里还有美弥子的陪同，这时，逐渐浮现出来的美弥子的形象。画家那肥胖的身躯带动着画笔，感觉他完全沉浸在自己的世界中，周围都是静止的，只有眼睛在动。肥胖的画家偶尔会走动几步，却听不到脚步声。

美弥子一动不动地立在宁静的气氛中。画面早已记下了她亭亭而立、团扇遮面的姿态。在三四郎眼中，原口先生只是在具有纵深感的画面上，一心一意地屏除杂念，让普通的画面上重现美弥子的身影，而不是简单地画美弥子。随着时间的推移，第二个美弥子开始慢慢接近第一个美弥子。三四郎认为，无论是哪一个美弥子，两者之间似乎蕴涵着宁静而又漫长的时光，这种时光都不曾触发钟表的响声。时间在悄然流逝，连画家都无法觉察，眼看着，第二个美弥子开始追赶上来。又过了一会儿，两者就要合二为一了。这当儿，流逝的时光掉转了方向，进入"永久"的长河中。原口先生的画笔突然停滞了，原本三四郎的目光一直追随着画笔，这时随着停止的画笔有所觉察。三四郎看向美弥子，美弥子依然不动。在静谧的气氛中，三四郎的头脑又开始不自觉地转动起来，他沉浸其中。

这时，原口突然笑道。

"看样子又坚持不住了吧？"

她一言未发，但是姿势立刻放松，随后倒在安乐椅上如同散架似的。这时，她的唇齿之间闪过一丝光亮。她重新收拾了一下衣袖，趁机看看三四郎。她的眼光掠过三四郎的眉间，像流星一般。

"怎么样？"

原口先生走到圆桌旁，用火柴点燃了烟斗，然后放进嘴里叼着。硕大的烟锅被他用手指夹着，随后两口浓烟从胡须中间吐出。随后，移动着胖乎乎的身子走向画稿，又开始信手涂抹起来。

虽然这幅画还没有完成，画面的每一处都涂满了颜料，但是，就三四郎这个外行看来，已经相当气派了。三四郎当然是分不出好坏的，对于技巧也无法加以评论，但是却可以体会到技巧带来的感受。相反，正因为缺乏这方面的修养，他的这种感触仿佛有失正鹄。这正好证明了三四郎对于艺术的影响并非无动于衷的人，而且自己是一个风流人物。

三四郎再次看向这幅画，画面浑然一体，一种不知名的粉末被喷在整个画面上，画面就像被放在不强烈的日光下。暗影的地方颜色放射出淡紫的光亮，一点儿都不昏暗。这幅画让三四郎莫名地感到一阵快活。那种心情就像乘在猪牙船 [63] 上一样轻飘飘的。不过，心情觉得十分沉静，感受不

---

[63] 江户时代制造的轻快游船，又名山谷舟。

到任何危险，自然也不觉得有任何地方痛苦、难堪和恐惧。三四郎认为原口先生的风格在这幅画中得到很好的体现。原口先生依旧随便摆动着画笔，然后说道：

"小川君，跟你说件趣事，我有一个老朋友，他对自己的妻子没有感情，于是想要离婚。可是妻子不同意，她说：'我能嫁进这户人家就说明有缘，即便你讨厌我，我也不会离开。'"

说到这里，原口先生稍稍后退，离开画面，观察着画面的效果，又对美弥子说。

"里见小姐，你穿的不是单衣，所以衣服很难表现。我运笔随意，现在看来笔法有些太大胆了。"

"真不好意思。"美弥子说。原口先生并没有答话，再次靠近画面。

"那位妻子怎么也不同意离婚，后来我的朋友只好说：'你不想走就算了，你就待在家里吧，我走。'——里见小姐，麻烦你站起来一下，可以不用拿团扇，站起来我看一下就好。好，谢谢——妻子说：'你走了留下我，以后的日子怎么办。'朋友说；'没事，你还可以随便找个丈夫嘛！'"

"那么后来呢？"三四郎问。

原口也许认为这是无关紧要的事情，于是继续说了下去。

"后来没什么啊，只是结婚必须考虑慎重，结婚以后离合聚散，就完全没有自由的权利了。你看看广田先生、野野宫君，还有里见恭助君，当然还有我，我们都是单身。女人的社会地位提高以后，独身主义的男子就越来越多了。因此，想要让女子的社会地位提高，就要有个限度，这个限度就是不出现独身的男子，这也是一条社会原则。"

"但是，我哥哥马上就要结婚了。"

"哎呀，真的吗？那你怎么办？"

"我也不知道。"

三四郎和美弥子相视而笑了。原口先生面对着画面，嘴里嘀嘀咕咕："不知道，不知道，嗯……"他再次挥动了画笔。

这个机会刚刚好，三四郎离开圆桌，靠近美弥子。美弥子的头随意地靠在椅背上，她的头没有油脂的气息，她放松的姿势就像一个极尽疲倦的人正在休息一样。内衣的领子中露出了她的颈项。脱下的外褂在椅子上搭着，她的发髻微微向前隆起，衣服中漂亮的里子可以看见些许。

三四郎怀揣着三十元钱，这些钱代表着他俩之间存在着一种关系，这种关系外人难以理解——这一点三四郎坚信不疑。他迟迟未还也是因为这个原因。还清之后，这层关系就会结束，那么，两个人到底是会疏远还是亲近？——在平常人看来，三四郎的思想多少有些迷信的成分。

三四郎说："里见小姐。"

"怎么了？"美弥子仰起脸看着三四郎，神情依旧沉静，和刚才一样，唯一不同的是眼中倏忽闪动了一下。除此之外，她的视线一直凝视着三四郎，眼神安详。三四郎感觉到，她现在肯定有些累了。

"今天机会很好，我先把钱还你吧！"三四郎说话的工夫已经解开纽扣。

"什么？"她问道，语气依旧平淡。

三四郎的手已经伸入怀里，心想现在应该怎么办呢？又过了一会儿，他下定决心。

"我想还钱给你。"

"你现在给我，叫我怎么拿？"

她既没伸手，也没有动，依旧仰头看着他，神情还是那般安详。三四郎不明白她的意思。

"可以再坚持一会儿吗？"这时，有声音从身后传来，原来，对面站着原口先生，画笔夹在指间，另一只手捻着被修成的三角形的胡须，不断地笑。

美弥子坐下来，双手搭在椅子上，腰背挺直了。

"还要很久吗？"三四郎轻声问。

"大概还需要一个小时左右。"美弥子低声回答。

三四郎走回圆桌旁。她再次摆好姿态，任人描画。烟斗又被原口先生点上，然后只见飞舞的画笔。

"小川君，你注意里见小姐的眼睛。"原口回首道。

三四郎听从他的建议，想要看的时候。美弥子突然把团扇从额上放下，娴静的姿态瞬间被打乱了。她别过头去，望向玻璃窗外的庭院。

"别啊，不要把脸转过去，我才刚刚画呢。"

"你废话怎么那么多啊？"

她重新把头转回来。

"我没有嘲笑你的意思，我有话跟小川君说。"

"说什么？"

"我马上说，哎，你把姿势摆好啊。对，胳膊还要向前伸一伸。小川君，你看我画中的眼睛能不能准确传达她的神情来？"

"我不懂绘画啊。不过，日日这样画，但是实际模特儿的眼神怎么会一成不变呢？"

"变化一定会有的，不光模特儿要变，每天画家的心情也是不同的。说实话，肖像画想要成功，画一幅是不够的，有时候要画很多才能成功。有时候只画一幅也能成功，很不可思议。至于原因是什么，请看……"

原口先生飞舞着画笔一直没有停下来过，期间还不时地朝美弥子望去。三四郎看着原口先生上下挥动的各种器官，心生敬畏。

"每天坚持画下去，数量会积累得越来越多，过段时间后，画中就会有一定的情趣。即使已经从外面归来的时候带来一种情趣，但是一进入画室，只要面对着画稿，一种固有的情趣就会马上左右着自己。就是说，人的身上已经带有画面上的情趣。里见小姐就是这样。假如任其自由地给予各种各样的刺激，她会产生不同的表情，但是这些表情对画面的影响并不重要。因为同样的姿势，以及周围杂乱无章的环境中，这些鼓、铠甲、虎皮等东西，会自然而然地让人产生一种表情，这种表情是特定的。这种表情会逐渐被强化成习惯，然后压倒其他表情。所以，我们只需要如实地描绘出这种眼神就好了。再者，说到表情……"

原口先生突然一言不发了，看来应该是遇到什么困难。他后退两三步，开始对照着美弥子和画稿进行比较。

"里见小姐，有什么不舒服的地方吗？"他问。

"很好啊。"美弥子回答的时候表情依旧那般安详，并且努力地保持着姿势。

"再者，说到表情，"原口继续说下去，"心灵不是画家能描绘的，画家描绘的是心灵以外的外在表现。只要用心洞察这种表现，人物内心的活动自然变得一目了然。你说，是不是这个道理？画家必须对那些没有外在表现的心灵割爱了，因为那些已经不属于画家的职责范围。因此，我们只负责描绘肉体。不论肉体是什么样的，一幅作品只要不寄予灵魂，如同行尸走肉，那么作为绘画是行不通的。所以里见小姐的眼睛，也是同样的道理。这幅画我在创作的时候，本来就没有打算表现里见小姐的心灵，我只想单纯地描绘这双眼睛，因为这双眼睛让我觉得满足。这双眼睛的形状，它的模样，它的深沉程度……我都会无所保留地描绘出来。这样就形成了一种表情。要是画中没有这种表情，只有两种情况，要不说明我用的颜色不对，要不就是我画的外形不对。如今，我画中的颜色以及外形已经形成了一种表情，我只能由它去了。"

原口先生再次后退两步，比较着美弥子和画稿。

"看起来，你今天有些不在状态，应该是累了。要是太疲倦，今天就到此为止。你累了吗？"

"不累。"

原口先生又走回到画稿面前。

"至于为什么我会选择描绘里见小姐的眼睛呢？我来给你解释一下。你看西洋画中那些女性的面孔，不论是谁的绘画，画中人物的眼睛都很大，大到让人觉得有些奇怪。但是在日本，无论是观音菩萨还是世间丑女，甚至是"能乐"的假面具，当然在浮世绘上的美人是最典型的，她们的眼睛都很细小，就像大象一样。东西方的审美标准为什么差别那么大呢？真是让人无法理解。其实，仔细想想并不奇怪。因为在西方，每个人的眼睛都很大，所以衡量什么是美，便以大眼睛作为标准；而日本人属于鲸鱼系。——曾经一个人，叫庇埃尔洛蒂，他这样嘲笑日本人的：'日本人的眼睛可以睁开吗？'——你瞧，国度就是这样的，发展不出来对大眼睛的审美观是很正常的。因此，在细小眼睛的范围内，我们可以自由选择，理想的审美观也就产生了，出现了佑信，还有歌麿，而且备受重视。然而，这种日式的典型小眼睛，如果出现在西洋画中，就像瞎子一样，这是肯定不行的。现实中很难出现拉斐尔笔下的圣母像中的那种双眼，即使有，也不会在日本出现。因此，我决定让里见小姐当我的模特。里见小姐，马上就好了。"

美弥子没有回答，而是凝神不动。

这位画家的谈吐让三四郎觉得很有趣味，他想，如果这次是专程来聆听他的想法，趣味性应该更大。但是，如今三四郎的注意力没办法集中在原口先生的语言上，也不在这幅作品上，毋庸置疑，他的集中力都在对面的美弥子身上。虽然三四郎听着画家的谈话，但是眼神从没离开过美弥子。他的眼中只有美弥子的身影，就像是捕捉运动中最美的一瞬间，再在脑海中记住这个瞬间，在永恒的记忆中寻找长久的慰藉。原口先生突然倾斜着头，询问她现在的状态如何。这时，三四郎感到些许害怕。因为画家开始警告地说：

"已经没有什么手段可以把活动着的美永恒地定型了。"

三四郎觉得原口的话很有道理。然而，美弥子的脸色已经很不好了，难以忍受的倦意也流露在眼中，这些反常被三四郎看在眼里。三四郎顿时失去了想要在从这幅活人画 [64] 中得到慰藉的兴趣。同时他又认识到，自己是否是导致这种变化的原因呢？一刹那，三四郎的心头涌上了一种强烈的个性刺激。而那种对活动中的美产生的一般茫然情绪已经消失在无形之中了——自己对于她竟然产生了如此重大的影响——这种不自觉的意识让三四郎想象着自己的一切。但是，他无法判定也不敢判定的是这样影响对自己是否有利。

这时，原口先生总算放下了画笔。

"今天应该是不行了，不如就到这里吧。"他说。

美弥子站起来，扔下手里的团扇。她拿起放在椅背上的

[64] 原文是法语。表示演员扮装成历史上的名人，一动不动立于简单的背景前面。一般作为集会的余兴表演。

外褂，边穿边走过来。

"今天辛苦了。"

"我吗？"

她对齐外褂，系上纽扣。

"哦，我今天都觉得累了，等明天休息好再画吧。来，聊会儿天，喝会儿茶。"

虽然离天黑还早，然而美弥子说还有些事需要回去。原口先生还挽留了三四郎，不过他也谢绝了，然后陪同美弥子一起走出大门。对于三四郎来说，在现在的社会中，这样的机会要想被随意地创造出来是很困难的。现在三四郎自然想尽力将这个机会延长并好好利用。于是他邀请她到环境优雅、行人稀少的曙町去散步，但是意外的是，她拒绝了。他俩并肩穿过花墙，一起走到大街上。

"原口先生刚才也说了——你是不是有什么不舒服啊？"他问。

"我吗？"美弥子问着，这个回答和刚才给原口先生的一样。自认识美弥子以来，三四郎从来没听过一句长话，每次的回答都很简短，基本就是一两句话。但在三四郎眼中，这是一种深沉的反响，并且音色特殊，这在别人那里都是感受不到的。既佩服这一点又认为不可思议。

"我吗？"她在说话的时候，脸庞大半都已经转向了三四郎，她的眼睛看着三四郎。眼中有一种生涩感，是平常所没有的，眼圈也有些发暗，并且双颊苍白。

"你的面色看上去不太好。"

"是吗？"

两个人又一声不响地走了五六步，此时三四郎千方百计想撕开遮挡在他们之间的那层纱。然而他不知道什么样的话语才能冲开这层屏障。无论是从一般青年男女的交往习惯还是自己的兴趣中，小说中那种甜言蜜语他都不愿意使用。三四郎期待的是一种可能，这种可能从事实上说是不可能的，而且他不光是期望，还在边走边思考着如何行动。

不一会儿，美弥子说话了。

"今天你找原口先生有事吗？"

"不，我没什么事。"

"那么你是特地过来的？"

"不，也不能这么说。"

"那你来干什么的？"

三四郎立马抓住这个机会。

"我专门来看你的。"

原本三四郎打算借这个机会，将心里的话都说出来。然而，她看上去毫无反应，而是说："在那里不方便收下钱。"

虽然语气依旧是让三四郎陶醉的口吻。三四郎神情瞬间变得萎靡。两个人又一路无言地走着，十来米后。三四郎突然说道：

"其实我也不是为了来还钱。"

美弥子暂时没有说话。过了一会儿，才慢慢地说：

"你拿着吧，我不要这个钱了。"

三四郎再也忍不住，急忙地说："我就是想来看看你。"说罢，从旁边偷偷观察她的表情。

她还是没有看三四郎。此时，她轻微的叹息声在三四郎的耳畔响起。

"那钱……"

"那个钱嘛……"

两个人的对话都莫名其妙地中断了。就这样，再次走出四五十米，她开口了。

"你刚才观看原口先生的作品，心里有什么想法吗？"

这个问题可以有各式各样的回答，但是三四郎却一声不吭地走着。

"你不觉得奇怪吗？画得那样迅速。"她问。

三四郎回答："是啊。"

事实上，这一点三四郎才意识到。在他的记忆中，从原口到广田先生家中，表示他想以美弥子为模特儿画一张画，到现在仅仅一个来月而已。后来，在观看展览时，原口直接向美弥子提出这个请求。虽然对于绘画，三四郎一无所知，尤其是这种巨幅画需要耗费多少时间，他更加无法想象。现在美弥了的提醒，让他觉得真的画得很快。

"什么时间开始画的？"

"最近才真正开始。不过，他原来零星地画过我的一些小稿。"

"你说以前，那么具体是什么时候开始的呢？"

"我的这身打扮，你能想起来吗？"

三四郎这才猛然想起那个炎夏，他在池边第一次见到美弥子的情景。

"你还记得吧，那时在椎树下面的不就是你吗？"

"你站在高处拿着团扇。"

"是不是和画面一样？"

"嗯，一样的。"

两个人相视一望，白山的斜坡就在前方不远处。一辆人力车从对面跑来，一个头戴黑帽、戴着金丝眼镜的男子正在车上坐着。远远望去，那个人气色不错，看上去红光满面的。从三四郎看见那辆人力车开始，车子上年轻男子的目光就没有离开过美弥子。车子在他们前面五六米处，突然停下。车里的那个男士麻利地掀开帘子，从车上跳下来。这名男子肤色白净，瘦高的个子，胡子也剃得很干净。他的身上充满着男性的魅力，看上去一表人才。

"一直在等你，结果发现时间太晚了，就出来接你啦。"那个人在美弥子面前站住，笑着将眼睛向下看着。

"是吗，谢谢。"美弥子也笑了，看看那个人，又慌忙看向三四郎。

"这是哪位？"

"是大学里的小川君。"美弥子回答道。

那男子将帽子轻轻摘下，向三四郎表示致意。

"我们快走吧，里见君也在等你哩。"

三四郎现在恰好就位于拐向追分的街口，钱还是没有还上，就同她分别了。

# 第十一章

最近，与次郎花了两三天的时间，在学校里贩卖文艺协会的戏票。大部分认识他的人都买了。于是与次郎决定开始向那些不认识的人做工作。一般他物色目标都是在走廊上，一旦抓住就不会放弃，直到别人买了为止。有时候，正在交谈中，上课铃就响了，只好让人逃脱。这种情况被与次郎称为"时机不对"。有时候，对方只是笑而不答，让人不知所措，这种现象与次郎称为"人不合适"。有一次，一位教授刚从厕所出来就被与次郎缠住了，这位教授边拿出手帕擦手，边说"我有事呢"。随后匆匆进入图书馆，然后再也不出来了。这种情况与次郎也不知道怎么形容，他在目送教授的背影时，跟三四郎说："他肯定有肠炎。"

三四郎曾问与次郎："售票单位要求你卖多少票？"

与次郎回答："卖了多少算多少啊。"

三四郎问："如果卖太多，到时候会不会剧场容纳不下呢？"

与次郎说："可能会有。"

三四郎再次问："那么演出那天会不会出现麻烦呢？"

与次郎一副事不关己的态度说："不，没关系，买票的人中有一部分会有事不来，还有人是出于道义买的，更有少数人患肠炎。"

在与次郎兜售戏票的时候，三四郎都看在眼里，只要是交现款的人当场都收下来。但是，有些没有付钱的学生，与次郎也给他们票。在谨慎胆小的三四郎看来，多少有些担心，凑上前问："他们回头会补交钱吗？"与次郎说："当然不会。"然后补充说，"就整体形势而言，与其一张张地卖掉变成钱，不如成批处理掉方便，这样更有利。"

与次郎还用一个方法比较，就是之前在日本泰晤士报社销售百科全书的方法。虽然听上去冠冕堂皇，但三四郎始终很担心，所以，他不断地提醒与次郎万事小心一些。与次郎的回答倒是很有意思。

"当时这个方法是东京帝国大学的学生想出来的呀。"

"即便是大学生，和你一样，借钱不还且若无其事的人很多啊。"

"哪里，如果是一片真心，即使不出钱，文艺协会那边也不会有什么太大的意见。现在幸好戏票已经卖光了，不过很明显归根到底欠了协会一笔债。"

三四郎马不停蹄地追问着："这究竟是你的意思还是协会的意思？"

与次郎说："肯定是我的啊，如果是协会的就好办多了。"

与次郎的这番话，让三四郎觉得，这场演出不去看看，简直太吃亏。他这样的想法也是因为与次朗不断地向他宣传。

与次郎这样做究竟是痴迷这个演出还是只为了兜售戏票？又可能是为了鼓励自己也鼓励着大家，顺便为这场演出捧场，让这个演出在社会上的气氛更加热烈呢？当然这些与次郎都没有明确地表态。因此，尽管三四郎认为这次演出是值得一看的，但与次郎的感化并没有对他造成多大的影响。

首先，与次郎说的是协会会员刻苦排练的场景。据他说，大部分会员在经过排练之后，都累到不想再做其他的事情。接着又说起舞台背景。背景宏大，据说为了布置背景，请来了大部分东京有名的青年画家，并让他们极力发挥各自的才能。随后说到服装，那些服装都是根据古代的样式设计的，每个细节都很精细。最后谈到了脚本，都是一些很有趣的新作。除此之外，他还说起一些其他的东西。

与次郎说，请帖他已经分别送去了广田先生和原口先生那里，还将头等票卖给野野宫兄妹和里见兄妹，一切进展顺利。看着与次郎如此上心的面子上，三四郎预祝这次演出成功。

谁知，当天晚上，与次郎居然来到三四郎的寓所。与白天他的意气风发相比，现在他的状态完全变了。与次郎一进门就到火盆边蜷缩着身子，并一直喊冷。不过可以看出，他肯定不仅仅是身体冷。他先在火盆边一直烤着手取暖，可是没一会儿又把手缩回怀中。为了看清楚与次郎的神情，三四郎将桌上的油灯挪了过来。但是，与次郎的头一直耷拉着，看着很颓废，硕大黝黑的和尚头冲着灯光，整个人无精打采的。三四郎不断询问他发生了什么事，他抬头看着油灯。

"你的屋里没有装电灯吗？"他开口问道，这个问题和他难看的脸色完全无关。

"还没有装，不过，马上就装了，油灯确实太暗了，起不到什么用。"三四郎回答道。

"喂，小川君，大事不好啦。"与次郎早把刚才的提问忘记了。

三四郎询问事由，一份报纸被与次郎从怀里掏出来，两张纸叠在一起，已经被揉得满是褶皱。与次郎拿起一张，大致整理了一下，并用手大致指出了需要看的地方，递给三四郎，说："这个，你看看吧。"三四郎将眼睛凑近油灯，看见报纸上的标题是："大学的纯文科。"

之前当局将大学外国文学课的教学工作全部委托给西洋人担任，如今社会时势在进步，考虑到大多数学生的希望，当局终于进行了改革，决定将本土教师所讲的课程也划归到必修科目中，因此，目前需要寻找合适的任课老师。据说已经选择了某氏，具体事项将于近期公布。某氏是刚刚回国的才子，之前一直奉命在海外留学，这样的重任，由他担当最合适。

"怎么不是广田先生呀。"三四郎看完询问与次郎。与次郎的注意力还在那张报纸上。

"已经决定了吗？"三四郎又问。

"可能是的。"与次郎歪着颓废的脑袋说，"我还以为事情已经铺垫得差不多了，谁知搞砸了。听说这个人私下做了不少活动。"

"不过这篇文章说明不了什么问题，可能只是谣传。只有真正公布了才知道啊。"

"不，仅仅只是这篇文章当然没事，因为不关先生什么事没有关系。但是……"与次郎边说边把另外一张报纸重新折叠一下，再次指出需要看的地方，推到三四郎的眼前。

这张报纸上报道的内容大致相同。光是这些，三四郎倒不觉得有什么。只是读到后来，三四郎才惊讶地发现。文中提到了广田先生，并把先生说成一个道德低劣的人。

报纸上说道，广田先生本是一个庸才，不为世人所知，在高中当了十年的国语教师，后来听说大学想要聘请本国教师担任外国文学的教学工作，随后展开各种幕后活动，不仅向学生们散布吹捧自己的文章，还指使门生在杂志上发表鼓吹自己的论文，题为"伟大的黑暗"。发表这篇文章的作者是一个化名，叫零余子。现已查明，此人真实的身份是小川三四郎，他是文科大学生，时常出入广田家。

文章结尾出现了三四郎的名字。

三四郎看见自己的名字，惊奇至极，望着与次郎。而与次郎这段时间一直在观察着三四郎，两个人相望无言，沉默了好久后。三四郎说："真糟糕！"他语气中有些埋怨与次郎，但是与次郎满不在乎。

"哎，你有什么看法？"

"什么看法？"

"这肯定不会是报社的采访稿，而是来函照登。这种投稿是用六号铅字排印，《文艺时评》这样的投稿多的是。这种投稿是罪恶的集合体，稍加思考就会发现多属谎言，有的甚至是明目张胆地捏造事实。你也许会问为什么会有人做这样愚蠢的事情，他们的动机都是为了利益。因此，只要是这种六号的铅字，只要是内容不好的，基本上我都当成废纸。这篇报道也是一样，就是反对派的产物。"

"那么，为什么报纸上出现了我的名字而不是你的呢？"

与次郎思索片刻说："可能是因为我是专科生而你是本科生。"

这个解释并不能让三四郎释然，很多地方他还是迷惑不解。

"我当初就应该堂堂正正地写上佐佐木与次郎发表文章，而不是用零余子这个蹩脚的笔名。实际上，除了我，谁能写出这样的论文。"与次郎极其认真地说。可能他觉得《伟大的黑暗》一文的著作权就这样被三四郎夺去了，让他觉得难堪吧。三四郎觉得与次郎真是不可理喻。

"喂，你跟先生说了这件事吗？"

"唉，这就是问题的所在啊。无论别人认为我们俩谁是《伟大的黑暗》的作者都无所谓。但是文章中还牵扯先生的人格，自然是不能不说啦。先生性格闲适，如果跟他说：'这件事是别人弄错了，我不知情，杂志上刊登《伟大的黑暗》一文用的也是笔名，应该是先生的某位崇拜者写的，不用放在心在心上。'先生也不会追问什么，事情也就过去了。但是这次可不能这样糊弄。这次我要明确地承担责任。其实，如果事情进展的顺利，我可以佯装不知，但是至少我的心情是愉快的，但是现在事情已经弄砸了，我却一声不响，我心里能好受吗。首先，这祸端是自己惹出来的，我怎么能心平气和地看着善良的人陷于困境而坐视不管呢？虽然想要将事情调查清楚很困难，但是撇开这些，我最对不起的是先生，真是追悔莫及啊！"

这番话让三四郎第一次觉得与次郎是一个让人钦佩的人。

"这报纸，先生看过吗？"

"家里的那些报纸没有登这则报道，所以现在我还不知道。但是先生在学校里总是会阅读各种报纸的，就算先生自己没有看到，也会有人告诉他的。"

"所以现在他应该知道了？"

"应该是的。"

"他对你说什么了吗？"

"没有。也可能是没有找到合适的交谈时间，所以现在没对我说什么。这几天，我一直为演出的事到处奔波，因此……那演出真烦人，有什么意思啊，不过是擦着白粉演戏，不如停止了算了。"

"如果告诉先生，你准会被骂的。"

"那是肯定的，不过挨骂我也认了，就是觉得对不起先生。我做了多余的事，结果为他招惹了这么多是非——先生平时没什么嗜好，不喝酒，烟嘛……"与次郎半道突然停顿了。之前先生将鼻孔中喷出来的烟雾比作哲学之烟，日积月累，先生的烟瘾不小。"倒是抽一些香烟，其他再无别的嗜好，既不下棋也不钓鱼，更没有家庭的欢乐气氛——这是他最致命的一点。如果有个小孩，倒也能为他的生活带来不少欢乐，现在他的生活实在寂然无味啊！"与次郎将胳膊在胸前交叉着说罢。"原本想稍微活动一下，给先生带来一点儿安慰，结果出现这种事儿。你也去一趟先生那里吧。"

"不仅要去，我也要去请罪呀。"

"你不用请罪。"

"那也要去解释一下。"

与次郎走后。躺在床上的三四郎睡不着，不断地翻来覆去，他觉得在乡下睡眠质量好得多。如今各种纷杂的事情刺激着他——报上刊登的不实报道——广田先生——美弥子——还有那个气度不凡、迎接美弥子回家的男人。

一直到后半夜，他才睡着了。但是第二天，三四郎依旧按时起床，但神色疲倦。在洗脸之际，遇到系里的同学，之前他俩仅是点头之交。两个人相互打了招呼，三四郎推测对方可能看过那份报纸。不过，对方当然有意回避此事。三四郎自然也不会主动解释。

三四郎正在享受着热酱汤的香味时，又收到家乡母亲的来信，信件依旧很长。三四郎不想换西装，觉得太麻烦，直接在和服外面套上了外褂，揣着信件就出去了。室外，地面上满是一层薄薄的冷霜，远远看着闪闪发亮。

他看到街上的行人全是学生。大家前进的方向相同，而且行色匆匆。青年人蓬勃的朝气充斥在寒冷的道路上。在这前进的队伍中，三四郎看见了广田先生的身影，颀长的身材穿着雪花呢外套。先生走在青年人的队伍中，能看出他的脚步明显落后那些青年。同周围的人相比，他的步伐十分缓慢。随后先生的身影进入校门后就消失了。一棵大松树在校门外长着，枝繁叶茂，如一把巨伞遮挡着校门。三四郎踏进校门前，先生的身影已经先行消失，三四郎只能看到松树还有位于松树上方的钟楼。这里的大钟要不走不准，要不干脆停摆。

三四郎望向门内，嘴里连续念了两遍"Hydriotaphia"。在三四郎所学的外语中，这个词汇是最长最难记的。当然他也不明白这个词儿的含义，三四郎想找个时间去请教广田先生。过去他曾向与次郎请教，与次郎的答复是"应该和detefabula是一类的"。但三四郎觉得，两者应该迥然不同。"detefabula"看起来性质更加跃动，但是"Hydriotaphia"需要死记硬背。他反复念着这两个词儿，自然脚步也放缓了。单从读音上看，就像是古人为广田先生量身定做的。

三四郎进入教室后，发现所有人的注意力开始集中在他的身上，就像认定他就是撰写《伟大的黑暗》的人。三四郎原本想去室外，但今天天气寒冷，只好在走廊上站着。利用课余时间读着母亲的来信。

信中，母亲命令道："寒假的时候一定要回家。"这和当年在熊本发生的事情一模一样：那时学校快要放假时，母亲打来电报催他回家。三四郎以为母亲可能生病了，匆忙赶回家中。母亲见到他后，很是欢喜，似乎说："我一切都好，你能回来真是太好了。"三四郎细问才知道事情的缘由。母亲没有盼到儿子回来，就去五谷神求签。签文说儿子已经不在熊本了。母亲担心他途中会有意外，所以打来电报。这件往事又被三四郎想起，虽然信中没有提到五谷神之类的事，但是三四郎觉得母亲可能又去求神拜佛了。信中还提到，三轮田的阿光姑娘也等着他归来。接着又提到一些琐碎的小事，听说阿光姑娘从丰津的女校退学回家了；给三四郎寄去的一件棉衣是托阿光缝制的；还有那个叫角三的木匠在山里赌博，结果输掉了九十八元……这些琐事三四郎觉得很啰唆，随意浏览了一下。信上母亲还警告他：之前有三个汉子一起来到家乡，说是想买山地，角三带领他们在山上四处转悠，结果角三的钱就被偷了。角三回家后，跟老婆说，不知不觉钱就被偷了。结果他老婆大骂，你难道吃了蒙汗药了吗？角三说，好像当时确实闻到了一些气味。不过村里人都认为角三应该是在赌博时，钱被骗走了。乡下现在都不安全，你在东京一定要多加防范啊……

三四郎收起这封长信，这时，与次郎走到他的身旁：

"哎哟，是女人的信呀。"

与次郎今天开起了玩笑，和昨晚相比，与次郎现在的兴致格外好。

"不要乱说，是母亲的。"三四郎略有些不悦，将信件连同信封一起放回怀里。

"我以为是里见小组的。"

"不是。"

"喂，你听说里见小姐的事了吗？"

"什么事？"三四郎立即反问道。

这时，有学生来找与次郎，说有人在楼下等着，想买演出的戏票。与次郎立马下楼了。

然后，三四郎再也找不到与次郎了，就像消失了一般。无奈的三四郎开始努力集中精力想要做好课堂笔记。放学后，他为了昨晚的约定，来到了广田先生家。先生家依旧安静，三四郎看见先生正躺卧在茶室里休息。

于是向女仆打听："今天先生是不是身子不适？"

女仆回答："应该不是，只是昨晚先生睡得很晚，刚回来说是累了，一进屋就睡了。"

一件小小的睡衣盖在先生颀长的身上。

三四郎再次轻声问女仆："昨晚先生为何晚睡呢？"

女仆回答："哪里，先生每天都睡得晚，不过昨晚和佐佐木先生谈了很久，并没有看书。"

昨晚与佐佐木的谈话，并不能说明先生现在午睡的原因。但可以明确一点的是，与次郎昨晚已经将事情对先生坦白了。三四郎还想打听广田先生昨晚是否训斥了与次郎，但转念一想，女仆不一定知道，且现在也找不到与次郎，无法知晓昨晚的事。不过与次郎今天的高兴劲儿可以看出，应该问题不大。不过，三四郎始终捉摸不透与次郎的心理活动，所以事情的真相如何，他也无从知晓。

女仆客气地退回自己的房间。三四郎在长火盆前边盘腿而坐，火盆上的水壶嗞嗞地响着。他双手罩在水壶上取暖，静静地等着先生醒来。先生此刻睡得正香，三四郎的心情渐渐地舒缓下来，变得宁静而轻松。他轻轻敲击着水壶，然后为自己倒了一杯开水，吹了片刻，喝了下去。先生的身体向里侧卧着，头发很短，看来应该是几天前刚刚理发了，脸上已经冒出浓密的胡子楂儿，鼻孔发出沉沉的呼吸声，看来正睡得很安稳。

三四郎带来了《壶葬论》，原本打算归还，现在他拿出来继续阅读。他一字一句仔细地往下念，实在难以理解。书中写着花被扔进墓里，还说罗马人对蔷薇花很是 affect。三四郎不是很明白是什么意思，觉得大概可以理解成"喜欢"吧。还说希腊人爱用 Amaranth[65]，这个词汇也没有见过，应该是花名吧。再读下去就更加难以理解了。他把视线从书本转移到先生身上，先生还在酣睡。三四郎想，先生为什么借给自己这么难以理解的书呢？这种天书看都看不懂，自己如何有兴趣看完呢？三四郎最后又想起要向广田先生请教什么是

---

[65]　如同鸡冠花一类的观赏植物。

Hydriotabhia。

这当儿，广田先生已经醒来了，他正望向三四郎。

"什么时候来的？"

三四郎说自己在看书，不觉得寂寥，让先生再睡一会儿。

"不睡了，我起来。"

先生起身后，先点燃他的"哲学之烟"。喷出来的烟雾就像一根根圆木棒，沉默了一会儿后。

"谢谢您，我是来还书的。"

"唔——看完了吗？"

"看了，但是看不懂，首先书名就不明白。"

"Hydriotapbia."

"这词怎么翻译呢？"

"可能是希腊语，我也不明白。"

三四郎便不再继续问了。先生舒展身体，打了一个哈欠。

"哦，刚才太累了，睡了一会儿，好舒服，期间还做了一个梦，很有趣。"

先生说他梦里出现了一个女人，三四郎以为他会继续说说梦境，不料先生竟提议一起去洗个澡，两个人带上手巾一起出门。两个人洗完后，一起去旁边的木板房里，那里有可以量身高的器械。三四郎五尺四寸半，而广田先生五尺六寸。

"你可能还会长高的。"广田先生说。

"应该不会了，三年来我身高都没有变了。"

"是吗？"

三四郎心中猜测，先生应该是把自己当孩子看待了。

三四郎想道别时，先生说："如果你没有什么事情，就聊一会儿吧。"

说罢打开门，走进屋里。那件事，三四郎身上也有一些责任，所以跟着走了进去。

"佐佐木回来了吗？"

"最近他好像一直为了演出四处奔跑，所以今天他已经说过会回来晚一些，他不知道是生性活泼还是助人为乐，这个人做什么都不得要领。"

"他对待什么都很热情哩。"

"他的目的是好的，但是头脑简单，做事不靠谱。表面看起来好像精明能干，有时还有些过头。但是随后就越来越糟糕，完全不得要领。不论你说什么，他毫不悔改，只好随他去了，真是没有办法。他这个人哪，好像生来就是为了招惹是非啊。"

有些事上，三四郎觉得还是可以替与次郎申辩一下的，但是现在这件事影响恶劣，他只好作罢了。

"报纸上的报道，先生看过了吗？"三四郎将话题转移过来。

"嗯，看了。"

"报纸没有报道的时候，先生什么都不知道吗？"

"不知道。"

"那您看了很吃惊吧？"

"吃惊? ——要说完全没有是不可能的，但是世界上的事情大部分都是这样啊，所以不会像年轻人一样大惊小怪。"

"让您心烦了吧? "

"世界上哪有不令人烦心的事情呢，像我这样上了岁数，历经世事的人，这样的报道就算是看见了也不会马上相信，自然不会像你们年轻人一样，那么容易伤神。与次郎说了很多善后处理方法，例如报社里有熟人，托他们登报澄清事实真相啦，还有查明那篇报道的出处给予制裁啦，甚至要在自己的杂志上给予反击啦，等等，都不高明。既然这些事情这么麻烦，为何当初做这么多多余的事情呢? "

"他没有恶意，是为先生着想而已。"

"要是有恶意那还了得? 虽然开展这些活动是为了我，为什么随便想方法定方针，从来没有征求过我的意见。那天起，他们就无视我的存在，难道这不是存心捉弄我吗? 《伟大的黑暗》我也看了，这种文章，如此拙劣，也就佐佐木能写出来了。内容不切实际，文风也不好，看上去就像救世军[66]的大鼓，这样的文章只会让人觉得是为了激起众人的反应。稍有常识的明眼人一看就能知道，通篇内容都是故意捏造，目的一看就不单纯。所以别人很容易就能想到是我要求自己的门生写的。所以大家在看那篇文章时，自然就会觉得报纸上的报道言之有理"。

さんしろう・二五三

---

[66]　属于基督教的一个派别，1895 年于日本设立支部。

广田先生不再说话，烟雾不断从鼻孔里喷出。与次郎说过，先生的心情可以从烟雾喷出的方式上洞察：当先生的情绪达到了哲学最高峰时，烟雾就会浓密而笔直地迸发出来；当先生心平气和，有时说话的内容包含着冷嘲的成分时，喷出的烟和缓而又散乱；如果先生进入了冥想或者产生诗的灵感时，烟圈会在鼻子下徘徊，萦绕在髭须间。当然，最可怕的是烟雾在鼻端出现漩涡或者盘旋不散，那么就意味着你即将受到严厉的训斥。与次郎总结的这些，三四郎并没有在意。但他开始细心观察起来现在先生喷出的烟。不过，与次郎总结的那些鲜明的特点，他一直没有看到，反而觉得各种形状的烟雾都有一些。

此时的三四郎精神一直高度紧张，站在先生身旁，此时先生再次开口了。

"事情过去了就算了，昨晚佐佐木已经表达了深深的歉意，今天他的心情又变得舒畅了，和平时一样活蹦乱跳的。平时总是嘱托规劝他小心谨慎，他还是四处兜售戏票，真是没有办法！不说他了，聊些别的吧。"

"嗯。"

"刚才我午睡的时候，做了一个梦，很有趣。我梦见的女子竟然是原来和我有过一面之缘的人，就像小说中的情节一样。这个梦和报纸上的报道比较，让人愉快多了。"

"哦，什么样的女子？"

"脸上有颗黑痣，长得很漂亮，大概十二三岁。"

三四郎一听到年纪，很是失望。

"你们是什么时候见到的呢？"

"二十年前。"

三四郎再次觉得惊讶。

"这么久远，你还记得这么清楚啊！"

"既然是梦，当然很清楚。并且非常好。我身穿褪色的西式夏装，头戴旧帽，好像正在大森林中散步——我边走边在思考一个难题。虽然宇宙中一切规律都是一成不变的，但是宇宙间的万物都受到这种规律支配，并且必然发生着变化。所以，这种规律应该是存在于物外的——后来醒来仔细一想，觉得这其实是一个很无聊的问题，不过当时是在梦中，所以自己思考得很认真。正当我路过一片树林时，这个女子突然出现在我眼中。她一动不动地在对面伫立着，一看，无论是面容、衣服还是发型，甚至是黑痣，都和当年一模一样。总之，与我二十年前见到的那个女子完全相同。我走过去说：'你一点变化都没有。'但是她说：'你倒老了不少。'接着我又问：'你为什么会一点儿没变呢？'她说：'这样的面容是我最喜欢的，无论是衣服还是发型我都喜欢。所以就一直是这个样子。'我问：'什么样的面容？'她说：'就是与你初次见面的时候，二十年前吧。'我说：'为什么我会变得这样老？连自己都觉得匪夷所思哩。'女子解释说：'因为你总想比以前越来越美好。'于是我对她说：'你就是画。'她对我说：'你是诗。'"

"那后来呢？"三四郎问道。

"后来嘛，我醒了，你来了呀。"先生说。

"可是在二十年前你们见面并不是梦，而是真事吧？"

"是啊，就是因为有这件事，所以梦见了才觉得有趣呀。"

"在哪里见到的？"

烟雾再次从先生的鼻孔喷出。他盯着烟雾沉默了一会儿，继续讲着。

"是明治三十二年颁布的宪法吧？你或许不知道，当年文部大臣森有礼被害。你今年多大？是的，所以，当年你还是婴儿。我那时上高中，听说可以参加大臣的葬礼，大家都抢着要去。原以为我们会去墓地，结果不是。我们的队伍被体操教师带到竹桥内，然后分别站在道路两边。于是我们在道路两边站好，目送大臣的灵柩远去。说是送别，其实就是看热闹。那天我记得很清楚，天气格外寒冷。我们站着一动不动，脚冻得生疼，鼻子都冻红了。我旁边的男子一个劲儿地盯着我的鼻子说：'你的鼻子真红。'不一会儿，送葬的队伍走过来，队伍很长。如此严寒的天气下，几辆马车和人力车静穆地经过，那个小女孩就在车子上。其实我现在回忆起来，很多事情都是模糊不清的，只有那个女子还清晰地记得。不过，随着时光的流逝，连这个记忆都渐渐变淡了，这几年已经很少想起这件事来。今天做梦以前，我已经快把她遗忘了。然而，那时她的样貌在我头脑里留下了深深的印记！只要想起来，就会觉得心里热辣辣的。你说奇怪吗？"

"此后再也没有见过她吗？"

"没有见过。"

"所以你也不知道她叫什么了？"

"自然不知道。"

"你也没有去打听过吗？"

"没有。"

"所以先生……"

话一出口三四郎就停下来了。

"所以？"

"所以一直没有结婚吗？"

先生笑了起来。

"罗曼蒂克这种事我可做不来，我比你还要闲散得多呢。"

"不过如果是她，你会娶吗？"

"这个嘛……"先生陷入了思考，"也许吧。"

三四郎心生同情。这时，先生又开口了。

"如果我是因为她才单身这么多年的，那么就是说因为她的缘故，我成为一个不健全的人。这个世界上肯定会有那些不健全的人，天生就无法结婚，但因为别的原因不能结婚的人也很多。"

"阻碍结婚的事情，这个世界上有很多吗？"

屋内烟雾缭绕，透过烟雾，先生正在端详者三四郎。

"你看不愿结婚的有哈姆雷特王子吧？不过，只有一个哈姆雷特，但是和他很像的人却很多。"

"例如呢？"

"例如，"先生沉思了一会儿，期间不断地喷着烟雾，"例如会有一个人，父亲很早去世，母亲一手将他带大。后来这位母亲身患重病，在临终前嘱咐儿子说：'我走后，你找到某某，让他以后照顾你。'随后说出他的名字，此人是一个陌生人，儿子既没见过也不认识，询问原因，母亲也不回答，一再追问，母亲才虚弱地说：'他就是你的亲生父亲。'——唔，这事也就是随口一说，假如真有一位母亲是这样的，那么，她的儿子不结婚也很正常，因为对婚姻没有好感。"

"这样的人还是很少的。"

"虽然少，但是还是有的。"

"不过，先生不会是这种人吧？"

先生放声大笑起来。

"你的母亲应该还健在吧？"

"嗯。"

"那父亲呢？"

"不在了。"

"颁布宪法的第二年，我母亲就去世了。"

# 第十二章


在比较寒冷的时节，演出会才开始了。新的一年马上就
要来了。不到二十天人们便会迎来新春。在城里居住的人，
一片繁忙。而贫穷的人想着该如何度过这个新年。这时候来
看演出会的，都是那些悠然自在、不知年始岁末有何差别的
闲人。

来看戏的人有很多，大多都是青年男女。演出的前一天，
与次郎兴高采烈地对三四郎大喊："获得了很大的成功。"

三四郎手里有一张第二天的戏票，与次郎让他邀请广田
先生一同去看。三四郎向他询问票是不是一样的，与次郎说：
"当然不一样了，但是如果不邀请他一同前去，他坚决不会
自己去看的，所以，你必须和他一起去看。"

听与次郎讲清楚原因，三四郎同意了。

晚上到那里一看，只见明晃晃的油灯下面，先生正在翻
看一本大书。

"先生不去看戏吗？"三四郎问。

广田先生沉默地摇摇头，像个孩子一样微笑着。然而对
三四郎来说，这正是学者的风度，于沉默之中见高雅。三四
郎欠着身子，有些不知如何是好。大概因为拒绝了他的好意，

先生觉得有些过意不去。

"如果你要去看的话，咱们可以顺路一起走走，恰好我正要去那边散步呢。"先生说完，就披着黑色的斗篷出去了。无法看清他的双手是否缩在怀里。天空看起来很低，没有一颗星星，空气也很寒冷。

"或许要下雨啦。"

"下雨就更糟糕啦。"

"进出不方便呀！进日本的戏园子要把鞋子脱掉，即使天气很好也不是很方便。并且里面的地方很小，空气不流畅，很让人头痛——大家竟然都能忍得住呢。"

"无论怎样，总不能露天演出吧？"

"祭祀的歌舞都是在外面表演的，不管天气有多冷，都是在外面。"

三四郎感觉不太方便争论，便没有继续回应。

"我觉得还是在室外演出最好，不冷不热。在干净的天空下，呼吸着清爽的空气，观看精彩的表演。这个时候，戏才能演得如同空气那般透明、纯真而清新。"

"先生梦里的戏，应该就是这样的吧？"

"你知道希腊的戏剧吗？"

"不是很清楚，好像也是在外面表演的吧？"

"是露天演出，并且都是在白天。我想观看表演的人心情肯定特别舒畅。以天然的石头作为座位，场面也非常宏伟。像与次郎的这种人，最应该去那个地方见识一下。"

又提及与次郎不好的地方了。现在与次郎正在小小的会场里拼命地奔波，来回周旋，扬扬得意呢！

三四郎想真是有趣呢，如果不邀请先生，他真是坚决不会来的，即便对他劝说："对先生来说，偶尔来这种地方看一下，还是很有好处的。"

先生肯定也听不进去。最后，先生必定会叹息着，说道："真叫我为难啊！"

想到这些，三四郎便觉得非常有意思。

接着，先生详细地讲述了关于希腊剧场的构造。此时，三四郎听先生解释了 Thewtron、Orehestra、Skehe、proskenion 等词语的含义。[67] 先生还说，从一个德国人那儿听来的，雅典剧场能容纳一万七千人的座席，这还是小的呢，最大的能容纳五万人。入场券都跟奖章似的，有象牙和铝的两种，表面有花纹或雕刻的装饰。这种入场券的价格先生都还记得呢，他说，当日散场的小戏十二文，连续上演三天的大型戏剧三十五文。

这番话令三四郎非常佩服。他不自觉地回应着先生的话，不知不觉就到了演出会场。

戏园子灯火辉煌，观众络绎不绝，其场景比与次郎描述的还要热烈。

"怎么样？好不容易走到了这里，请进去看看吧。"

---

[67]　希腊语，为"观众席"、"合唱团"、"舞台"和"前台"之意。

“不，我不进去。”先生又朝暗处走去。

三四郎对着先生的背影看了半天。直到他看到后来的人，下了车便直接进场，连寄存鞋子的木牌都来不及去领。于是，他也匆忙入场，好像是被人簇拥着进来的。

有四个阔人站在入口处，其中穿宽腿裤子的男子在收票。三四郎透过这个人的肩膀向场内看去，会场骤然宽阔起来，灯光明亮。三四郎并没有特意寻找座位，便被人带到属于自己的位置上。他夹在窄小的天地里，环顾四周，色彩鲜艳的服饰令他眼花缭乱。不仅仅是他自己的视线来回变动，观众身上五颜六色的衣服也在宽阔的空间里，随着眼神不停地摆动。

已经有人在舞台上表演了。每个出厂的人物都戴着帽子，穿着鞋。这个时候，有顶轿子被抬了上来，被站在舞台正中的人拦截了。轿子被迫停下，从里面出来一个人，拔刀就和挡住轿子的人一阵厮杀——三四郎完全不明白这是怎么回事。虽然他之前听与次郎讲过这出戏的简介，但是，当时并没有放在心上，心想等看时自然就明白了，所以，当时也只是敷衍了一下。不料想，他完全看不懂。三四郎只隐约记得与次郎讲过的大臣入鹿 [68] 的名字，心想究竟谁是入鹿呢？他始终

さんしろう・二六二

---

[68] 苏我入鹿，飞鸟时代的重臣。第三十五代皇极天皇时代，他扰乱朝政，杀死圣德太子之子山背大兄，同年四月被中大兄皇子的忠臣镰足所杀。

不敢肯定。因此，他只好把全台的人都当成入鹿了。

于是，三四郎把台上的人，头上戴的帽子，脚上穿的鞋子，身上穿的窄袖和服，以及使用的语言，统统都归类为入鹿的味道。说实话，三四郎的脑海里肯本就没有入鹿的准确形象。虽然他学过历史，但是很久之前学的，历史上的入鹿早就被他忘记了。三四郎觉得入鹿像推古天皇时代的人，又像钦明天皇时代的人，但肯定不是应神天皇和圣武天皇时代的。三四郎一心念叨着入鹿，他想，只要了解到这些，对看戏来说就足够了。他凝视着富有中国风格的演员装束和舞台背景，他丝毫不懂故事情节。不久，幕落了。

在幕戏即将结束的时候，邻座的一个男子对他旁边的男子说："台上演员的声音太缺乏训练了，就跟父子俩在六铺席大的房间里谈话似的。"听到他的批评，旁边的男人说："演员们的动作不够沉稳，个个都显得不知所措。"他们两个能给每一个角色的名字对号入座。三四郎侧耳倾听他俩的谈话。他们都穿着考究的衣服，一看就是有名望的人。不过三四郎想，如果与次郎听到他俩的批评，肯定会表示反对的。就在这时，后面想起了喝彩声："好，好，真是太棒啦！"两个人男子同时把头转向后面，也终止了谈话。

这时，幕落了。

有很多人从场内离开座位，从花道 [69] 到出口，熙熙攘攘，

---

[69]　舞台旁演员上场的通道，有时也会在上面演戏。

来来往往。三四郎欠着腰，巡视着周围，没有看到新来的人。他留意着有没有人在演出的过程中进来，但是一直没有。于是，他心里想，趁着幕间，也许会进来吧。可是，令三四郎失望了，他只好无奈地把头转回了正前方。

旁边的那两个男子似乎交际很广，他们环顾四周，不停地说出一些知名人士的名字，和他们的所在方位或具体座位。并且还有远处的人，隔着一段很远的距离，与他俩互相致敬。

因为这两个男子的关系，三四郎也知道了一些知名人士的家属，其中也不乏刚结婚的夫妻。邻座的人对这个也很感兴趣，不时地摘掉眼镜，一边擦眼镜一边张望："原来这样子啊，这样子啊。"

这个时候，与次郎从幕布前面，由舞台的一边快速跑去另一边。他大概跑了一般的距离，停了下来，一边望向观众席，一边说着什么。三四郎顺着与次郎的视线望过去，发现美弥子的侧影。她坐在与次郎站着的那列座席上，中间相距五六米的光景。

一个男子坐在她的身边，后背冲着三四郎。三四郎一心期盼那个男子可以转过脸。恰巧，男子可能是坐累了，站起来，把腰靠在隔挡上，看向场内的各个方向。这个时候，三四郎看清楚了野野宫君宽阔的前额和硕大的眼睛。在野野宫君站起来的同一时间，三四郎又看到良子的身影，她坐在美弥子的身后。

三四郎想弄清楚，一起同来的，除了这三个人，还有没有别人。然而，从远处望去，一个紧挨着的观众使人眼花缭乱。整个座席紧紧挨着，都像是一同来的人，实在不能清楚地分辨出来。似乎美弥子和与次郎在交谈着什么，野野宫君也不时地附和几句。

此时，原口先生突然从幕间走出来，肩并肩站在与次郎的旁边，不停地窥视者观众席，嘴应该也不停地说着话吧。野野宫君会意地冲他点点头。这个时候，原口先生在与次郎的后面用手拍拍他的脊背，与次郎瞬间转过身，溜进布幕里，不见了踪影。原口先生从舞台上走下来，穿过人群，来到野野宫君身旁。野野宫君站起来，给原口先生让路。原口先生一个纵身跳进人群，随即消失在美弥子和良子这边。

三四郎看清楚这几个人的一举一动，比观看演出时有兴趣多了。这时，他突然有些羡慕原口的所作所为，原口竟然用这样的方式去接近别人。如果自己效仿的话，同样可以做到。但是，他也只是这样的想法罢了，怎么会有这样的勇气去付出行动。何况那里或许已经人群爆满了，很难再多出一个人的位置来。因此，他依旧坐在自己原来的位置上，没有变动。

这时，幕布拉开了，出场的是哈姆雷特。三四郎曾在广田先生家里见过一位西洋名优扮演哈姆雷特的剧照。如今，出现在他眼前的哈姆雷特，穿着的服饰和照片上的大致相同。不仅仅是服装，就连脸型也很想像，都在额头上描着"八"字。

场上的哈姆雷特，动作敏捷，有着开朗的情绪。他的舞姿大起大落，主宰着整个舞台。这个意趣完全不同于富有"能乐"特色的入鹿那场戏。特别是在某些时候，在一些场合，站在舞台中央的演员，伸展双臂仰望天空的动作，强烈地感染着他人，使全场的观众再也无暇顾及其他的一切了。

台词是从西洋语翻译过来的日语，语调抑扬顿挫而有节奏感，有的地方语言流畅而富有雄辩力。虽然文字非常优美，但缺乏震撼人心的力量。三四郎认为，如果哈姆雷特的形象再稍微日本化一些就好了。当他念到："母亲，这样做不是对不起父亲吗？"这时突然迸出"阿波罗[70]"之类的词儿，使气氛骤然平缓下来了。

可是在这个时候，母子俩的神情都像是哭泣的。三四郎只是隐隐约约觉察到这种矛盾，他绝对没有勇气断定这就是败笔。

因此，当三四郎看腻了哈姆雷特的时候，就去看美弥子，当美弥子被人影挡住，无法看见的时候，再去看哈姆雷特。

演到哈姆雷特对奥菲利娅说"到修道院去，到修道院去"的时候，三四郎不由自主地想起了广田先生。因为，广田先生说过："像哈姆雷特这样的人怎么能结婚呢？"可不是，阅读剧本时就是有这种感觉的，但是，看戏的时候觉得结婚也未尝不可。

细想起来，"到修道院去"这种说法未免欠妥，被规劝

---

[70] 希腊神话中的太阳之神。哈姆雷特借此比喻勇武的父亲。

到修道院去的奥菲利娅丝毫不能引起观众的同情，便是一个证据。

幕又落了。

美弥子和良子离开座位。三四郎也跟着站了起来，他去走廊一看，她俩站在走廊中央，正在与一个男子讲话。那个人露出半个身子，站在从走廊通向左侧的入口处。三四郎看到这个男子的侧影就转身往回走，他并没有回到自己的座位上，而是取出木屐去了外面。

本来就很黑的夜晚，三四郎走到特意被人点亮的灯火的路上时，发现好像下雨了，树枝被风吹得发出了响声。三四郎匆匆忙忙赶回寓所。

雨在半夜下来起来。三四郎边躺在床上边听着雨声，想起了"到修道院去"这句台词。这句话围绕着他的整个思绪，怎么也走不出来。或许广田先生还没有入睡吧？此时的先生在想些什么呢？与次郎沉醉在《伟大的黑暗》，无法自拔了吧……

第二天，三四郎好像有点儿发热、头晕，他没有起床，连午饭都是坐在床上解决的。接着他又睡了一觉，等到出了汗，情绪才淡然下来。此时，与次郎闯了进来，精神抖擞的样子，他说道："从昨夜起就没有见到你，今天一早也没有见你去上课，想着你应该不太舒服，便特意来看望你。"三四郎对此表示感谢。

"唔，我昨晚去了，去了。你站在舞台上，我都清楚地看见，你隔着很远与美弥子小姐聊天。"

三四郎好像如醉如痴，他一开口就没完没了地说。与次郎将手放在三四郎的额头上。

"烧得好厉害呀，你感冒了啊，看样子非得吃药不行！"

"剧场里面热得不行，又太亮，而外面又黑又冷，怎么能受得了呢？"

"受不了也没有别的办法呀。"

"没有办法？那也不行。"

三四郎的话逐渐少了，与次郎心不在焉地附和着他，三四郎不知不觉地又睡着了。

大概过了一个小时，他再次睁开眼。

"唔，是你在这里？"三四郎看着与次郎说道。

这个时候，他恢复了平常的那个三四郎了，与次郎问他感觉如何。他回答说头沉。

"是感冒了吧？"

"是感冒了。"

两个人都说了同样的话。

"喂，上次你是不是问我是否知道关于美弥子小姐的事？"过了一会儿，三四郎询问与次郎。

"美弥子小姐的事？在哪儿？"

"在学校。"

"在学校？什么时候？"

好像与次郎依旧没有想起来，三四郎只好将当时的情况还原给他听。

"没错，或许是有这么回事。"与次郎说。

三四郎心里想，这个人怎么这么不负责任。与次郎似乎有些歉意，便努力回想着。

不一会儿，他说：

"那么，什么事呢？是不是关于美弥子小姐出嫁呢？"

"定了吗？"

"听说定了，我也不太清楚。"

"是野野宫君吗？"

"不是，不是野野宫君。"

"那么……"三四郎欲言又止。

"你知道吗？"

"不知道。"三四郎只说了这一句。

于是，与次郎凑近了一些。

"我也不是很清楚，不过事情挺奇怪的，到底是怎样的，得过段时间才能知道吧。"

三四郎一心惦记着这件"怪事"，只希望与次郎尽早说出来，可他阴阳怪气地闷在肚子里不说，一个人独自沉沦在"不可思议"之中。三四郎容忍了片刻，终于变得焦躁起来，他请求与次郎毫无保留地讲出美弥子的事。与次郎笑了，不知道是因为安慰三四郎还是因为其他原因，他竟然扯远话题：

"你真是愚蠢，为什么思念那种女子？思念是没有用的。

第一，你俩不是同年吗？中意于同年男子，是过去的习俗，是卖菜姑娘阿七[71]那个时代的恋爱方式。”

三四郎沉默不语。不过，他没有明白与次郎的意思。

“为什么呢？你把二十岁年纪的同龄男女放在一起看一下。女子什么做得都好，男子尽受愚弄。大部分女子，都不愿意嫁给一个自己都看不起的男子。当然，那种认为自己以最伟大的人物自居在世界上的人另当别论。既然不愿意嫁给连自己都看不起的男子，那就只能独居了，没有其他的办法。有钱人家的女子不是就这么做过吗？满心欢喜地出嫁了，却瞧不上自己的丈夫。美弥子小姐和她们相比要高尚得多。但是，她从没有想过会嫁给一个自己看不上的男子，把他当作要伺候的丈夫。因此，爱慕美弥子小姐的人，一定要想清楚这些。在这一点上，咱俩都没有资格成为她的丈夫啊！”

三四郎终于和与次郎有了一致的想法，他依旧沉默不语。

“不管是你还是我，就这样，都比那个女子伟大得多。然而，没有五六年的时间，我们的伟大之处无法展现给她。但是她不可能再等我们六五年。因此，如果你想和那个女子结婚，简直是风马牛不相及的事。”

[71] 阿七是江户本乡追分地方的一个菜铺老板的女儿，在一次大火中她结识了躲在寺庙避难的少年，两个人情投意合。她认为只要出现火灾，两个人就有缘再会。便故意纵火，获罪身亡。井原西鹤的《好色五代男》以及净琉璃和歌舞伎中都描写过这个题材。

在这种奇妙的地方，与次郎用了"风马牛不相及"这句熟语。他说罢独自笑了。

"五六年之后，哪里都会出现比她更好的女子。在日本，女子过剩。你感冒发热也没有用——世界那么大，你不必担忧。跟你说实话吧，各种各样的经历，我都经历过。不过我心里烦躁，便说有事要出差，去趟长崎。"

"你这是在说谁呢？"

"说谁？和我有关系的女人啊。"

三四郎心里满是惊讶。

"论起这个女人，比不上你曾经接触过的那类女人哩。我告诉她，我要去长崎出差，做霉菌实验，现在不可以呀。她立即表示买了苹果到车站为我送行。让我特别狼狈。"

三四郎越来越诧异，他问道：

"后来如何？"

"我也不是很清楚，或许就在车站等我了，手里拎着苹果。"

"真是造孽啊，竟然做出如此缺德的事情。"

"我明明知道这样不太好，让人心寒，可是没有其他办法。从一开始就被命运带到这里。说实话，在很早之前，我就是一名医科大学生了。"

"什么呀，你故意说谎欺骗别人的吧。"

"继续听，还有许多有意思的事情。那个女子生病了，求我给她诊治，弄得我很为难。"

三四郎觉得很可笑。

"当时我看了看他的舌苔，敲了敲胸脯，好歹凑合过去了。谁知道她又问我：'下次再看病，去医院找你，行吗？'真让人无可奈何。"

三四郎终于笑出声来了。

"真有这种事儿，你尽管放心好啦。"

三四郎不懂与次郎这话什么意思，不过他看起来很快活。

与次郎现在才讲起关于美弥子的"怪事"。

根据与次郎的话。就是良子要结婚了，美弥子也跟着嫁人。仅仅这些还不够，而是良子和美弥子好像要嫁给同一个男人。所以，非常奇怪。

三四郎也感到被捉弄了。但良子要结婚的事情的确是真的，当时他在旁边亲自听到的。

或许是与次郎把这件事误以为是美弥子了。不过，美弥子的婚事也不是凭空捏造。三四郎满心想知道事情的来龙去脉，于是请与次郎给他出出主意。

与次郎直接答应了，他说："请良子过来探病，你可以直接从她那儿得到消息。"

三四郎觉得这是一个很好的办法。

"所以，你得先吃药，然后等她来看望。"

"即便是我康复了，也会躺在这儿等她。"

两个人笑着分开了。与次郎趁着回去的路上，在附近帮三四郎请来了医生。

晚上，医生来了。因为三四郎从没有把医生请到家里来看病，刚开始的时候，他觉得有点儿狼狈。

诊过脉，三四郎才发现医生一个比较谦恭的青年男子。三四郎觉得他应该是替代主治医生出诊的。过了五分钟，他被确诊为流行性感冒。医生叮嘱道：当晚服一次药，尽量不要被风吹了。

第二天醒来，三四郎觉得脑子轻松多了，躺着的时候也和平时差不多。只是一旦离开枕头，就感觉恍恍惚惚的。女佣走进来说，房间里太沉闷。三四郎也没有吃饭，仰着脸望着天花板，不一会儿就迷迷糊糊睡着了。

很明显，这是因为头脑发热和太过疲劳的原因。三四郎半睡半醒，他没有与任何事物抗争，顺从着所有的感受，得到一种自然而然的快感。他感到自己在慢慢地康复。

四五个小时过去了，他觉得有些无聊，不停地翻身。外面的天气很好，日光照在格子门上，来回不停地移动。鸟雀在外面叽叽喳喳，三四郎觉得如果与次郎今天也能来找他玩儿就好了。

这个时候，女佣打开格子门，告诉他有一位女客人来访。三四郎没想到良子竟然来得这么快。与次郎做事是挺干脆的。他躺在那儿，眼睛看着半开的房门。不一会儿，一个高高的身影就在门口出现了。良子穿着紫色的裙子，双脚并排站在走廊上，看样子，她正在犯愁到底要不要进来。三四郎起身，说一句："请进！"

良子把门关好，坐在枕头旁边。原本房间就很乱，只有六铺席的大小，今早又没有打扫，感觉空间更小了。

"你躺下吧。"良子对三四郎说。

三四郎再次把头放在枕头上，觉得平缓多了。

"有股气味在房间里吗？"三四郎问。

"嗯，有一点儿。"她说，但似乎表现得并不介意，"发热了？是什么病？医生有没有来过？"

"医生是昨晚来的，他说是流行性感冒。"

"今天一大早，佐佐木君说：'小川病了，请你们去看望一下吧。不知道是什么病，反正很严重。'我和美弥子小姐听了都大吃一惊呢。"

与次郎又在夸大其谈了。说得不好听些，良子是被他骗来了。三四郎为人老实，觉得有些过意不去。

"谢谢。"他说完就躺下了。

良子从包裹里取出一篮橘子。

"这是美弥子小姐嘱咐我买的。"良子直率地说。三四郎也没有搞明白这究竟是谁送的，他对良子道了谢。

"美弥子小姐原本也想来的，但是，最近她太忙了，她请我向你问好……"

"她为什么如此忙，遇到什么事情了吗？"

"嗯，她有事。"良子那双又大又黑的眼睛凝视着枕头上三四郎的面孔。三四郎仰望着良子白皙的额头，想起在医院时，初次见到这个女子时的往昔情景。

现在她的神情看起来已经很抑郁，但是她的心情是明朗的。她把一切可以信赖的慰藉，都带到三四郎的枕边来了。

"我剥个橘子给你吃吧？"

女子从绿叶里取出一个水果。焦渴的病人贪婪地吞下香甜甘美的果汁。

"好吃吗？这是美弥子小姐送给你的。"

"嗯，够啦。"

女子从袖口拿出洁白的手帕，用手帕擦着手。

"野野宫小姐，你的婚事怎样了？"

"还是那样。"

"听说美弥子小姐也订婚了，是吗？"

"嗯，已经订婚了。"

"对方是谁？"

"就是那个说要娶我的人，嘻嘻，很奇怪吧？他是美弥子小姐哥哥的朋友。最近，我又得和哥哥再搬一次家。美弥子小姐一出嫁，我就不能再给人家添麻烦啦。"

"你不出嫁吗？"

"只要能遇上可意的，我就出嫁。"

女子说完，爽朗地笑了。看样子，她并没有遇到中意的人。

从生病那天起，三四郎接连四天不能起床。第五天，他强撑着去洗澡，照镜子时，发现自己的外貌看起来有不祥之感，于是，他决定把头发理了。

第二天是星期日。

吃过早饭，他多穿了一件衬衣，披上外套，感觉全身没有那么冷了，便去了美弥子的家里。

良子站在门口，她正准备下台阶穿鞋，说："我现在要去哥哥那里。"

美弥子不在家。三四郎又同良子一起走出来。

"谢谢你，好多了——里见去那儿了？"

"是里见哥哥吗？"

"不，是美弥子小姐。"

"美弥子小姐去了教堂。"

三四郎第一次听说美弥子去教堂的事情。他询问良子教堂的地址，跟良子告别。拐过三条横街，他就看见前面的教堂了。三四郎不是耶稣教徒，从来没有进过教堂。此时，他站在教堂前面，看着这座建筑和说教的招牌，徘徊在铁栅栏旁边，偶尔走过去再像里面看一下。

三四郎决定在这儿等美弥子出来。

不一会儿，唱歌声响起了，他想这就是"赞美歌"吧。仪式是在紧闭的高高的窗户里举行的，听传过来的歌声，就有很多人。美弥子的声音也在其中吧。三四郎侧着耳朵静听，歌声戛然而止，一阵寒风吹过，三四郎坚起外套的领子。天空中出现了美弥子喜欢的云朵。

他曾在广田先生家的二楼和美弥子一起仰望秋空。他曾经也不是一个人孤单地坐在田野的小河边。

迷羊，迷羊，云朵呈现出羊的形状。

教堂的大门忽然开了，从里面走出来的人们，从天国回归到了尘世，美弥子是倒数第四个出来的，她低着头，从入口处的台阶下来。她穿着条纹长呢大衣，看样子，有些冷。她缩着双肩，把手藏在袖子里，尽量减少同外界的接触。美弥子就这样平静地从里面走出来。这个时候，她才感到外面的嘈杂人群，不由自主地抬起头。于是，她的视线里出现三四郎脱帽而立的身影。两个人停靠在说教的招牌前。

"怎么了？"

"我刚刚去了你的家里。"

"是吗？好，我们走吧。"

女子侧过身，正准备要走，她依旧穿着低齿木屐。三四郎则故意靠在教堂的墙壁上。

"能在这里见到你就好了，我一直在等你出来呢。"

"其实你进来也没关系的，外面很冷吧？"

"是很冷。"

"感冒好了些吗？如果不注意，会容易复发的。脸色看起来还是不太好呢。"

三四郎没有回答，他从外套的口袋里掏出一个纸包。

"把钱还给你，非常感谢。一直惦记着还给你呢，竟然拖到了今天。"

美弥子看了看三四郎的脸，没有拒绝，把纸包接过来。她放在手里，并没有马上收起来，只是看着纸包。三四郎也望着纸包，两个人默默无言。

"你手头不是很宽松啊。"过了一会儿，美弥子说。

"不，很早就想还给你啦，所以请家里寄过来的，请你收下吧。"

"是吗？那么，我就收下了。"

女子将纸包揣进怀里，从大衣里伸出来的时候，她的手里捏着一块洁白的手帕。

她将手帕捂住鼻子，似乎再嗅那个手帕，然后，打量着三四郎。不一会儿，她突然把手帕递到三四郎的面前，一股浓烈的香气扑鼻而来。

"heliotrope."女子淡定地说。

三四郎不由自主地将脸转过去。

heliotrope 牌子的香水瓶子，四条巷的黄昏，迷羊，迷羊，天空中明亮的太阳。

"听说你要结婚了。"

美弥子将洁白的手帕装进袖口。

"你知道了？"她将双眼皮眯起来，凝视着他的脸。这种眼神，似乎包含着她想远离三四郎却又不忍他离去。然而，唯有双眉显得清秀而安详。

三四郎的舌头紧贴着上颚，他没有办法再继续说下去了。

女子看了三四郎很久，微微地叹息，叹息声几乎听不见。不一会儿，她把手遮挡在浓眉上方，说：

"我知我罪，我罪常在我前。"[72]

她的声音非常非常小，让人感觉非常不真实。不过，三四郎还是听清了。三四郎和美弥子就这样分开了。

他回到寓所，接到母亲打来的电报，拆开一看，上面写着："什么时候出发？"

[72]　基督教《旧约全书》中的句子。

# 第十三章

原口先生的画已经完成。这幅画会被悬挂在丹青会第一展厅的正面，画作的前面排放着长椅，兼具了休息和观画的功能，既能供人休息，也可供人观画。对于那些在这幅画前流连忘返的众多的参观者，丹青会提供了方便，可以把这个看成一种特别的待遇。有人认为，这幅画题材新颖，也有人认为这幅画特别出色；而也有少数的人这么认为，因为画面是一个女子。还有一两个会员申辩道，因为绘画尺幅的巨大。这幅画尺幅的确巨大，画镶嵌在边缘足有半尺多宽的镜框里，尺寸看起来大到令人吃惊。

展览开幕之前，原口先生已经检查过一次了。他叼着烟斗坐在椅子上，长久凝视着。不一会儿，他又猛然起身，在场内四处巡视一周，然后回到长椅上，悠闲地抽起了第二锅烟。

开幕以后，人们一直聚集在这幅画像《森林之女》的面前。而那排特意设置的长椅居然成了多余的摆设。坐在上面休息的人都是因为看画看累了的人。然而，正是这群观众，边休息，边评价着《森林之女》。

第二天，原口先生陪伴着美弥子与她的丈夫一起来了。当来到《森林之女》前面时，原口问他俩："怎么样？"丈夫透过眼镜仔细地看着画面说："很好。"

"这种站姿以团扇遮面,太美了。真不愧是名家所画,每一个特点都敏锐地掌握了,还有面部的明暗度也描绘得恰到好处。阴影处界线分明——光是脸孔就有着丰富的奇妙变化。"

"这主要还是人物自身有魅力,不全是我的功劳。"

"非常感谢。"美弥子向原口致意。

"应该是我感谢你啊。"原口反而向美弥子致意。

听说是妻子的功劳,做丈夫的颇为得意。这位丈夫的感谢应该是三个人中最诚挚的。

开幕后,第一个星期六的下午,来了很多参观者——其中包括广田先生、野野宫君、三四郎、与次郎等人。四个人直接进入《森林之女》的展厅,暂时没有去看别的作品。与次郎不断地重复着说:"就是那个,你看那个。"人们齐聚在画前。三四郎在门口犹豫不决,野野宫君很坦然地走了进去。

躲在众人后面的三四郎只是瞅了几眼就到一边,坐在长椅上,等候着大家。

"这真是了不起的杰作啊!"与次郎说。

"听说你要买下来呢。"广田先生问着。

"与其我买……"与次郎刚说一半,回首看见三四郎靠着长椅,神情冷漠,便立马不说话了。

"神色自然洒脱,确实难能可贵。"野野宫君评论道。

"不过人物过于纤巧了,所以他自己也认为无法画出和咚咚的鼓声一般的画来。"广田先生品评道。

"什么样的画像咚咚的鼓声呀？"

"就是和鼓声一样稚拙但有趣味的画。"

两个人相视而笑。他们的评论仅仅是着眼于技巧，但是与次郎的看法却有不同。

"为里见小姐画像，无论是谁也无法画出稚拙的感觉来。"

野野宫君伸手到口袋里摸铅笔，想在目录上标明记号，不想，不但没有找到铅笔，反而掏出来一张铅印的明信片。一看，原来是美弥子举行婚礼的请柬。婚礼已经举办过了，野野宫君和广田先生两个人都穿着礼服出席了。三四郎在自己寓所的桌子上看见这张请帖时，是他回到东京的那天，日期早已过了。

请帖被野野宫君撕成碎片扔在地上。随后，他和先生一道观赏其他画去了。这时，与次郎一个人走到三四郎身边。

"你觉得这《森林之女》怎么样？"

"《森林之女》好像不是很贴切。"

"那应该叫什么好呢？"

三四郎并没有立即回答，只是不断地自言自语道：迷羊，迷羊。

**图书在版编目（CIP）数据**

三四郎 / （日）夏目漱石著 ；汪明译. -- 北京：
北京联合出版公司，2016.11
ISBN 978-7-5502-8537-8

Ⅰ．①三… Ⅱ．①夏… ②汪… Ⅲ．①长篇小说－日
本－近代 Ⅳ．①I313.44

中国版本图书馆CIP数据核字(2016)第218973号

## 三四郎

出版统筹：新华先锋
责任编辑：张　萌
特约监制：林　丽
特约编辑：刘　柳
版式设计：朱明月
封面设计：杨祎妹
营销统筹：章艳芬

北京联合出版公司出版
（北京市西城区德外大街83号楼9层　100088）
北京鹏润伟业印刷有限公司印刷　新华书店经销
133千字　787毫米×1092毫米　1/32　9.5印张
2016年11月第1版　2016年11月第1次印刷
ISBN 978-7-5502-8537-8
定价：39.50元